Entführt in Marseille
Ausgeliefert 3

Bibliografische Information der Deutschen Nationalbibliothek: Die Deutsche Nationalbibliothek verzeich-
net diese Publikation in der Deutschen Nationalbiblio-
grafie; detaillierte bibliografische Daten sind im Internet über dnb.dnb.de abrufbar.

Herstellung und Verlag:
BoD – Books on Demand, Norderstedt

ISBN: 9783750432475

Miriam Malik

Entführt in Marseille

Ausgeliefert 3

Kapitel 1

Die Frau verdrehte die Augen und brach zusammen. Ein großes Loch klaffte in ihrem Kopf, ein wenig Blut floss heraus.

Luisa drehte sich um und visierte ihr nächstes Ziel an. Ein Mädchen, vielleicht fünf oder sechs Jahre alt, blickte flehend zu ihr hinauf, sie hielt einen Teddy ohne Augen im Arm.

Luisa schoss erneut, das Kind brach tot zusammen, Blut rann aus dem kreisrunden Loch in ihrer Stirn, viel mehr als bei ihrer Mutter. Es sammelte sich in einer Lache, die sich ausbreitete und unaufhaltsam auf Luisas nackte Füße zuströmte. Sie registrierte es seltsam unbeteiligt.

„Sehr schön", lächelte Sarah. „Das machst du ganz hervorragend."

Luisa nickte knapp und blickte zu Mike hin, doch der stand nur steif da und starrte ins Leere.

„Wir können uns nicht ewig hier verstecken!", brüllte Frances.

Luisa fuhr hoch. Hektisch sah sie sich um. Es war stockdunkel. Panisch tastete sie nach einem Lichtschalter und spürte eine Holzwand unter ihrer Hand. Die Hütte in den Highlands! War sie noch immer dort? Hatte sie etwa alles nur geträumt?

Doch ihr Bein schmerzte, und dann fiel ihr alles wieder ein. Sie befand sich nicht in Schottland, sondern in Albanien. Mike und die anderen hatten sie hier hergebracht. In Montenegro hatten sie Mohammeds Jacht verlassen und sich in einem Lieferwagen versteckt, der sie auf Schleichwegen nach Albanien fuhr. Dort waren sie in einen Geländewagen umgestiegen und mit zahlreichen Umwegen in einer Blockhütte mitten in den Bergen gelandet. Diese war überraschend gut ausgestattet, mit Dieselgenerator und elektrischer Beleuchtung, mit einem Gasherd und sogar fließendem Wasser, das für Luisas Geschmack allerdings noch etwas wärmer hätte sein können. Immerhin war es nicht so kalt wie damals in den Highlands ...

„Wow", hatte Frances gerufen, als sie davor parkten. „Was ist das?"

„Eine Schmugglerhütte", mutmaßte Danny.

„Oder das Jagdhaus eines Gangsterbosses", knurrte Frances.

„Beides, vermutlich", sagte Mike. „Immerhin hat Mohammed es uns empfohlen, er war ja sogar schon einmal hier."

„Ziemlich umtriebig, der Gute", stellte Frances fest. „Er macht Import-Export, hast du gesagt. Aber womit genau?"

Mike zuckte die Schultern. „Alles, womit man Geld machen kann, bis auf das, was *haram* ist, also Alkohol, zum Beispiel. Waffen sind sein Spezialgebiet, so haben wir uns kennengelernt."

„Interessante Moral", stellte Frances fest.

Luisa seufzte bei diesem Gedanken. In was war sie da nur hineingeraten!

„Ganz ehrlich", drang Frances' Stimme durch die Holzwand an ihr Ohr. „Wir haben schon lange genug in einer verfluchten Hütte im Nirgendwo festgesessen. Das brauche ich nicht noch einmal."

Danny antwortete ihr deutlich leiser. Vermutlich beschwor er seine Freundin, nicht so laut zu schreien, denn kurz darauf sprach Frances weiter, aber Luisa konnte sie nicht mehr verstehen. Langsam setzte sie sich auf. Einen Moment lang wünschte sie sich, der ferngesteuerte, gefühllose Zombie aus ihrem Traum zu sein, dem egal war, wie viele Menschen er umgebracht hatte.

Ihr war es nicht egal. Vierundzwanzig Menschen hatte sie getötet, statt selbst in den Tod zu gehen, wie es sich gehört hätte, darunter fünf Frauen und fünf Kinder, und über sechzig waren verletzt worden. Warum hatte sie sich nicht einfach ins Meer gestürzt? Weil Mike und die anderen sie nicht gelassen hatten. Und weil Abu Yusef hatte sterben müssen. Aber hätten sie nicht noch einen anderen Weg finden können? Warum hatten sie ihn nicht einfach erschossen? Dann wären sie vielleicht auch gestorben, aber sie hätten so viele unschuldige Leben retten können ... Hätte es nicht ihr höchstes Ziel sein müssen, zivile Opfer zu vermeiden?

Danny konnte noch so viel davon erzählen, dass es gewesen war wie in einem Drohneneinsatz, Frances noch so sehr betonen, dass Abu Yusef zwar tot, aber die Gefahr noch längst nicht gebannt war. Damit hatte sie recht, schließlich hatte Geheimdienstmitarbeiterin Sarah das wohl alles angezettelt und sie lief noch immer frei herum und wer konnte schon sagen, was sie als nächstes vorhatte ... Trotzdem. Es war falsch gewesen. Sie hätte ... Eigentlich hatte sie nichts anderes tun können. Frances und die anderen hätten jeden Alleingang sicher unterbunden und sie vermutlich eher gefesselt, als sie allein mit einer Bombe in das Hochhaus spazieren zu lassen. Oder ihr zu erlauben, sich ins Meer zu stürzen. Aber sie hätte es zumindest versuchen können. Vierundzwanzig Leben im Tausch gegen ihr eigenes. Das war einfach zu viel.

„Keine Ahnung!" Frances' erregte Stimme riss sie erneut aus ihren Gedanken.

Luisa stand leise auf. Ihr Knöchel protestierte, aber sie ignorierte den Schmerz, schob sich näher an die Wand heran und lauschte.

„Wir können versuchen, sie in die USA zu schaffen", hörte sie Danny antworten. „Wir müssen allerdings Papiere für sie besorgen, und mein Kontakt sitzt in London."

„London ist zu gefährlich für uns alle." Mikes Stimme versetzte ihr einen kleinen Stich.

9

„Ja, am besten gehen Frances und ich allein", schlug Danny vor. „Du bleibst mit Harvey und Luisa hier. Hoffen wir, dass Mohammed recht hat und niemand von der Hütte weiß, und dass es Sarah nicht gelungen ist, uns aufzuspüren. Wir nehmen ein Boot nach Italien, so bleiben wir bestmöglich unter dem Radar und fahren von dort bis Nordfrankreich, wo wir mit einem Schmugglerboot übersetzen."

„Das wird dauern", gab Mike zurück. „Was denkst du, Harvey?"

Sie konnte ihn nicht hören, vermutlich antwortete er nicht, wie immer. Stattdessen sprach Frances weiter.

„Ich fürchte, wir haben keine Wahl. Luisa braucht zwingend Papiere. Und ..."

Sie hörte nicht mehr zu. Was hatte Danny vor ein paar Tagen zu ihr gesagt? „Man muss akzeptieren, dass man nicht alle retten kann." Er hatte zwar die Leute im Hotel gemeint, doch seine Worte ließen sich auch auf diese Situation anwenden. Sicher war Sarah vor allem hinter ihr her. Wenn sie die drei verließ, müsste Sarah ihre Kapazitäten entweder aufteilen oder sich stattdessen auf eine Gruppe oder auch eine Person konzentrieren ... Und dann müssten ihre Freunde wenigstens nicht mehr auf die lästige Terroristin aufpassen, die ständig in Schwierigkeiten geriet, und sich keine Sorgen über Ausweisdokumente und Verstecke machen ...

Ihr Entschluss war gefasst. Sie schnappte sich ein Stück Papier und einen Stift und krakelte darauf: „Ich muss gehen. So ist es besser. Danke für alles. Luisa."

Lautlos öffnete sie das Fenster und schob sich hinaus. In den Wäldern würde sie sicher leicht Schutz finden. Sie beschloss, eine Weile dem Schotterweg zu folgen und sich dann in die Büsche zu schlagen. Es war angenehm kühl und der Mond beleuchtete sanft den Weg, sodass sie rasch vorankam. Dabei lauschte sie auf

Motorengeräusche, doch nichts rührte sich. Vermutlich würden sie erst am Morgen bemerken, dass sie nicht mehr da war ...

Ihr Knöchel protestierte bei jedem Schritt, doch das hatte sie verdient. Sie fühlte sich seltsam frei, als ob eine schwere Last zumindest teilweise von ihr abgefallen war, obwohl sie nicht den Hauch einer Ahnung hatte, was genau als nächstes passieren würde. Aber es würde sich etwas finden. Es hatte sich bisher immer etwas gefunden.

Ein Geräusch ließ sie zusammenfahren. Sie verharrte und lauschte. Was war das gewesen? Es hatte sich angehört wie ein knackender Ast ... Und dort vorne, ein Stück die Straße hinunter ... Stand da nicht ein Wagen?

In dem Moment flammte gleißendes Licht auf, das sie voll erfasste.

„Keine Bewegung", sagte eine tiefe Männerstimme auf Englisch, mit deutlichem, für Luisa jedoch undefinierbarem Akzent.

Sie fuhr herum, konnte aber, geblendet wie sie war, noch immer nichts erkennen.

Schnelle Schritte näherten sich.

„Wen haben wir denn da?", fragte ein weiterer Mann mit ähnlichem Akzent.

Ein Wortwechsel in einer fremden Sprache folgte. Albanisch, vermutete Luisa. Verdammt, wer waren diese Leute? War sie in irgendeine Übergabe oder Schmuggelaktion geplatzt? So ein Mist ...

„Eine junge Frau, ganz allein im Wald", schnurrte eine weitere Stimme mit deutlicher britischer Färbung.

Hektisch blickte sie um sich. Langsam konnte sie die Umrisse von drei Männern erkennen, die sie umringten. Einer von ihnen hielt eine Pistole in der Hand und richtete sie auf Luisa. Ein weiterer Wortwechsel in der fremden Sprache.

„Wir werden Englisch sprechen, damit sie uns versteht", sagte der Mann mit der Pistole. „Schön, dass du uns besuchen kommst. Uns war verdammt langweilig hier, das kannst du uns glauben. Nun, wir werden zusammen Spaß haben, dann wird uns das Warten nicht so lang." Die Männer lachten dreckig.

Luisa überlief es kalt.

„Hände nach oben, Schlampe, geh zum Wagen, aber langsam. Luan, mach ein Video davon", fuhr der Brite fort.

„Geile Idee, Barker", grinste dieser.

„Los, Schlampe!", rief Barker. „Vorwärts! Oder soll ich dir Beine machen?"

Luisa stolperte gehorsam über den Schotterweg auf die Scheinwerfer zu. Furcht hatte sie ergriffen, sie zitterte unkontrolliert und fühlte sich einer Ohnmacht nah. Sie waren zu dritt. Sie hatten Schusswaffen. Das konnte sie nicht unbeschadet überstehen. Sie war ganz allein hier, mitten im Wald, niemand würde ihr helfen, niemand wusste, dass sie hier war ... Das war sie, die Situation, aus der es keinen Ausweg gab. „Du kannst trotzdem kämpfen, bis zuletzt", hörte sie Frances' Stimme in ihrem Kopf. „Solange du nicht völlig bewegungsunfähig bist, hast du immer eine Chance. Und wenn du trotzdem stirbst ... Naja, dann bist du halt tot." Frances würde nicht so leicht aufgeben. Beruhige dich, dachte sie. Ganz ruhig. Es wird sich etwas finden.

Da war der Wagen. Langsam drehte sie sich um.

Die drei waren ihr gefolgt, Luan hielt sein Handy in der Hand und filmte sie damit.

Der Wortführer hatte seine Pistole weitergegeben. „Enis", sagte er. „Schieß ihr in die Beine, wenn sie versucht, wegzulaufen. So, Schlampe. Zeig mal, was du hast. Zieh dich aus."

Sie blieb stehen.

„Ich werde dir weh tun, wenn du mir nicht gehorchst. Ist es nicht so?"

„Du solltest ihm glauben", lachte Enis. „Barker kriegt jede rum."

„Nun?", fragte Barker.

Sie starrte ihn stumm an.

„Wie du willst." Er trat auf sie zu.

Unwillkürlich wich sie zurück und spürte die Motorhaube in ihrem Rücken. Ihr Herz klopfte viel zu schnell und zu laut. Sie wandte sich ihm zu, er griff grinsend ihren rechten Arm. Im gleichen Moment zog sie mit der rechten Hand das Messer aus dem Gürtel und schwang es mit Kraft von rechts nach links, quer durch seine Kehle. Er stieß ein Gurgeln aus und griff sich an den Hals, ein Schwall Blut ergoss sich über Luisa. Sie legte einen Arm um ihn, er sank gegen ihre Schulter und drückte sie gegen die Motorhaube.

„Barker, was zum Teufel!" Enis zielte mit der Pistole auf sie.

Barkers Körper war schwer und Luisa keuchte unter seinem Gewicht, doch er gab ein hervorragendes Schutzschild ab. Sie nutzte die Gelegenheit und warf das Messer. Die Klinge bohrte sich in Enis' Wange und blieb stecken, er gab einen harmlosen Schuss in die Baumkronen ab, sein Blick wurde trüb und er brach zusammen.

Schritte von rechts, Luan stürmte auf sie zu. Sie stieß Barker von sich und versuchte, Luan auszuweichen, war jedoch zu langsam. Der Mann rammte sie wie ein Panzer, sie taumelte und stürzte auf die Motorhaube und von dort zu Boden. Schon war er über ihr. Er brüllte sie in seiner fremden Sprache an, ließ ihr keine Zeit zum Luftholen. Mit brutaler Wucht schlug er auf sie ein, sie rollte sich zusammen, versuchte, ihren Kopf zu schützen und von ihm wegzukriechen, doch da lag Barker, der sich krümmte und mit grässlichen Lauten nach Luft schnappte.

Ein harter Schlag traf sie in die Rippen. Sie ächzte, presste sich an den Todgeweihten neben sich, spürte etwas Hartes an Barkers Bein, griff danach. Ein Messer. Luan drosch weiter wie rasend auf sie ein, völlig außer sich, ohne darauf zu achten, was sie tat. Sie stieß ihm die Klinge in den Oberschenkel. Er brüllte auf, holte erneut aus, sie stach ihm die Klinge in die Seite, zwischen die Rippen. Er stöhnte, Blut tropfte aus seinem Mund, sie stach erneut zu, wieder und wieder, bis er vornüberkippte, direkt auf sie. Sein schwerer Körper presste ihr die Luft aus den Lungen, ihre Rippen protestierten und Schwärze umfing sie.

Ein Surren weckte sie aus der Ohnmacht. Jede Faser in ihrem Körper schmerzte, ein tonnenschweres Gewicht drückte auf ihre Brust.

Sie zappelte, versuchte sich zu befreien, erst im dritten Anlauf schaffte sie es, den leblosen Körper ein Stück zur Seite zu schieben, und blieb völlig erschöpft liegen. Das Surren verstummte. Das war es dann wohl. Sie würde einfach hier liegenbleiben und sterben, wie die drei Männer. Sie hatte keine Kraft mehr. Sie zuckte zusammen, als sie direkt neben sich wieder das Surren hörte und gleichzeitig eine Vibration spürte. Sie griff nach dem Handy. Mike, dachte sie und wischte über den Bildschirm. „Hilf mir", flehte sie.

„Was?", fragte eine Frauenstimme.

Das war nicht Mike.

„Wer war das? Wer ist da?"

Diese Stimme ... Die kannte sie. Luisa versuchte sich aufzurichten. Schmerz durchfuhr sie, sie konnte ein Stöhnen nicht unterdrücken.

„Luisa?", fragte Sarah.

Sie biss die Zähne zusammen. Ihre Gedanken rasten.

„Ich verstehe", tönte Sarahs Stimme an ihr Ohr. „Barker hat nicht abwarten können. Ich habe ihm gesagt, dass er euch nur beobachten soll, aber nun ... Gehorsam war noch nie seine Stärke, vor allem nicht, wenn Frauen im Spiel sind. Bist du verletzt, Luisa?"

Sie schwieg.

„Du klingst ziemlich außer Atem, meine Liebe? Und habe ich dich richtig verstanden? Was hast du gesagt? Hilf mir? Wer, dachtest du, bin ich? Dein Mike etwa? Was ist passiert? Haben sie dich erwischt und gefickt? Amüsieren sie sich grade mit Frances und sind deswegen zu beschäftigt, um auf dich achtzugeben? Nun, du musst nicht antworten, bald werde ich bei euch sein und selbst sehen. Bis dann." Die Verbindung war tot.

Luisa starrte auf das Telefon. Sarah würde hierherkommen? Das hieß, sie hatte diese Männer angeheuert? Dann musste sie die anderen warnen! Noch einmal versuchte sie, sich aufzusetzen. Alles tat weh. Wie sollte sie es nur bis zur Hütte schaffen?

Der Wagen, fiel ihr ein. Die Lichter strahlten noch immer gleichmäßig in die Dunkelheit. Irgendwie schaffte sie es, aufzustehen. Sie war klatschnass von all dem Blut, es stank widerlich nach Metall, und ihr war schlecht, aber sie durfte nicht schlappmachen. Sie lehnte sich an den Jeep und riss die Tür auf, was Wellen von Schmerz durch ihren Körper jagte und sie fast ohnmächtig werden ließ. Keuchend wartete sie, bis das Schlimmste überstanden war, dann quetschte sie sich hinter das Lenkrad und drehte den Schlüssel. Langsam gab sie Gas, doch der Wagen rollte nur ein kleines Stück nach vorne und kam schwankend zum Stehen. Dort lag etwas im Weg ... Was mochte das sein? Oh.

Sie setzte seufzend ein Stück zurück, legte den ersten Gang ein und gab deutlich mehr Gas. Der Wagen hoppelte über die toten Männer, was weitere Wellen aus Schmerz nach sich zog, doch dann hatte sie freie Fahrt. Sie schlug den Schotterweg ein, der sich den Berg hochschraubte. Jede Bewegung, jeder Atemzug jagte Schmerzen durch ihren Körper, Schweiß tropfte von ihrer Stirn.

Endlich tauchte die Hütte vor ihr auf. Sie bremste abrupt, was ihr ebenfalls fast das Bewusstsein raubte.

Sie atmete ein paar Mal tief durch, kletterte aus dem Wagen, schwankte auf das Blockhaus zu und stellte fest, dass ihr jemand entgegenkam.

„Was zum Teufel ... Luisa?!" Das war Mike.

Mit zitternden Händen fingerte sie Luans Telefon aus der Tasche und drückte es ihm ihn die Hand. „Sarah. Sie kommt hierher."

„Was ist passiert?" Sie hörte das Entsetzen in seiner Stimme. Er legte einen Arm um ihre Schulter und sie zuckte zusammen vor Schmerz. Er stützte sie und führte sie zum Haus. Sie war froh darüber, sie war sich nicht sicher, ob sie es allein geschafft hätte.

„Luisa, was um Gottes Willen ist passiert?", fragte er noch einmal.

„Sie ... Sie haben mich angegriffen", keuchte sie.

„Wer hat dich angegriffen?"

„Weiß nicht."

„Wie viele?"

„Drei."

„Wo sind sie jetzt?"

„Tot."

„Sicher, dass es nur die drei waren?" Seine Stimme klang eindringlich.

„Weiß nicht", sagte Luisa.

„Heilige Scheiße!" Frances stand in der Tür. „Was hast du gemacht? Du siehst ja aus, als hättest du in Blut gebadet!"

„Frances, hilf Luisa, sich zu waschen, und sieh nach ihren Verletzungen", bestimmte Mike. „Ich sehe mich draußen um."

Harvey erschien, er warf Luisa einen durchdringenden Blick zu und folgte Mike.

Frances hakte sich bei Luisa unter und führte sie in das Badezimmer. „Wo bist du gewesen?", schimpfte sie. „Was hast du dir nur gedacht? Das hast du jetzt davon."

Luisa lehnte sich an die Wand und ließ sich völlig erschöpft auf den gefliesten Boden unterhalb der Dusche sinken. Sie wollte, dass diese verdammten Schmerzen aufhörten, und sich hinlegen und vergessen.

„Du darfst noch nicht schlappmachen!" Frances zog an ihrem Shirt. „Wir müssen dich erst aus diesen Klamotten kriegen. Komm schon, hilf mir."

Luisa fühlte sich außerstande, die Arme zu heben, sie war zu sehr mit atmen und mit den Schmerzen beschäftigt, die das Atmen mit sich brachte.

„So eine Scheiße!" Frances schüttelte den Kopf. Sie packte Luisas Arme und zerrte ihr das Shirt und den BH herunter, dann tat sie das gleiche mit ihrer Hose und Unterhose. „O Mann, das ist wirklich verdammt viel Blut."

Sie stellte die Dusche an. Ein Schwall eiskaltes Wasser klatschte auf Luisa, sie stieß einen Schrei aus und krümmte sich zusammen. Jeder Tropfen, der sie traf, fühlte sich an wie eine Nadel, die sich in ihren geschundenen Körper bohrte.

„Hoppla", kam es von Frances. „Wird bestimmt gleich wärmer."

Luisa konnte nicht antworten, sondern nur unkontrolliert zittern. Das Wasser wurde tatsächlich etwas wärmer, aber sie fror trotzdem erbärmlich.

Frances' Hand legte sich auf ihre Schulter. „Komm, lass mal sehen." Sie half ihr, sich auf den Rücken zu drehen, und zwar so, dass ihr das Wasser nicht mitten ins Gesicht spritzte. „Luisa." Sie klang entsetzt. „Hat dich ein Panzer angefahren? Das sieht ja übel aus."

Luisa machte sich nicht die Mühe zu antworten. Ihr war eiskalt und sie konnte sich nicht vorstellen, je wieder Wärme zu empfinden.

„Sie sind tot, oder?", grollte Frances. „Sie sollten es hoffen, sonst schneide ich sie langsam in dünne Scheibchen. Okay. Warte hier. Danny soll sich das mal ansehen."

Luisa hatte nicht vor, irgendwo hinzugehen.

Mike stand vor der Hütte und starrte auf das Handy in seiner Hand. Er wollte sich das Video nicht ansehen, am liebsten hätte er das Gerät auf den Boden geworfen und zertreten, aber er musste wissen, was passiert war. Luisa war verletzt und stand unter Schock, er wollte sie nicht mit Fragen bedrängen. Sie musste sich erfolgreich zur Wehr gesetzt haben, das Blut konnte unmöglich allein von ihr gewesen sein. Aber ... Was, wenn ... Vorher ... Er tippte auf Play und sah auf dem Screen, wie sie langsam auf den Wagen zuging, sich umdrehte und mit weit aufgerissenen Augen in die Kamera blickte. Ein Mann trat auf sie zu und griff nach ihrem Arm. Mikes Hand zitterte, er zwang sich dazu, den Blick nicht abzuwenden. Dann sah er den Fremden taumeln und Luisa das Messer werfen, das Video verwackelte und er konnte nichts mehr erkennen, nur noch ein gurgelndes Geräusch hören und ein dumpfes Stöhnen ...

„Mike!"

Er schrak zusammen und fuhr herum.

Frances kam auf ihn zu und runzelte die Stirn. „Wo ist Danny?"

„Draußen, mit Harvey."

„Okay. Kommst du mal?"

„Was ist los?" Er folgte ihr.

„Luisa sieht schlimm aus, vielleicht sind ihre Rippen gebrochen. Oh, da ist Danny ja! Ich komme gleich wieder."

Mike nickte, öffnete die Tür zum Bad und fuhr erneut zusammen. Luisa lag zusammengekrümmt und splitternackt am Boden. Sofort sah er Isabella vor sich, wie sie ihn aus toten Augen vorwurfsvoll anstarrte ...

Reiß dich zusammen, fuhr er sich selbst an. Rasch stellte er das Wasser ab und beugte sich über sie. Ihre linke Seite war geschwollen und hatte bereits begonnen, sich dunkel zu verfärben, sie atmete stoßweise und hatte offensichtlich starke Schmerzen.

„Das wird schon wieder." Er drückte ihre Hand.

Sie nickte, öffnete den Mund.

„Nicht sprechen, ganz ruhig. Ich weiß alles, was ich wissen muss." Er griff nach einem Handtuch und wickelte sie darin ein. Sie stöhnte leise, als er sie berührte. Vorsichtig nahm er sie in seine Arme und hob sie hoch. Sie lehnte ihren Kopf an seine Schulter und schloss die Augen. Behutsam trug er sie in ihr Schlafzimmer und legte sie auf das Bett. Sein Blick fiel auf einen Zettel, der auf dem Kopfkissen lag, stirnrunzelnd erfasste er die wenigen Worte.

Sie sah ihn an, aus unglaublich traurigen Augen.

„Alles wird gut." Er bemühte sich um einen aufmunternden Tonfall, doch er hörte selbst, wie rau seine Stimme klang. So sanft wie nur möglich trocknete er sie mit dem Handtuch ab, deckte sie zu und holte die Tasche mit den Schmerzmitteln, die Mohammed ihm mitgegeben hatte. Als er in ihr Zimmer trat, zuckte sie zusammen und riss die Augen auf.

„Keine Angst." Er setzte sich auf das Bett, legte einen Arm um sie und half ihr, zwei Tabletten zu schlucken und ein Glas Wasser zu trinken. Sie zitterte stark, ihr Gesicht hatte jegliche Farbe verloren und sie weinte fast vor Schmerzen. Es tat ihm weh, sie so zu sehen. Behutsam ließ er sie in die Kissen zurücksinken, nahm ihre Hand und wartete darauf, dass die Schmerzmittel Wirkung zeigten.

Frances kam herein. „Wie geht es ihr?"

„Sie hat auf jeden Fall üble Prellungen, vielleicht ist auch etwas gebrochen."

Frances nickte. „Ich habe es schon befürchtet. Draußen war nichts zu sehen. Wir haben gepackt und können los."

Mike nickte und half Luisa, sich aufzusetzen. „Geht es?"

„Hm", machte sie.

Er musterte sie eindringlich. Sie war nicht mehr ganz so fahl, die Wirkung der Pillen setzte ein.

Gemeinsam mit Frances zog er ihr frische Kleidung an. Vorsichtig packte er sie in die Decke und trug sie nach draußen zum Wagen, wo er sie auf die Rückbank bettete, mit dem Kopf auf Frances' Schoß. Er nahm auf dem Beifahrersitz Platz. Die am Boden liegende, verletzte und zitternde Luisa erschien vor seinem inneren Auge und überlagerte sich erneut mit Isabella. Ich kann das nicht, dachte er. Sie wird genauso enden und das kann ich nicht ertragen. In dem Moment knallte Harvey die Tür zu. Mike fuhr erschrocken zusammen. Harvey warf ihm einen undefinierbaren Blick zu und startete den Jeep. Der Wagen setzte sich schaukelnd in Bewegung und Luisa stöhnte leise. Mike starrte aus dem Fenster, während sein Herz noch immer raste und sich nicht beruhigen wollte.

Luisa wagte es, den Kopf leicht zu drehen. Die Tabletten zeigten Wirkung, aber es war trotzdem unbequem, zusammengekrümmt zwischen Danny und Frances auf der Rückbank zu liegen. Dazu hatte sie noch immer den Metallgeruch des Blutes in der Nase. Wie Mike sie angesehen hatte ... Als wäre sie ein Gespenst. Und dann hatte er sich um sie gekümmert und sie verbunden und getragen und sie war nackt gewesen, fiel ihr ein. Ach du verdammter ...

„Wie ist Sarah uns nur auf die Spur gekommen?", unterbrach Frances ihre Gedanken. „Vielleicht hat Mohammed uns verraten!"

„Das glaube ich nicht. Vermutlich hat sie Tempora auf uns angesetzt und dazu alle Geheimdienste Großbritanniens", meinte Mike düster.

„Tempora?"

„Das britische Überwachungsprogramm, das Gegenstück zum amerikanischen PRISM, das von Snowden aufgedeckt wurde. Verdammter Abu Yusef. Warum hat er sich auch in diesem Hochhaus verschanzt und uns gezwungen, ihn in die Luft zu jagen? Jetzt hat Sarah eine ganz offizielle Begründung, warum sie hinter uns her ist. Vermutlich hat sie mit Tempora Mohammeds Jacht aufgespürt, darauf gewartet, dass wir aussteigen und uns dann mit Satellitentechnik überwachen lassen."

„Oder sie hat ganz einfach unsere Handys überwacht", meinte Danny.

„Super", schnaubte Frances. „Warum haben wir damit nicht gerechnet?"

„Wir haben damit gerechnet. Aber gegen Tempora haben wir langfristig kaum eine Chance, egal, wo wir uns verstecken. Sarah wird uns damit immer wieder aufspüren."

„Ganz toll. Und was jetzt?", fragte Frances.

„Es bleibt nur Marseille", sagte Danny langsam.

„Nein", fuhr Frances auf. „Nie im Leben."

„Ich fürchte, das ist unsere einzige Chance."

„Nein, das ...Auf keinen Fall! Wäre es nicht sowieso am besten, wir bleiben hier in den Bergen, warten auf Sarah und knallen die Schlampe einfach ab?"

„Nein", gab Danny zurück. „Zu viele Unwägbarkeiten. Was, wenn sie mit Hubschraubern oder Militär anrückt? Und denk an Luisa."

„Ich fürchte, Dannys Vorschlag ist tatsächlich das einzige, was uns bleibt", sagte Mike.

„Nur über meine Leiche!" Frances setzte sich ruckartig auf, Schmerz jagte durch Luisas Rippen und sie konnte ein Stöhnen nicht unterdrücken.

„Sorry, Luisa", knirschte Frances. „Aber das ist Irrsinn! Und es ist ganz furchtbar da. Und ... Wir können niemandem trauen, Danny."

„Was haben wir für eine Wahl?", gab er zurück. „Sarah wird uns überall aufspüren. In Marseille sind ihr zumindest die Hände gebunden."

„Ja, weil wir da ganz andere Probleme haben werden", schnauzte Frances.

„Das ist unsere einzige Chance", sagte Mike. „Harvey?"

Keine Reaktion.

„Dann los", sagte Danny. „Erst einmal Richtung Tirana."

Frances seufzte. „Das hat mir gerade noch gefehlt."

Für Luisa blieb die Reise eine Tortur. Harvey fuhr über holprige Nebenstraßen, deren Unebenheiten den Wagen durchschüttelten. Die Tabletten schafften es nicht, den Schmerz komplett zu dämpfen. Hin und wieder dämmerte sie kurz weg, um wenig später erneut aufzuwachen, weil Harvey durch das nächste Schlagloch donnerte.

Nach einer gefühlten Ewigkeit machten sie eine kurze Pause. Danny und Mike verließen den Wagen, während Harvey leise schnarchte und Frances versuchte, ihr oder sich selbst Mut zuzureden. „Das wird schon", hörte Luisa sie murmeln. „Ich werde es schon ertragen."

„Frances", sagte Luisa.

„Nicht du, keine Sorge", seufzte diese. „Nicht du. Ich rede von ... Nun ja. Du wirst sehen. Oh, das wird so furchtbar."

Irgendwann kehrten Mike und Danny zurück, unter anderem mit Essensvorräten und noch mehr Tabletten.

„Was Stärkeres, gegen die Schmerzen", meinte Danny, und sie nahm die Pille und fragte nicht nach, ob sie ein Krankenhaus bestohlen hatten oder in eine Arztpraxis eingebrochen waren.

Das Mittel dämpfte die Schmerzen auf ein zumindest halbwegs erträgliches Maß, sodass sie es sogar schaffte, längere Zeit zu schlafen. So bekam sie auch nur am Rande mit, wie Danny sie aus dem Wagen auf ein schwankendes, kleines und extrem dreckiges Fischerboot mit winziger Kabine verfrachtete, wo er sie auf eine Decke am Boden bettete. Harvey warf den Motor an, der schrecklich laut war und den gesamten Kahn vibrieren ließ. Es stank stark nach Diesel und Fisch. Luisa starrte an die rostige Decke der Kabine, von der großflächig die Farbe abblätterte. „Wo sind wir?", fragte sie müde.

Danny ging neben ihr in die Hocke. „Vor der Küste von Vlora, wir setzen nach Italien über. Ich hoffe, dass wir noch vor Sonnenaufgang Torre Dell'Orso erreichen, ein Städtchen am Stiefelabsatz. Von dort aus schlagen wir uns dann nach Frankreich durch."

Das klang nach einer langen Reise.

„Es wird schon", meinte Danny zuversichtlich. „Ich habe noch mehr von den Tabletten, du wirst schlafen und das alles nicht mitbekommen."

Hoffentlich, dachte sie. „Wie lang werden wir ungefähr unterwegs sein?"

„Reine Fahrtzeit über die Autobahn sind etwa vierzehn Stunden."

Das hörte sich lang an, dachte sie beklommen.

„Mach dir keine Gedanken." Er tätschelte ihre Schulter und erhob sich wieder.

Warum sind wir nicht gleich auf Mohammeds Jacht geblieben?, dachte Luisa müde. Frances hatte es zwar gehasst, weil es keinen Alkohol gab, aber ... Selbst sie musste zugeben, dass es sich besser anhörte, sich in Mohammeds Villa zu verstecken, als stundenlang im Wagen zu fahren, vor allem dann, wenn jedes Schlagloch sich anfühlte, als ob ihr jemand eine Eisenstange in die Seite bohrte.

Die Überfahrt dauerte zum Glück nicht allzu lange. Harvey steuerte das Boot in eine kleine italienische Bucht, Danny und Frances halfen Luisa, hinauszuklettern, während Mike sich nach einem fahrbaren Untersatz umsah. Im Schatten eines Felsens warteten sie, bis Mike ihnen winkte. Luisa stöhnte innerlich, als sie das Gefährt sah – einen klapprigen, weißen Pickup. Zum Glück durfte sie sich neben Frances und Danny in die Kabine quetschen, während Mike und Harvey gleichmütig auf der Ladefläche Platz nahmen. Über holprige Schotterpisten ging es durch bergige Landschaft Richtung Brindisi, wo Harvey in einem Vorort einen Geländewagen borgte und sie sich wenig später auf den Weg nach Bari machten. Luisa dämmerte vor sich hin. Die Schmerzen nahmen wieder zu und die Straßen waren nach wie vor in keinem guten Zustand. Natürlich war es besser, mit einem gestohlenen Wagen nicht die Autobahn zu nehmen, aber auf diese Weise würden sie niemals ankommen. Das schienen auch die anderen zu wissen. Luisa hörte sie leise miteinander diskutieren. Bei einer halb verfallenen Hütte hielten sie schließlich an.

„Was passiert jetzt?", fragte Luisa schläfrig.

„Wir warten hier", meinte Frances gleichmütig. „Danny besorgt uns einen Mietwagen, mit dem wir dann hoffentlich bis nach Frankreich kommen."

Bald darauf erschien Danny mit einem Geländewagen. Über die Autobahn konnten sie die Fahrt zügig fortsetzen – wenn man von zügig sprechen mochte bei all der Strecke, die noch vor ihnen liegen mochte. Danny gab ihr eine weitere Tablette und Luisa nahm sie und schlief. Als sie erwachte, befanden sie sich bereits auf Höhe Rimini.

„Wir kommen voran", lächelte Danny. „Wenn alles gut geht, sind wir in acht Stunden am Ziel."

Nach einer kurzen Pause schlief Luisa erneut ein. Bis sie davon wach wurde, dass Frances sie an der Schulter rüttelte. „Komm, steh auf, wir müssen raus hier."

Überrascht stellte sie fest, dass die Sonne bereits tief stand. Sie musste diesmal wirklich lange geschlafen haben. „Was ist passiert?", fragte sie benommen und setzte sich langsam auf. Es tat weh, aber es ging. Die Tabletten taten ihren Job. Sie standen in einer ruhigen Seitenstraße in einer Stadt, stellte sie fest, die von grünen Hügeln umgeben war. „Wo sind wir?"

„Genua", sagte Danny. „Im Radio melden sie Wartezeiten wegen verstärkten Grenzkontrollen. Sie nennen keine Gründe, aber das kann nichts Gutes für uns bedeuten."

„Und jetzt?", fragte Luisa erschrocken.

„Wir nehmen die Strecke über Panice Soprana und Tende. Frances und ich fahren vor und checken die Lage. Wenn wir durchkommen, fahren wir direkt weiter nach Marseille und bereiten alles vor, wenn nicht, warten wir in Borgo San Dalmazzo auf euch, dann müssen wir es über Argentera versuchen. Harvey nimmt mit diesem Wagen den direkten Weg."

„Okay", sagte Luisa. Ihr schwirrte der Kopf von all den Namen.

„Wird schon." Er lächelte ihr aufmunternd zu.

Sie hatte das mulmige Gefühl, dass ein Teil seines Optimismus nur gespielt war, wollte aber nicht weiter darüber nachdenken.

„Das mit den Handys gefällt mir nicht", sagte Mike.

„Weil wir nicht kommunizieren können?"

„Nein, dass Harvey sie alle mitnimmt. Es ist zwar schön, dass Sarah so hoffentlich auf eine falsche Spur gebracht wird, aber was, wenn sie ihn schnappen?"

„Er wird zumindest nichts sagen", grinste Frances.

Harvey warf ihr einen ausdruckslosen Blick zu.

„Sie kann dir Ärger machen, Harvey", sagte Mike.

„Meine Entscheidung", krächzte dieser.

Ich habe ganz vergessen, wie rau sich seine Stimme anhört, dachte Luisa.

„Nun denn ..." Frances drückte ihm ihr Handy in die Hand, Danny tat es ihr gleich und Mike gab ihm gleich zwei Geräte. Das eine ist sicher das aus Albanien, fiel Luisa ein.

„Gut. Komm." Mike öffnete die Wagentür, sie kletterte mühsam auf die Straße. Er legte einen Arm um sie und führte sie die Straße hinauf. „Geht es?"

„Hm", machte sie. Es hätte sicher schlimmer sein können. Aber auch besser. Hoffentlich mussten sie keinen langen Fußmarsch machen.

In dem Moment zog Mike am Türgriff eines mittelgroßen Fiat direkt vor ihnen. „Du solltest dich wieder auf den Rücksitz legen."

„Danke. Woher habt ihr den Wagen?"

„Gemietet." Sein Gesicht war ausdruckslos. Sie beschloss, nicht weiter nachzufragen und krabbelte unter Schmerzen in den Fiat. „Hier." Er drückte ihr eine Tablette und eine Wasserflasche in die Hand, während Danny die Tüte mit den Medikamenten und ihre Tasche in den Kofferraum steckte.

„Okay, gute Fahrt", meinte Danny.

„Euch auch!" Luisa legte sich erschöpft hin.

Wenig später fuhren sie los und bald darauf war sie bereits wieder eingeschlafen.

Mike fuhr durch die Nacht. Fast zwei Stunden hatte er auf einem kleinen Parkplatz in den Bergen gewartet und versucht, zu schlafen, doch leider vergeblich. Früher, da hätte er überall schlafen können, doch jetzt ... Er hatte seit der Überfahrt kaum ein Auge zugetan und bei jeder zuschlagenden Autotür war er zusammengezuckt. Hoffentlich würde er in Marseille nicht mehr so stark unter Strom stehen ...

Mittlerweile hatte er Borgo San Dalmazzo passiert, ohne Danny und Frances gesehen zu haben. Hoffentlich war der Weg frei. Er betete, dass sie nicht aufgehalten worden waren.

Ihm war nur zu bewusst, dass Luisa hinter ihm auf der Rückbank lag und schlief oder zumindest zu schlafen versuchte. Er mochte sich nicht vorstellen, welche Tortur es für sie sein mochte mit den angeknacksten Rippen. Gut, dass sie die meiste Zeit schlief. Sie würden noch verdammt lange unterwegs sein, aber was hatten sie schon für eine Wahl? Vielleicht konnten sie dann zumindest in Frankreich ein Stück Autobahn fahren. Zumindest war es jetzt nicht mehr weit bis zur Grenze.

Doch was war das vor ihm? Dieses Schild und die Warnung vor einer Ampel ... Verdammter Mist. Um nach Frankreich zu kommen, würden sie einen dreitausend Meter langen Tunnel durchqueren müssen! Das hatte ihm gerade noch gefehlt.

Von Danny und Frances war nichts zu sehen, der Weg musste frei sein. Wenn sie nicht aufgehalten worden waren. Einen Moment lang überlegte er tatsächlich, einen anderen Grenzübergang zu suchen, doch das würde einen gewaltigen Umweg bedeuten ... Augen zu und durch, dachte er. Die Pistole hatte er neben sich in die Tür gesteckt. Im schlimmsten Fall ...

Auf italienischer Seite war niemand zu sehen, offensichtlich war niemand so verrückt, mitten in der Nacht auf diesen engen Bergstraßen herumzukurven. Hoffentlich bereiten uns die Franzosen auf der anderen Seite keinen ungemütlichen Empfang, überlegte er. Der Wagen war ja schließlich nur geliehen ... Wenn man das so nennen wollte ...

Die Ampel sprang auf grün um, und er fuhr in den Col-de-Tende-Tunnel hinein. Die Röhre kam ihm verdammt eng vor. Der Schweiß trat ihm auf die Stirn und er spürte, dass seine Hände anfingen zu zittern. „Reiß dich zusammen", murmelte er. Gott sei Dank war das Tempo auf fünfzig Kilometer beschränkt, schneller hätte er sich kaum fahren trauen. Allerdings dauerte es endlos.

Nach einer Weile entdeckte er Lichter im Rückspiegel. Er war doch nicht der einzige hier. Hoffentlich keine Polizei. Das Fahrzeug kam schnell näher, so schien es ihm. Das helle Licht machte es schwer, zu erkennen, was da hinter ihm fuhr. Er tippte auf einen Kleinbus oder einen Lieferwagen. Offenbar hatte es der Fahrer eilig, er fuhr ziemlich nah auf.

Verdammter Mist. Er wischte sich den Schweiß von der Stirn. Das hatte ihm gerade noch gefehlt. Der Typ klebte allen Ernstes an seiner Stoßstange, dabei fuhr er doch schon sechzig. Nicht ärgern. Er biss die Zähne zusammen. Er würde ruhig und konzentriert bleiben. Da vorne, was war das, war das nicht ... Doch, da war ein schwacher Lichtschein!

Dann hatte er es endlich geschafft. Puh. Eine Last fiel von ihm ab, als er aus der finsteren Röhre fuhr und den strahlenden, beinahe vollen Mond über den Bergen sah. Sofort zog der Wagen hinter ihm links vorbei und raste in die Nacht. Ihm sollte es recht sein. Keine Polizei, fiel ihm auf. Sie waren in Frankreich. Das Schlimmste hatten sie hinter sich.

Noch etwa drei Stunden Fahrzeit, wenn er die Autobahn nahm, überlegte er auf Höhe des Dörfchens Sospel. Oder doppelt so viel, wenn er seinem ursprünglichen Plan folgte ... Lieber die längere Route nehmen, beschloss er und bog ab Richtung Entrevaux und Manosque. Noch eine Stunde, dann würde er eine kleine Pause machen und den Rest ... Den würde er dann auch noch schaffen.

Von Luisa war kein Laut zu hören, vermutlich schlief sie. Nun, er würde die Pause nutzen, um nach ihr zu sehen, und ihr bei Bedarf noch eine der Pillen geben. Danny hatte ein buntes Sammelsurium aus der Apotheke entwendet. Ob auch etwas Aufputschendes dabei war?

Bald drei Uhr früh, stellte er fest. Dies war die schlimmste Zeit, um zu fahren. Aber den größten Teil hatte er geschafft. Er schielte zur Karte hin, die auf dem Beifahrersitz lag. Aus dem Augenwinkel sah er, wie ein Reh auf die Straße sprang. Er machte eine Vollbremsung und riss gleichzeitig das Lenkrad herum, der Wagen durchbrach die Leitplanke und stürzte in die Dunkelheit.

Luisa erwachte. Ihr Körper schmerzte, das war nichts Neues. Sie brauchte kurz, bis sie begriff, dass sie sich in einem Wagen befand. Dieser bewegte sich jedoch nicht und sie lag merkwürdig eingekeilt zwischen den Sitzen, was sie an ihre allererste Begegnung mit Mike in London erinnerte. Dazu standen sie schief, die Vorderräder schienen tiefer zu stehen als die Hinterräder, als ob sie auf einem steilen Abhang geparkt hätten. Das einzige Licht kam vom Mond, der hell auf sie herabschien.

„Frances?", fragte sie.

Sie hörte ein Rauschen, wie von einem Fluss, ansonsten war es still und kühl, fast schon frisch. Danny und Frances sind getrennt von uns unterwegs, fiel ihr ein. „Mike?"

Ein leises Stöhnen kam vom Vordersitz.

Ihr Herz setzte einen Moment lang aus. Wir hatten einen Unfall, dämmerte es ihr. Großer Gott! „Mike!"

„Alles gut, Luisa", hörte sie ihn krächzen.

Sie hatte das Gefühl, dass dem absolut nicht so war.

Mühsam versuchte sie, sich aufzusetzen, doch sie fühlte sich schwach und zittrig und es gelang ihr erst beim dritten Versuch. „Mike!" Sie blickte zwischen den vorderen Sitzen hindurch und erstarrte. Der Wagen musste von der Straße abgekommen, einen Abhang hinuntergerutscht und gegen einen Baum geprallt sein. Ein Ast hatte sich durch die Windschutzscheibe hindurchgebohrt und ragte ins Innere, das Verbundglas war trüb und eingerissen. Die Motorhaube war vor allem auf der Beifahrerseite eingedrückt und stand halb offen. Wenn sie dort gesessen hätte ...

Mike richtete sich langsam auf und lehnte sich mit dem Rücken gegen den Sitz. „Alles gut, Luisa", keuchte er. „Alles gut. Wir hatten nur einen kleinen Unfall."

Kleiner Unfall schien ihr untertrieben. „Ich komme zu dir." Sie stemmte die Tür auf, atmete tief durch, und ließ sich langsam aus dem Wagen gleiten, dann kletterte sie ein Stück nach unten und öffnete die Fahrertür. Er saß merkwürdig zusammengekrümmt da. Im Licht des Mondes sah sie dunkle Flecken auf seiner Jeans, die größer zu werden schienen. Er ist doch nicht etwa eingeklemmt!, dachte sie entsetzt.

„Luisa, im Kofferraum ist ein Verbandskasten. Kommst du da dran? Und auch an die Wasserflasche?"

„Ja, sofort." Sie stützte sich am Wagen ab, arbeitete sich langsam durch halbhohes Gestrüpp hinauf zum Kofferraum und öffnete ihn. Der Wagen schaukelte leicht, Mike stöhnte gequält.

„Nicht bewegen!", rief sie. „Ich helfe dir." Das Licht im Kofferraum ging nicht an, zum Glück schien der Mond hell genug. Alles lag wild durcheinander, Wasserflaschen, ihre Taschen, das Warndreieck, die Warnweste. Einen Moment starrte sie das gelbe Ding an, da wurden Erinnerungen wach an ihre allererste Fahrt mit Mike ... Doch jetzt war nicht die Zeit dafür. Sie suchte weiter und fand schließlich den Verbandskasten. Gut. Jetzt noch die Wasserflasche ... Ihr Blick fiel auf die Plastiktüte, in der sich noch ein Teil der Medikamente befand. Das war doch auch nicht verkehrt! Hastig stopfte sie alles, was aus der Tüte gefallen war, hinein. Mit ihrer Beute arbeitete sie sich wieder nach unten, zur Fahrertür.

Mike hatte es mittlerweile geschafft, die Beine aus dem Wagen zu strecken. Jeans und Schuhe waren voller Blut, es roch leicht nach Metall ...

„Nicht so schlimm." Er klang leicht benommen.

Nicht so schlimm?, wollte sie schreien.

„Es geht schon." Er zog ein Messer hervor und schnitt seine Jeans auf. Dunkles Blut strömte aus einer klaffenden Wunde in seinem Oberschenkel. Sie fühlte sich schwach und zittrig und war froh, dass es dunkel war, sonst wäre sie vielleicht in Ohnmacht gefallen.

„Bist du verletzt, Luisa?"

„Ich ... Nein ... Mike! Was ... Kannst du Danny anrufen?"

„Nein, ich habe kein Handy bei mir. Zu gefährlich. Aber ..." Er sah zu ihr hin. „Luisa." Er bemühte sich um einen aufmunternden Tonfall. „Die Wunde ist ziemlich tief, aber die Arterie scheint nicht verletzt zu sein, sonst wäre ich schon längst bewusstlos. Ich werde es überleben. Okay?"

„Mike ..."

„Ich hatte schon schlimmere Verletzungen. Gib mir die Wasserflasche. Du kannst schon einmal Verbände und zwei Kompressen bereitlegen."

Sie reichte ihm die Flasche und er trank, während sie im fahlen Mondlicht das Verbandsmaterial heraussuchte. Mike legte sich die Kompresse auf die Wunde und sie umwickelte sein Bein großzügig mit dem Verband. Er schwitzte stark und biss die Zähne zusammen. Wie gerne hätte sie ihm geholfen! Moment! Sie wühlte in der Plastiktüte, zog eine Packung heraus und starrte angestrengt darauf. Sie konnte zwar gerade so lesen, was darauf stand, hatte jedoch keine Ahnung, wofür die Pillen gut sein mochten. Sie überlegte fieberhaft. Danny hatte ihr doch Tabletten gegeben, eine Packung davon musste also bereits offen sein. Sie suchte und fand tatsächlich die angebrochene Schachtel. Mit zitternden Händen nahm sie eine Pille heraus und hielt sie Mike hin.

Er sah sie an, zögerte.

„Nimm", drängte sie ihn.

„Die machen müde", sagte er mit rauer Stimme. „Und das ... Ach, verdammt." Er sagte etwas, das sie nicht verstand, schluckte schließlich die Tablette und spülte mit Wasser nach. „Gut. Nimm du auch noch eine von denen, damit wir schnell weiterkönnen." Er zog den Schuh von seinem Fuß. „Nicht so schlimm", stöhnte er und zog seinen blutgetränkten Socken aus. Luisa lehnte sich schwer an das Fahrzeug. Ein Wunder, dass er sich aus dem Wrack hatte befreien können! Das musste verdammt weh tun! Er konnte sicher nicht laufen ... Wieder stieg Übelkeit in ihr auf. Hoffentlich musste sie sich nicht übergeben.

„Wir haben Glück, Luisa."

Glück? Darauf wäre sie nicht gekommen.

„Da vorne. Da ist ein Licht. Da finden wir sicher ein Fahrzeug. Sehen wir zu, dass wir dort hinkommen und von hier verschwinden."

Er hatte recht, da war tatsächlich ein Licht in der Ferne! Sie nickte tapfer, kämpfte sich zurück zum Kofferraum und suchte alles zusammen, was sie mitnehmen konnten. Als sie zu Mike hinsah, stand er bereits neben dem Wagen.

Schnell kletterte sie zu ihm hinunter. „Komm, ich helfe dir."

Er nickte widerstrebend und legte seinen Arm um ihre Schulter. Der Schmerz in ihren Rippen raubte ihr den Atem. Sie schrie auf, ihr wurde schwarz vor Augen. Der Druck ließ sofort nach. Sie hielt sich am Wagen fest und atmete tief ein und aus. Langsam ließ der Schmerz wieder nach. Sie öffnete die Augen und blickte Mike an.

„Sorry", sagte er leise. „So wird das wohl nichts."

„Vielleicht sollte ich ..." Allein losgehen, wollte sie vorschlagen.

„Da, der Ast am Boden", unterbrach er sie.

Sie bückte sich danach. Ihre Rippen protestierten schmerzhaft, als sie ihn aufhob. Er war voller kleiner Äste, sie riss sie ab, soweit sie es konnte.

Mike stützte sich am Fahrzeug ab und stieg aus dem Wagen. Sie sah, wie er die Zähne zusammenbiss. Er lehnte sich an die Wagentür und schloss einen Moment die Augen, dann streckte er die Hand aus und sie drückte ihm den Ast in die Hand. Er stützte sich schwer darauf.

„Mike", sagte sie leise.

„Geht schon", keuchte er und setzte sich in Bewegung. Der Baum, der den Wagen aufgehalten hatte, stand am Rande eines Bachbetts voller Kieselsteine. Diese knirschten, als sie darüber schritten, auf das Licht zu. Bei jedem Schritt protestierten ihre Rippen, und sie mochte sich nicht ausmalen, wie es Mike ging. Er stützte sich stark auf den Stock und keuchte laut. Wie sollen wir das nur zu unserem Ziel schaffen?, fragte sie sich entsetzt. Das konnte nicht gutgehen. Wenn das da vorne ein Haus war ... Vielleicht sollte sie vorgehen und einfach um Hilfe bitten? Vielleicht würde derjenige so freundlich sein und sie sein Telefon benutzen lassen ... Aber sicher würde er sich auch wundern, warum sie nicht wollte, dass er einen Krankenwagen rief ... Luisa drehte sich zum Wagen um. Mittlerweile hatten sie ein ganzes Stück zurückgelegt, aber das Licht vor ihnen schien nicht näher zu kommen. Sie blickte verzagt die Böschung hinauf, die der Wagen hinuntergestürzt war. Nur ein paar Meter, zum Glück ... Da vorne. Was war das? „Mike, komm, wir gehen hoch zur Straße", schlug sie vor. „Da ist ein Weg nach oben. Da lässt es sich sicher besser laufen als hier im Bachbett mit den Kieselsteinen."

Er zögerte einen Moment. „Gut."

Es war überaus anstrengend, auf dem Schotterweg die paar Meter Höhenunterschied zu überwinden. Als sie endlich die Straße erreicht hatten, blieb Mike schwer atmend stehen und auch sie schnappte nach Luft. Ein Stechen hatte sich in ihrer Brust ausgebreitet. Es geht nicht, dachte sie verzagt. Wir sind beide zu schwer verletzt, wir werden unmöglich zu dem Haus kommen. Wir müssen hoffen, dass ein Wagen hält. Vielleicht können wir den Fahrer niederschlagen, wenn er sich weigert, uns mitzunehmen, oder die Polizei rufen will ...

„Luisa", sagte Mike. „Sieh doch. Da links."

Sie blickte hoch. Auf der anderen Straßenseite, ein paar Meter hinter ihnen, befand sich eine kleine Einbuchtung und dort stand ein großer, dunkler Jeep.

„Komm! Den nehmen wir", grinste er.

Sie half ihm über die Straße. „Kannst du ihn öffnen?", fragte sie.

„Natürlich." Er zog am Griff der Fahrertür. Sie schwang auf.

„Ich sage ja, dass wir Glück haben." Mike quetschte sich auf den Fahrersitz.

Luisa setzte sich neben ihn, sie war völlig erledigt. Die Schmerzen waren aushaltbar dank der Schmerzmittel, aber noch immer da, und sie fühlte sich unendlich erschöpft, am liebsten hätte sie sich einfach hingelegt und wäre eingeschlafen. Aber besser nicht.

Mike ließ den Wagen an. „Sogar der Schlüssel steckt. Hier scheint sich kaum jemand hinzuverirren, zumindest nicht um diese Zeit. Umso besser. Siehst du? Da geht ein Weg hinauf, sicher gibt es da oben eine Jagdhütte oder etwas Ähnliches."

Er fuhr ein Stück rückwärts. Sie sah, wie er die Zähne zusammenbiss.

„Mike ..."

„Geht schon." Er wendete den Wagen und fuhr langsam die Straße hinunter. Es dauerte ziemlich lange, bis sie an dem Licht vorbeifuhren, das sie gesehen hatten – anscheinend ein kleines Schotterwerk, das einsam und verlassen dalag, lediglich von einer trüben Straßenlaterne beleuchtet. Luisa dankte dem edlen Spender des Jeeps. Wir leihen ihn uns nur, dachte sie. Wenn alles gutgeht, bekommst du ihn bald zurück ... Vielleicht ...

Mike fuhr die schmale Bergstraße entlang. Er fühlte sich müde und benommen. Warum hatte er die verdammte Pille geschluckt? Sie wirkte nicht einmal richtig, er hatte noch immer Schmerzen. Verdammter Mist. Egal. Langsam, sagte er sich, fahre langsam, bleib konzentriert, dann ... Was war das! Ruckartig riss er das Lenkrad herum, um einem Felsbrocken auszuweichen, der mitten auf der Fahrbahn lag, und trat auf die Bremse. Der Wagen stoppte abrupt. Heftiger Schmerz durchfuhr seinen verletzten Fuß, ihm wurde schwarz vor Augen.

„Verdammte Axt", keuchte er, legte die Arme auf das Lenkrad, vergrub seinen Kopf darin und wartete, dass der Schmerz nachließ. Verdammt, stellte er für sich fest. Mein Fuß ... Es ist schlimmer, als ich gedacht habe. Ich kann so nicht fahren, jedenfalls nicht lange, ohne uns auf diesen engen Bergstraßen weiter in Gefahr zu bringen. Aber das hilft jetzt auch nicht weiter. Atmen. Atmen. Es muss gehen, wir haben keine Wahl.

Er richtete sich auf, atmete tief durch und startete den Wagen erneut. Ich fahre noch ein kleines Stück, irgendwohin, wo wir uns verstecken können und wo ich zumindest kurz schlafen kann ... Er warf Luisa einen Blick zu. Sie starrte ihn an, die Sorge war deutlich in ihrem Gesicht zu lesen.

„Mike."

„Alles gut. Es geht schon." Er durfte sich auf keinen Fall anmerken lassen, wie schlimm es um ihn stand. Sie vertraute ihm, sie brauchte ihn, für sie musste er ...

„Ich kann fahren", sagte Luisa.

Das kam überhaupt nicht in Frage. „Du bist verletzt. Du hast Schmerzen."

„Du bist auch verletzt, du hast ebenfalls Schmerzen, und ich fürchte, deine sind schlimmer als meine. Ich nehme noch ein paar Tabletten. Es ist dunkel, fast niemand ist unterwegs. Du musst mir nur sagen, wo wir hinmüssen. Was meinst du, wie weit ist es noch bis Marseille?"

„Vier Stunden."

„Das schaffe ich."

„Über enge Bergstraßen."

„Ja. Was bleibt uns anderes übrig? Oder meinst du, wir können Danny kontaktieren?"

Keine Chance. Er überlegte. „Wenn du dir sicher bist ...“

„Das bin ich."

Er nickte und drehte den Zündschlüssel auf aus.

„Was meinst du, was kann ich davon nehmen?", fragte sie, während sie mehrere Pillenschachteln hervorzog und sie im Wageninnenlicht betrachtete.

Er zwang sich, konzentriert zu bleiben. „Die beiden. Je eine davon. Die hier dämpft den Schmerz, die andere hält dich wach. Nimm auf keinen Fall mehr. Wenn es sich wirklich nicht mehr aushalten lässt, versuch die hier."

„Was macht die?"

„Damit hast du zwar noch immer Schmerzen, aber es ist dir egal." Verdammt, das war keine gute Idee. „Luisa. Bist du sicher ...“

„Ja."

Er nickte, atmete tief durch und quälte sich über Kupplung und Handbremse zur Beifahrerseite, während Luisa ausstieg und sich schwer auf die Motorhaube stützte, um zum Fahrersitz zu gelangen.

Wir sind sowas von erledigt, dachte er.

Wenig später startete Luisa den Jeep und fuhr los. „Der Tank ist voll!", stellte sie fest.

Ja, Gott sei Dank, dachte er. „Wir müssen nach Cassis", sagte er laut. „Weck mich spätestens in Aubagne. Danny hat mir von dort den Weg beschrieben, ich werde das Haus dann schon finden."

„Gut, mache ich", sagte sie. „Ach, und Mike?"
Doch er war zu erschöpft, um ihr zu antworten.

Der Jeep war schwergängig, fand Luisa, und riesig.
Sie war sich nicht sicher, ob sie mit dem gewaltigen
Wagen ohne Weiteres einparken könnte. Aber das war
hoffentlich nicht nötig. Sie musste nur nach Manosque
und von dort nach Aubagne. Zum Glück gab es eine
Straßenkarte im Handschuhfach! es war niemand unterwegs, und wenn sie langsam fuhr und konzentriert
blieb ...

Mike schnarchte leise neben ihr. Er schien völlig erschöpft zu sein, kein Wunder, er hatte viel zu viel Blut
verloren, fand sie. Hoffentlich stirbt er nicht! Der Gedanke ließ ihr Herz einen Moment aussetzen. Er durfte
nicht sterben! Und er wird es auch nicht, rief sie sich
selbst zur Ordnung. Er hat seine Wunden gut verbunden, er weiß ja hoffentlich, wie das geht ... Und solange
er schnarcht ...

Es war trotzdem still im Wagen, zu still, fand sie. Sie
schaltete das Radio an. *Time to Kill* ertönte. Sie schnitt
eine Grimasse, aber sang trotzdem den Text mit, so gut
sie konnte.

All standing still
so give me the pill
my emptiness to fill.
No need to chill.
I feel the thrill.
It's time to kill
so let it spill!

Pillen zum Killen, dachte sie und kicherte los. Das
passte ja wie die Faust aufs Auge.
Die Fahrt zog sich endlos, ihr Körper schmerzte immer mehr und sie spürte, wie sie müde wurde. Als sie

es gar nicht mehr aushielt, stoppte sie in einer Parkbucht und schluckte eine Tablette und als diese nicht sofort zu wirken begann, nahm sie noch eine zweite. Schon bald darauf fühlte sie sich besser, sie fuhr weiter, und als wenig später *Time to Kill* erneut im Radio lief, sang sie erneut lautstark mit und das tat sie dann auch bei jedem weiteren Song, egal ob sie den Text kannte oder nicht, egal, ob englisch oder französisch, und Mike schnarchte leise dazu. Bald zeigte sich das erste Licht des Tages im Rückspiegel, ein Straßenschild wies den Weg nach Manosque und zum ersten Mal hatte sie das Gefühl, dass sie wirklich ankommen würden.

Als dann endlich angezeigt wurde, dass Aubagne nur noch zehn Kilometer entfernt war, stieß sie einen Seufzer der Erleichterung aus. Puh! Bald hatten sie es geschafft. Sie pikste Mike mit dem Finger in die Seite. „Wir sind gleich da."

Er rührte sich nicht. Sie hielt am Straßenrand und rüttelte ihn an der Schulter. Keine Reaktion. Schließlich wusste sie sich nicht anders zu helfen, als ihm Wasser aus der Flasche in den Nacken zu schütten.

„WAS!" Er riss die Augen auf und stierte sie wild an.

„Noch zehn Kilometer bis Aubagne." Sie musste kichern.

„Oh. Okay." Er streckte sich. „Gut. Was hast du ... Hast du mich ..." Irritiert rieb er sich den Nacken.

„Gewässert!", kreischte sie. „Das war die Rache für die Highlands!" Sie brach in hysterisches Gelächter aus, ohne zu wissen, wo das so plötzlich herkam.

Mike nahm ihr mit gerunzelter Stirn die Flasche Wasser aus der Hand und trank, dann musterte er sie intensiv. „Alles in Ordnung? Schaffst du es noch bis Cassis?"

„Natürlich", grinste sie. „Wieso auch nicht."

„Wie viele Pillen hast du genommen?", fragte er.

„Weiß nicht. Genug."

Er seufzte tief. „Okay. Lass uns fahren. Ich denke, in etwa dreißig Minuten haben wir es geschafft."

Es dauerte dann doch deutlich länger. Von Aubagne aus ging es nach Les Gorguettes, einem Vorort von Cassis, und dann eine schmale Straße entlang durch eine hügelige und zugleich felsige Landschaft voller grüner Büsche.

Vor ihnen erschien ein Schild mit der Aufschrift *Carpiagne*, auf dem auch noch mehrere Panzer abgebildet waren. Luisa runzelte die Stirn.

„Da vorne müssen wir links", unterbrach Mike ihre Gedanken.

Luisa legte eine Vollbremsung hin, die sie beide nach vorne warf.

Mike stöhnte gequält.

Sie blinkte und bog langsam in die nächste Einmündung ein. Sie sah einen weißen Stein, auf dem ETRANGER CAVALLERIE stand, und ein weißes Tor, das halb geöffnet war und hinter dem ein Geländewagen parkte, an dem zwei Männer in Tarnuniformen lehnten.

„Links, Luisa, nicht rechts!", zischte Mike. „Da vorne, hinter den Bäumen. Nicht hier. Wir wollen nicht zur Fremdenlegion."

O verdammt, dachte Luisa, hörte auf zu blinken und fuhr am Tor vorbei. Die beiden Soldaten blickten in ihre Richtung. Bleibt schön, wo ihr seid, dachte sie, blinkte nach kurzer Zeit erneut links und bog in eine holprige Schotterpiste ein. Sie bremste. Vor ihnen war der halbe Weg durch eine kurze Schranke versperrt und ein rotes Schild mit weißem Balken lud nicht zum Weiterfahren ein.

„Das passt schon", meinte Mike.

Luisa besah den schmalen Weg. „Sicher, dass wir da langfahren müssen? Das ist doch nur eine Schotterpiste. Hoffentlich kommt uns niemand entgegen."

„Ja. Doch." Mike war ziemlich blass um die Nase, stellte sie fest. Blass. Was für ein komisches Wort. Sie musste erneut kichern.

„Das ist es", sagte Mike. Er musterte sie durchdringend. „Es ist nur noch ein kleines Stück, okay? Schaffst du das?"

„Aber klar doch." Achselzuckend schlängelte sie sich neben der Schranke her und holperte über den Schotterweg, an einer Art Bauernhof vorbei und dann steil hinauf in die Berge. Bald darauf stießen sie auf eine kleine Schotterfläche und auf ein weiteres rundes, rotes Schild mit einem weißen Balken und dem französischen Schriftzug: *Entrée interdite*."

Luisa kramte ihr Schulfranzösisch heraus. „Betreten verboten", übersetzte sie.

Mike nickte. „Genau. Wir sind richtig. Danny meinte, das Gelände gehört offiziell der Forstbehörde oder so etwas."

Sie folgten weiter dem Schotterweg. Wieso wohnte Mohammed in einer so abgelegenen Gegend?, fragte sie sich. Und was hat er mit der Forstbehörde zu schaffen? Sie hatte mit einem stattlichen Anwesen am Meer gerechnet, mindestens so protzig wie seine Jacht. Oder war das eine Art Schmugglerhütte, ähnlich wie in Albanien? Aber was wollte er hier schmuggeln?

Die Straße führte auf einen Hügel und dann sahen sie plötzlich das tiefblaue Meer vor sich. Davor ragten schroffe Felsen auf, in die zähe Nadelbäume ihre Wurzeln geschlagen hatten.

Hinein ging es in eine Senke voller Pinien und vorbei an einem weiteren Betreten-Verboten-Schild und einem Schriftzug *Maison des Gardes Forestiers* zu einem Tor, das offenstand.

Luisa fuhr hindurch. Da stand ein kleines Häuschen im Schatten der Pinien und auf der anderen Seite des Weges ein Schuppen.

„Wir sind da", meinte Mike.

Luisa holperte langsam zwischen die Gebäude. Mohammeds Domizil habe ich mir irgendwie größer vorgestellt, überlegte sie. Das ist so klein, da wird es doch für uns fünf schon eng. Ob Danny und Frances bereits hier sind?

In dem Moment trat ein Mann in Jeans und T-Shirt aus dem Haus und ein anderer aus dem Schuppen, was an sich nichts Besonderes gewesen wäre, wenn sie nicht Maschinenpistolen in ihren Händen gehalten hätten, die sie auf den Wagen richteten. Luisa trat auf die Bremse, legte hektisch den Rückwärtsgang ein und blickte in den Spiegel. Von hinten näherte sich ein weiterer Mann mit einer Pistole.

Sie stieg heftig auf das Gaspedal, der Wagen machte einen Satz nach hinten. Mike zog die Handbremse an und der Wagen kam schlagartig zum Stehen, bevor er den Mann hinter dem Wagen überrollen konnte.

„Mike!", kreischte sie entsetzt.

Die Männer traten seitlich auf den Wagen zu und brüllten etwas auf Französisch.

„Luisa", knirschte Mike. „Stell den Motor aus und hebe die Hände, sodass sie sehen können, dass du unbewaffnet bist." Er machte es vor.

„Warum? Mike!" Verstand er denn nicht, was hier passierte?

„Tu es einfach." Er klang erschöpft. „Ich habe nur vergessen ..."

Luisa gehorchte widerstrebend. Was passierte hier? Was hatte er vergessen? Dass Mohammed hochgradig paranoid war? Dass sie sich im Weg geirrt hatten und doch bei der Fremdenlegion gelandet waren?

Einer der Männer brüllte etwas auf Französisch.

„Mach die Tür auf", sagte Mike. „Aber langsam. Und egal, was passiert, wehr dich nicht."

Luisa nickte beklommen und öffnete die Fahrertür.

Zwei der Männer traten an sie heran, packten sie an der Schulter und warfen sie aus dem Wagen. Sie landete hart auf dem Boden. Schmerz durchfuhr sie, sie keuchte und blieb einen Moment benommen liegen. Sie hörte, wie Mike hinter ihr aufstöhnte. Hastig wollte sie sich aufrichten, da bekam einen harten Schlag auf den Hinterkopf.

„*Ne bouge pas!*", brüllte der Mann sie auf Französisch an. Nicht bewegen.

Wir hätten fliehen müssen, dachte Luisa verzweifelt. Ich hätte es versuchen müssen. Wieso hat Mike nur …

Zwei Hände tasteten sie grob ab, dann wurde sie an den Armen gepackt und auf die Füße gestellt, während sie auch von vorne abgetastet wurde. Ihre Rippen protestierten stöhnend, sie biss die Zähne zusammen und bemühte sich, nicht umzufallen.

„Luisa!", brüllte eine Stimme.

Sie fuhr herum. Frances lief auf sie zu, gefolgt von Harvey und Danny, der seine Freundin einholte, am Arm packte und festhielt. „Sei vernünftig, Frances, warte", hörte sie ihn rufen.

Ein Mann mit militärischem Kurzhaarschnitt, gekleidet in Jeans und T-Shirt, lief hinter ihnen her und sprach in sein Handy, dann brüllte er Befehle auf Französisch.

Die Männer ließen Luisa los und Frances befreite sich aus Dannys Griff und lief auf Luisa zu. „Wo habt ihr nur gesteckt? Seit Stunden warten wir auf euch!"

„Wir hatten einen Unfall, Mike ist verletzt." Luisa zitterte am ganzen Körper und war nicht sicher, wie lange sie stehen konnte, ohne sich auf Frances zu stützen.

Sie sah, wie Danny Mike auf den Beifahrersitz ihres geborgten Wagens half.

„Komm." Frances kletterte auf den Rücksitz, Luisa und Danny folgten ihr.

Der Fremde klemmte sich hinter das Steuer und fuhr los. Hinter ihnen folgte ein weiteres Fahrzeug, in dem sie Harvey erkennen konnte.

Der Fahrer ließ die Hütte und den Schuppen hinter sich und fuhr in eine Senke, sodass sie das Meer nicht mehr sehen konnte, da es von den Felsen verdeckt wurde. Diese wiesen merkwürdige Löcher auf. Als sie noch ein Stück näherkamen, stellte Luisa fest, dass es sich um Fenster und eine Tür handelte! Da hatte jemand ein Haus direkt in den Felsen hinein gebaut, das so gut getarnt war, dass man es erst sah, wenn man direkt darauf zuhielt! Wow, dachte sie. Das sieht schon eher nach Mohammeds Domizil aus.

Der Franzose stellte den Jeep direkt vor dem Felsen ab.

Dort stand eine unglaublich elegant wirkende große, schlanke, braungebrannte Frau mit dunkelblondem Pferdeschwanz. Sie trug ein helles Sommerkleid, Pumps und Schmuck, und alles sah so aus, als ob es eine ordentliche Stange Geld gekostet hatte. Vor den Felsen wirkte sie darin ziemlich fehl am Platz.

Die Fremde stemmte die Hände in die Hüften und runzelte missbilligend die Stirn.

„Wer ist das?", fragte Luisa überrascht.

„Das ist Gabrielle." Frances schnitt eine Grimasse. „Willkommen in der Hölle."

„Aber ... ich dachte ..." Luisa verstummte verwirrt. Sie hatte angenommen, dass Frances nicht zu Mohammed fahren wollte, weil es bei ihm keinen Alkohol gab. Von einer Gabrielle war nie die Rede gewesen. War das etwa seine Geliebte? Oder gar seine Frau? Was war dann aber mit Aziza? Sie war doch hoffentlich nicht hier? Nach ihren Gesprächen auf der Jacht über Mike hatte sie überhaupt keine Lust, Mohammeds Tochter so schnell wiederzusehen.

Danny half Mike aus dem Wagen, Harvey trat hinzu und die beiden Männer schleppten Mike gemeinsam in das Haus. Es war hübsch, stellte Luisa fest, mit lauter schmalen, aber hohen Fenstern, durch die man eine marmorumfasste Terrasse und das tiefblaue Meer sehen konnte. Die Wände waren gemauert, auf dem Boden lagen rote Teppiche, und generell war der Eingangsbereich eher spärlich möbliert.

Gabrielle musterte Luisa von oben bis unten. „Du bist also die kleine Terroristin."

Sie zuckte zusammen.

„Komm, mach sie nicht so doof an", ging Frances dazwischen. „Sie ist verletzt." Sie packte Luisa am Arm und zog sie nach drinnen. „Was ist denn mit Mike passiert?"

„Autounfall", sagte Luisa und sah, wie Danny und Harvey Anstalten machten, Mike auf die große weiße Couch vor einer gewaltigen Glasfensterfront mit atemberaubendem Blick auf das Meer zu legen.

„Keine Blutflecken auf dem Sofa!", rief Gabrielle. „Bringt ihn nach oben. Yanis."

Der Mann, der oben die Befehle gebrüllt hatte, nickte. „Kommt mit." Er stieg eine Treppe nach oben. Danny und Harvey halfen Mike hinauf.

„Du bist ebenfalls verletzt?", wandte sich Gabrielle an Luisa.

„Ja, meine Rippen sind gebrochen."

„Komm." Gabrielle führte Luisa durch einen Gang in ein Zimmer im Erdgeschoss, mit Blick auf die Hügel. Es wirkte mit dem großen Doppelbett, einem Sideboard neben der Tür und einem gewaltigen Spiegelschrank ein bisschen wie ein Hotelzimmer, vermutlich war es für Gäste gedacht.

„Zeig mal deine Verletzungen", bestimmte Gabrielle.

Luisa zögerte einen Moment, schließlich trug sie nichts drunter, doch dann zog sie das Shirt aus, setzte sich auf das Bett und besah sich im Spiegel. Ihr ganzer Oberkörper schillerte in Grün, Blau, Gelb und Lila.

„Wundert mich, dass du noch stehen kannst", stellte Gabrielle trocken fest.

„Luisa ist zäh", grinste Frances.

„Und ich habe etwa hundert Pillen geschluckt, um es hierher zu schaffen." Luisa baumelte fröhlich mit den Beinen. Sie hatte Schmerzen, fühlte sich aber gleichzeitig merkwürdig aufgekratzt.

„Wenn du magst und dich dazu in der Lage fühlst, kannst du dich unter die Dusche stellen", schlug Gabrielle vor. „Ich suche frische Kleidung für dich heraus und eine schmerzstillende Creme."

„Danke", nickte Luisa.

Frances runzelte die Stirn. „So nett, Gabrielle? Was ist in dich gefahren?"

Die Französin zog spöttisch die Augenbrauen hoch.

„Geh ruhig duschen, Luisa", meinte Frances. „Ich bleibe hier und passe auf dich auf."

Luisa nickte und verschwand im Badezimmer. Es tat gut, sich den Schweiß und Dreck der endlosen Autofahrt abzuwaschen. Dazu wurde sie langsam müde. Jetzt ins Bett legen und zwölf Stunden schlafen, und dann ...

Als sie wenig später in einen kurzen Bademantel schlüpfte, das einzige Kleidungsstück, das verfügbar war, und in das Zimmer zurückkehrte, war weder von Gabrielle noch von Frances etwas zu sehen. Dafür lehnte der Mann namens Yanis an der Tür und musterte sie von oben bis unten, ohne das Gesicht zu verziehen.

Verdammter Mistkerl, dachte Luisa. Ärger wallte in ihr auf und sie tat es ihm nach, heftete zunächst ihren Blick an seine Turnschuhe und ließ den Blick über seine Jeans und sein T-Shirt wandern. Er wirkt muskulös, stellte sie fest und besah sich dann sein Gesicht. Nicht sonderlich attraktiv, befand sie. Er verzog keine Miene und blickte sie kalt an.

„Genug gestarrt?", fragte sie laut. „Was machen wir jetzt?"

„Du folgst mir." Er öffnete die Tür.

„Wohin?"

„Los, mach schon."

„Wohl kaum." Im Bademantel und barfuß würde sie nirgendwohin gehen.

„Besser, du kommst freiwillig mit." Ein Grinsen erschien auf seinem Gesicht. „Sonst schleife ich dich an den Haaren hinter mir her."

Er wirkte so, als ob er es ernst meinte. Dazu war er stark und angezogen und sie halb nackt, unbewaffnet, verletzt, erschöpft und barfuß. Wohin war Frances eigentlich verschwunden? Etwas stimmte hier ganz und gar nicht. „Na dann." Sie atmete tief durch und folgte ihm, während ihre Gedanken rasten. Wo zum Teufel waren sie hier? Frances schien diese Gabrielle zu kennen, aber nicht sonderlich zu mögen. Dazu war sie besorgt um Luisa gewesen, als ob sie der Französin nicht sonderlich vertraute. Aber dennoch waren sie hier.

Der Mann schritt voran zum Treppenhaus. „Runter da!", befahl er.

In den Keller? Nun gut ... Luisa tappte langsam die Treppe hinunter und er ging hinter ihr her, als ob er einen Fluchtversuch vereiteln wollte, für den sie viel zu müde war. Auch hier waren die Wände gemauert, wie in einer alten Burg.

„Links!"

Sie betrat einen kleinen, leeren Raum mit einem Sofa, einem Holzstuhl und einer hellen Lampe, die auf den Stuhl gerichtet war.

„Was soll das werden?", fragte Luisa verunsichert.

„Ich möchte mich nur kurz mit dir unterhalten." Gabrielle trat ein und nahm auf dem Sofa Platz. „Setz dich auf den Stuhl."

Luisa blieb stehen.

„Yanis", sagte Gabrielle und der Mann trat zu Luisa und packte sie am Arm.

Sie entwand sich seinem Griff und setzte sich auf den Stuhl, presste die Beine fest zusammen und verschränkte die Hände vor der Brust. Angestrengt blinzelte sie in das helle Licht. Sie konnte Yanis sehen, er lehnte an der Tür. Gabrielle hingegen war nur als schemenhafter Umriss zu erkennen. Ein Verhör, stellte sie beunruhigt fest. Sie tun alles, um es für mich so unkomfortabel wie möglich zu machen. Wo war denn nur Frances? Gabrielle schwieg demonstrativ. Luisa beschloss, in den Angriffsmodus zu schalten. „Wer zum Teufel bist du?"

„Das ist nicht wichtig. Ich rate dir, einfach meine Fragen zu beantworten. Du bist müde, die Wirkung der Pillen wird bald nachlassen und dann wärst du doch lieber in deinem Bett, oder nicht? Ich lasse dich erst gehen, wenn ich alles weiß, was ich wissen will."

„Was willst du wissen?", fragte Luisa herausfordernd.

„Wie hast du Danny kennengelernt?"

„Puh." Sie atmete tief durch. „Er hat mich vor Royce gerettet. In London."

„Wer ist Royce?"

Konnte es sein, dass Gabrielle das nicht wusste? Aber ... Gut. „Er ... Er war ein Arschloch. Er wollte mich entführen und ich habe ihn niedergeschossen."

Luisa sah, wie Yanis in Gabrielles Richtung blickte.

„Ich war zur falschen Zeit am falschen Ort", erklärte Luisa seufzend. „Da waren mehrere Männer, die mich auf der Straße angegriffen haben. Ich bin auf diese Baustelle und ..."

„Wo genau befand sich diese Baustelle?"

„In London. In der Nähe von meinem Hotel."

„Warum warst du in London?"

O Gott, das erinnerte sie so sehr an das Verhör von Mike, nachdem er sie gerettet hatte. Und an das zweite

Verhör in den Highlands, wo Mike mit ihr jedes einzelne Detail durchgegangen war. Es hatte endlos gedauert.

Hier war es noch wesentlich schlimmer. Der Stuhl war hart, das Licht grell und langsam machten sich ihr Rücken und ihre Rippen bemerkbar. Unruhig rutschte sie auf der Sitzfläche herum, wobei sie versuchte, darauf zu achten, dass insbesondere Yanis nicht zu viel von ihr zu sehen bekam. Dieser verdammte knappe Bademantel ...

„Hör zu, was hältst du davon, wenn wir morgen weiterreden?", fragte Luisa. „Es ist eine ziemlich lange Geschichte und es kann passieren, dass ich irgendwann einfach umkippe."

„Du wirst diesen Raum erst verlassen, wenn ich alles weiß, was ich wissen will", wiederholte Gabrielle.

„Frances ist sicher schon auf der Suche nach mir. Ich glaube, du willst nicht, dass sie mich so findet."

„Deine Frances schläft selig und süß, genau wie deine anderen sogenannten Freunde."

„Wie?", fragte Luisa verdutzt.

„Ich habe dafür gesorgt, dass sie mir nicht in die Quere kommen. Danny ist gestern einfach so hier aufgetaucht, hat mich um Hilfe gebeten und mir dazu eine unglaubliche Geschichte aufgetischt."

„Was hat er denn erzählt?", fragte Luisa.

Gabrielle schnaubte. „Ich denke mal, dass du das ziemlich genau weißt, und du kannst mir glauben, dass mich das sehr beunruhigt hat. Ich muss wissen, was los ist, und deswegen brauche ich Antworten von dir und zwar möglichst schnell."

„Um zu entscheiden, ob du uns helfen wirst?"

Sie schwieg.

„Ich verstehe", sagte Luisa. „Ich erzähle dir alles. Mich würde nur interessieren ... Wer zum Teufel bist du und in welchem Verhältnis stehst du zu Danny und den anderen?"

„Du willst mir doch nicht weismachen, dass sie dir nichts von mir erzählt haben?", fragte Gabrielle stirnrunzelnd.

„Ich war verletzt, ich habe vielleicht nicht alles mitbekommen. Ich dachte, wir fahren zu Mohammed, Mikes Freund mit der Jacht."

Schweigen.

„Ich weiß, dass Frances dich nicht sonderlich leiden kann. Aber sonst ..."

„Was hat Frances über mich gesagt?" Gabrielles Stimme klang amüsiert.

„Nur: Willkommen in der Hölle."

Sie grinste. „Es überrascht mich nicht. Nun ja ... Danny und ich waren zwei Jahre verheiratet."

„Was?" Luisa starrte in die Lampe und blinzelte dann hektisch. Mit allem hatte sie gerechnet, aber nicht damit. „Und ... Warum hat er dann dich ..." Sie verstummte. Wer war diese Frau?

„Ja, du siehst, er muss ziemlich verzweifelt sein, wenn er mich um Hilfe bittet. Und diese Geschichte, die er mir erzählt hat, die macht es nicht besser. Ich muss mehr wissen, Luisa. Ich muss alles wissen."

„Ja. In Ordnung." Da waren noch mehr Fragen, die sich Luisa aufdrängten, aber sie war zu müde, um noch einmal nachzuhaken. Stattdessen begann sie, alles zu erzählen – wie sie Royce niedergeschossen und wie Mike, Danny und die anderen sie in den Wagen gezerrt und sie gerettet und in die schottischen Highlands verschleppt hatten. „Zu meinem Schutz", sagte Luisa.

„Sicher?", fragte Gabrielle.

„Das haben sie gesagt."

„Und das hast du ihnen geglaubt?"

„Damals ja." Das hatte sie geglaubt, bis Sarah ihr die Augen geöffnet hatte.

„Und jetzt? Was denkst du jetzt?"

Sie seufzte. „Sie wollten mich beschützen, haben mich aber auch als Köder für Royce benutzt. Und es hat funktioniert – Royce ist in die Highlands gekommen und am Ende gestorben."

„Schöne Freunde hast du da. Die dich immer wieder in Gefahr bringen."

Luisa setzte sich aufrecht hin. Ihre Rippen protestierten schmerzhaft.

„Warum gehst du nicht weg von ihnen?", fragte Gabrielle. „Sie benutzen dich nur. Nach wie vor."

„Nein." Luisa schüttelte den Kopf. „Nicht nur. Und ... Ich habe niemanden mehr. Ich kann nicht zurück nach Deutschland. Sie haben mir geholfen ... Wenn du sie nicht eingeschläfert hättest, würde Frances dir die Hölle heiß machen."

„Mag sein. Luisa. Wir sind vom Thema abgekommen. Erzähl mir mehr von den Highlands."

Sie stöhnte auf. Sie waren noch ganz am Anfang! Erneut setzte sie sich aufrecht hin und erzählte weiter, bis sie feststellte, dass der Bademantel halb offen stand. Sie stand auf und zog den Gürtel fester und lief ein paar Schritte im Kreis, wobei sie darauf achtete, Yanis nicht zu nahe zu kommen, dann setzte sie sich wieder hin. Ihr Hals fühlte sich trocken an, sie bat um Wasser.

„Erst, wenn du mir alles über die Highlands erzählt hast." Leider hatte Gabrielle unzählige weitere Fragen, zum Beispiel zum Krav-Maga- und zum Schießtraining, das sie erhalten hatte. Irgendwann konnte Luisa nicht mehr auf dem verdammten Stuhl sitzen. Erneut stand sie auf und tigerte herum, bis auch das nicht mehr ging. Mühsam ließ sie sich auf den harten Betonfußboden nieder und lehnte sich an die Wand, was kurzzeitig besser war, doch sie rutschte immer weiter nach unten und schließlich lag sie ausgestreckt auf dem Boden. Sie ahnte, dass ihr Bademantel mehr enthüllte, als ihr normalerweise lieb gewesen wäre, doch in diesem Moment war es ihr fast schon egal, sie konnte sich sowieso kaum noch rühren, jede Bewegung schmerzte, sie hoffte nur, dass dieses Verhör bald vorbei war, doch als Gabrielle die Lampe neu ausrichtete, sodass sie Luisa wieder in die Augen schien, wusste sie, dass sie es noch längst nicht überstanden hatte. Die Französin setzte sich neben sie und stellte neue Fragen, diesmal über Abu Yusef und den Libanon und das gesprengte Hochhaus. Luisa wollte nur noch schlafen, doch sie konnte nicht, weil das Licht so grell war, und der Boden hart und kalt. Dazu fror sie erbärmlich und zu allem Überfluss stand Yanis neben ihr und stieß sie hin und wieder mit dem Fuß in die Rippen. Zwar tat er es nicht feste, dennoch jagte es jedes Mal Wellen von Schmerzen durch ihren Körper. Sie hatte sich schon damit abgefunden, dass sie sich in einer Zeitschleife befand und niemals wieder daraus entkommen würde, als sie Schritte hörte und eine bekannte Stimme fragte: „Luisa?"

„Mike!", kreischte sie und bekam einen Tritt von Yanis, der ihr den Atem nahm.

„Was zum Teufel macht ihr mit ihr?", brüllte Mike. „Und wieso sind Danny und die anderen nicht wach zu bekommen?"

Sie glaubte, ihn neben sich stehen zu sehen, war sich aber nicht sicher. „Verdammt, du behandelst sie wie eine Terroristin ..."

„Ihr seid alle Terroristen", gab Gabrielle kalt zurück. „Und ihr müsst mir noch ein paar gute Gründe mehr nennen, warum ich euch nicht an Sarah ausliefern oder euch gleich wegsperren soll. Nun gut. Fürs erste weiß ich genug. Sie kann gehen."

Luisa wurde an den Armen gepackt und auf die Füße gestellt, sie stützte sich auf Mike und Yanis und ließ sich von ihnen die Treppe hinaufführen, während der Untergrund immer stärker schwankte.

Kapitel 2

Luisas Kopf schmerzte, als sie erwachte, und sie hatte Durst. Benommen blickte sie sich um. Das Zimmer kam ihr bekannt vor. Gabrielle hatte sie hierher gebracht, vor dem Verhör ... Sie rieb sich die Stirn. Neben ihr auf dem Nachttisch standen eine Wasserflasche und ein Glas und über dem Stuhl am Fenster hing ein Trainingsanzug. Die versprochenen Klamotten. Erst einmal trinken, beschloss sie, doch als sie sich aufsetzte, nahm ihr der Schmerz fast den Atem und trieb ihr Tränen in die Augen. Einen Moment verharrte sie reglos, und als der Schmerz endlich nachließ, schnappte sie sich die Flasche und trank daraus, um sie anschließend neben sich auf das Kopfkissen zu legen und entkräftet wieder in die Kissen zurückzusinken. Ich müsste mal auf die Toilette, stellte sie fest. Und ich könnte ein paar Tabletten vertragen. Aber dafür müsste ich aufstehen ... Hm. Sie schlug die Decke zur Seite. Ich habe noch immer diesen bescheuerten Bademantel an, stellte sie fest und blickte sehnsüchtig zum Trainingsanzug hinüber. Am Ende entschied sie sich dafür, doch lieber liegenzubleiben. Aufstehen wurde überbewertet. Nicht bewegen, dann würde es schon gehen. Also starrte sie die weiße Zimmerdecke an. Neben der Lampe blinkte ein Rauchmelder. Sie beobachtete träge das kleine rote Licht. Wie viele Sekunden vergingen wohl bis zum nächsten Aufleuchten? Drei? Fünf?

Es klopfte leise an die Tür.

„Ja?", rief sie.

Danny trat ein und setzte sich neben sie auf die Bettkante. „Wie geht es dir?"

„Gut."

Er runzelte die Stirn und sie sah, wie er die Wasserflasche anblickte und die halb zurückgeschlagene Decke. Sie hatte sich nicht die Mühe gemacht, sich wieder zuzudecken, es war zum Glück warm genug im Zimmer.

„Wenn ich mich nicht bewege", fügte sie hinzu.

Er öffnete die Schublade ihres Nachttisches, holte eine Schachtel heraus und drückte ihr zwei Tabletten und die Wasserflasche in die Hand. Wenn sie das mal gewusst hätte.

„Wie geht es Mike?", fragte sie, als sie die Pillen geschluckt hatte.

„Keine Sorge, er wird wieder."

„Er war da, oder? Er hat mich aus dem Verhörraum befreit?" Sie war sich nicht so sicher, was in den letzten Tagen alles passiert war und was sie vielleicht nur geträumt hatte.

„Ja, und zuvor hat er mir einen Liter Wasser über den Kopf geschüttet, und es nicht geschafft, mich damit aufzuwecken. Es tut mir leid, was Gabrielle getan hat. Ich hätte nicht gedacht ..." Er verstummte.

„Ihr wart wirklich verheiratet?"

„Ja", nickte er. „Wir haben uns verliebt und drei Wochen später geheiratet, zwischen zwei Einsätzen. Es war eine schlechte Idee. Zwei Tage nach der Hochzeit musste ich schon wieder zurück nach Afghanistan. In den zwei Jahren, in denen wir zusammen waren, haben wir uns vielleicht vier Monate gesehen und nur gestritten."

„Warum glaubst du, dass sie uns helfen wird?"

Er atmete tief durch. „Ehrlich gesagt, bin ich mir nicht sicher, ob sie es wirklich tun wird, und erst recht nicht, wie. Aber wir hatten kaum eine Wahl. Der britische Geheimdienst kann uns überall aufspüren. Hier sind wir zumindest vor Sarah in Sicherheit."

„Warum?"

„Gabrielle arbeitet für den DGSE."

Luisa runzelte die Stirn, das sagte ihr nichts. „Was ist das?"

„Der französische Geheimdienst."

Luisa blieb der Mund offen stehen. „Was ..."

Er nickte grimmig. „Ihr Vater ist im französischen Außenministerium tätig und hat einen guten Draht zum DGSE. Gabrielle hat bereits vor unserer Heirat für den Geheimdienst gearbeitet, aber mir natürlich nichts davon erzählt."

„Wow", staunte Luisa. „Aber du bist doch Brite, wie haben sie ihr da erlaubt, dich zu heiraten?"

Danny zuckte die Schultern. „Sie hätten es ihr ja schlecht verbieten und sie höchstens aus dem aktiven Dienst entfernen können, was sie letztendlich nicht getan haben. Ich habe erst später davon erfahren ... Mit ihrem Vater habe ich mich überhaupt nicht verstanden, natürlich war ich nicht gut genug für seine Tochter, und sie wollte ihm wohl auch etwas beweisen ... Jedenfalls hat sie mich gedrängt, die Offizierslaufbahn einzuschlagen, aber ich habe mich geweigert und bereits damals überlegt, der Armee den Rücken kehren, um nicht mehr für den sinnlosen Tod unzähliger Zivilisten verantwortlich zu sein. Nach unserer Scheidung hat sie erneut geheiratet und zwar ein ziemlich hohes Tier beim DGSE. Nicht zuletzt deswegen mischt sie in dem Laden nun kräftig mit."

„Und du glaubst ... Sie wird uns nicht an Sarah ausliefern?"

„Die Franzosen und die Engländer haben noch nie gerne zusammengearbeitet. Es dürfte den DGSE freuen, Sarah auszubremsen und bloßzustellen. Natürlich ist es trotzdem möglich, dass sie irgendeinen Deal machen. Aber Mike und ich werden versuchen, unsere eigenen Kontakte zu nutzen, damit dies nicht geschieht."

„Aber ... Werden sie euch dann nicht für ... für Vaterlandsverräter halten oder so?"

Danny zuckte die Schultern.

Das kann doch nicht wahr sein, dachte Luisa entsetzt.

Die Tür wurde aufgerissen, Frances trat ein. „Mensch, Luisa, endlich bist du wach." Sie runzelte die Stirn. „Du siehst so bedröppelt drein. Über was redet ihr?"

„Gabrielle", seufzte Danny.

„Gott sei Dank ist die Schlampe abgereist." Frances lümmelte sich in den Sessel neben dem Bett.

„Ja, nach Paris, um sich mit ihrem Mann zu besprechen", ächzte Danny. „Wir werden sehen, wie hilfreich das für uns sein wird. Hast du Hunger, Luisa?"

„Ja", gab sie zu. Und sie musste mittlerweile wirklich dringend auf die Toilette.

„Du kannst aufstehen, wenn du willst."

Sie machte große Augen. „Darf ich das denn mit den Rippenbrüchen?"

„Du bist doch sowieso schon herumgelaufen", grinste Frances.

„Bettruhe ist auch tatsächlich nicht nötig", meinte Danny. „Mit ausreichend Schmerzmittel sollte es gehen. Du musst dich allerdings in den nächsten Wochen schonen, darfst keinen Sport machen und nichts Schweres heben. Moderate Bewegung ist aber in Ordnung. "

„Na dann!" Luisa setzte sich auf, um gleich wieder in die Kissen zurückzusinken und die Zähne zusammenzubeißen, während ihr Tränen in die Augen stiegen.

„Vielleicht solltest du noch warten, bis die Schmerzmittel richtig wirken", sagte Danny.

Zwanzig Minuten später saß Luisa dann aber mit einer Tasse Kaffee auf der schattigen, überdachten Terrasse und blickte staunend auf das tiefblaue Meer hinaus. Sie konnte nicht direkt an den Klippen nach unten sehen, weil die Villa etwas zurückgesetzt gebaut worden war, sodass sie auch vom Meer aus nicht gesehen werden konnte.

Hier ließ es sich aushalten, fand sie. Und war sehr dankbar über den Schatten, in dem es fast kühl war. Obwohl es noch relativ früh am Morgen war, knallte die Sonne bereits ordentlich. Ich muss den halben Tag und die ganze Nacht geschlafen haben, überlegte sie. Oder ... Wie lang hat dieses verdammte Verhör nur gedauert?

Frances trat zu ihr auf die Terrasse und balancierte ein Tablett mit Brot, Käse und einer Schale mit Rührei. Danny folgte ihr.

„Wo sind die anderen?", fragte Luisa.

„Mike schläft noch und Harvey ist vorhin in den Klippen verschwunden."

Nach dem Frühstück schloss Luisa die Augen und döste vor sich hin.

„Langweilig hier", beschwerte sich Frances neben ihr.

„Wir hatten es schon viel schlechter", hörte sie Danny antworten. „Gestern warst du noch ganz begeistert von diesem Sechzig-Zoll-oder-mehr-Fernseher im Wohnzimmer. Und immerhin können wir auch den Swimmingpool und den Fitnessraum benutzen."

„Ein Pool?" Luisa öffnete überrascht die Augen.

„Jawohl", lächelte Danny. „Ein Meerwasser-Hallenbad. In ein paar Wochen kannst du dich dort austoben. Das Tablet da auf dem Tisch kannst du auch benutzen. Da ist auch ein Messenger darauf, mit dem wir Gabrielle kontaktieren können. Sie hat übrigens angerufen und gesagt, dass der DGSE unter der Hand Verhandlungen mit Sarah aufgenommen hat. Offiziell stehst du noch immer unter Terrorverdacht. Du darfst deswegen auf keinen Fall das Gelände dieser Villa verlassen. Nur, wenn es wirklich keine andere Möglichkeit gibt."

„Oh", sagte sie. Immerhin war es wirklich traumhaft hier. „Wie genau heißt das hier eigentlich?"

„Wir sind im Massif des Calanques, östlich von Marseille."

„Das sagt mir was", überlegte Luisa. „Das sind doch diese tief eingeschnittenen Buchten ..."

„Ganz genau", nickte Danny. „Die Calanques gehören zum jüngsten Nationalpark Frankreichs."

„Heißt das, dass ich das Haus nicht verlassen darf? Nicht, dass jemand mich zufällig sieht ..."

„Keine Sorge", lächelte er. „Es gibt Auflagen, weil es sich um ein Naturschutzgebiet handelt. Von Anfang Juli bis Mitte September dürfen Touristen wegen der Waldbrandgefahr lediglich den Wanderweg entlang der Küste benützen, und dieses Grundstück hier ist sowieso weitläufig abgeschirmt. Gabrielle und vor allem ihr Mann Charles schätzen ihre Privatsphäre."

„Warst du hier schon mal?", fragte Luisa.

Danny nickte. „Gabrielles Vater hatte die Idee, hier ein Haus zu bauen, und es so angelegt, dass es sich wirklich perfekt in die Landschaft einfügt. Er hatte das Ziel, die Villa der Regierung zur Verfügung zu stellen, als Safe House oder Geheimgefängnis oder so, doch Charles hat es sich unter den Nagel gerissen."

„Ich dachte, das ist ein Naturschutzgebiet", sagte Luisa.

„Ja, aber erst seit 2012. Es gibt eben überall Menschen, für die besondere Regeln gelten. Charles ist so einer."

„Kennst du ihn?"

„Ich habe ihn zweimal getroffen. Ein knallharter Machtmensch."

„Sie steht ja jetzt auf sowas", knurrte Frances.

„Sie wollte immer Karriere machen", seufzte Danny. „Eigentlich wollte sie Botschafterin werden."

„Und endete als brave, treusorgende Ehefrau eines Egozentrikers", grinste Frances.

„Du solltest sie nicht unterschätzen. Sie hat nur einmal einen Fehler gemacht und zwar den, mich aus Liebe zu heiraten. Das hat sie schnell korrigiert. Ich kann mir nicht vorstellen, dass sie Charles liebt, aber er hilft ihr, sehr schnell aufzusteigen. Sie hat Kontakte durch ihre Familie, sie ist verdammt klug und gerissen und sie benutzt ihn als Sprungbrett."

„Und er fickt sie dafür", knirschte Frances. „Wie so eine Hure."

Danny runzelte die Stirn. „Er denkt sicherlich, dass sie ihn liebt, dass er es geschafft hat, sie mit seinem Charme zu verführen oder so, aber ich bin sicher, er hat nicht die leiseste Ahnung, dass sie ihn benutzt. Aber Politik, Außenministerium und Geheimdienste sind Männerbastionen und sie muss gerissen sein, wenn sie aufsteigen will."

„Sie ist eine verdammte Schlampe", gab Frances zurück. „Sie hat versucht, dich zu benutzen, und du verteidigst sie noch immer."

Luisa beschloss, das Thema zu wechseln, bevor die beiden richtig zu streiten begannen. „Also ... Ich möchte gerne in die Sonne und mir ein bisschen die Beine vertreten. Geht das?"

„Mach nur", nickte Danny. „Aber halte dich besser im Schatten der Bäume, damit dich niemand sieht. Immerhin sind die Wälder seit ein paar Tagen wegen der hohen Waldbrandgefahr für Touristen gesperrt, es sollte dir also hoffentlich niemand begegnen. Ich könnte mir sogar vorstellen, dass Gabrielle da einen gewissen Einfluss ausgeübt hat."

„Krass", sagte Luisa.

„Ich komme mit dir mit." Frances warf Danny einen finsteren Blick zu. „Wir suchen den Strand."

„Den Strand?" Luisa machte große Augen.

„Unten an den Klippen kann man baden", nickte Frances.

„Besser nicht." Danny schüttelte den Kopf. „Der Weg ist steil, Luisa muss sich noch schonen und dazu sind da immer wieder Ausflugsboote und Kajaks unterwegs. Wenn ihr irgendwann dort schwimmen wollt, dann am besten ganz früh am Morgen oder spät am Abend. Dazu ist es gefährlich in den Klippen. Manche Pfade enden direkt an der Steilküste."

„Gott, was bist du anstrengend", schnaufte Frances. „Komm, Luisa, verschwinden wir."

Ein schmaler Pfad führte am Haus entlang bis direkt an die Klippen. Die Sonne knallte erbarmungslos auf sie herunter und Luisa war froh über die schattige Terrasse. Sie blickte zurück zur Villa. Sie waren kaum hundert Meter gegangen und das Haus verschmolz tatsächlich fast vollkommen mit dem Felsen.

„Da geht es zum Strand", meinte Frances und deutete nach unten. Luisa beäugte misstrauisch einen steilen, steinigen Pfad, der mitten zwischen Büschen zu enden schien. Das würde spannend werden, da heil hinunterzukommen!

Als sie bald darauf zurückkehrten, sahen sie Mike im ersten Stock auf einem weiteren schattigen Balkon sitzen, mit einem Handy in der Hand. Sie winkte ihm zu, er hob die Hand und telefonierte weiter, auf Arabisch. Sicher mit Mohammed, dachte sie.

Der kurze Spaziergang hatte sie ziemlich erschöpft. Luisa ließ sich auf das Sofa sinken und war erst einmal nur mit Atmen beschäftigt, während Frances Liegestütze und Sit-ups auf dem Fußboden machte. Ich will auch, dachte Luisa neidisch, aber sie wusste, dass daran nicht zu denken war. Früher wäre ihr so etwas nicht im Traum eingefallen. Wie sich doch alles geändert hatte. Wehmütig dachte sie an ihre Eltern. Was sie wohl gerade machten?

In dem Moment humpelte Mike ins Wohnzimmer. „Morgen." Er wandte sich direkt an Luisa. „Na, Langschläferin? Wie geht es dir?"

Sie spürte, dass sie errötete, und hasste sich dafür. „Gut. Und dir?"

„Auch gut."

Frances stand auf und schüttelte den Kopf. „Ihr alten Lügner."

Mike lächelte ein bisschen, wurde jedoch gleich wieder ernst. „Ich muss nach Marseille. Wie komme ich am besten hin?"

„Ich fahre dich", bot Danny an.

„Danke."

„Super, ich komme mit!", rief Frances mit leuchtenden Augen.

Danny runzelte die Stirn. „Wolltest du nicht bei Luisa bleiben?"

„Ach, es sind doch nur ein paar Stunden und sie muss sich sowieso erholen."

Danny schnitt eine Grimasse.

„Geht nur", lächelte Luisa. Ein bisschen Ruhe war ihr tatsächlich ganz recht. „Aber ich verstehe nicht ganz. Ich muss hierbleiben und ihr ... Ich würde jetzt sicher nicht mit nach Marseille gehen, aber ..."

Danny seufzte. „Die Terrorwarnung gilt allein dir. Nach uns wird offiziell nicht gesucht."

„Warum?"

„Ich weiß es nicht. Es heißt zwar, dass mehrere Personen an der Sache im Libanon beteiligt waren, doch angeblich haben sie bislang nur dich identifiziert. Das gefällt mir überhaupt nicht. Aber wir müssen das nutzen, solange wir uns noch frei bewegen können."

„Genau." Mike nickte knapp. „Gehen wir?"

„Mach's gut, bis später!", rief Frances.

„Bis dann!"

Luisa döste erst ein bisschen auf dem Sofa, dann schaltete sie den Fernseher an. Gabrielle hatte mehrere Streaming-Kanäle zur Auswahl, stellte sie fest. Immerhin etwas. Sie stöberte durch das Angebot. Da! Es gab eine Neuverfilmung vom Dschungelbuch! Genau das

Richtige, was sie jetzt brauchte, um sich abzulenken. Sie lehnte sich zurück, war mit den Gedanken jedoch bald wieder bei den Nachrichten und Sarah und ihren Eltern und Jonas und irgendwann auch bei Mike, und dann schrak sie heftig zusammen, als sie plötzlich eine Bewegung registrierte und feststellte, dass Harvey in der Küche stand. Sie hatte ihn überhaupt nicht hereinkommen hören! Wann hatte er sich hineingeschlichen?

Er blickte nicht zu ihr hin, sondern stellte das Teewasser an und Luisa tat so, als würde sie weiter fernsehen, während sie aus den Augenwinkeln beobachtete, wie er bedächtig eine Tasse aus dem Schrank nahm und einen Teebeutel aus einer Dose zog und wenig später mit dem Tee lautlos im Gang verschwand. Er ist immer noch gruselig, dachte Luisa unbehaglich. Hoffentlich kommen die anderen schnell zurück!

Bald darauf schrak sie zusammen, weil sie glaubte, ihn erneut in der Küche stehen zu sehen, doch es war nur ein Schatten, hervorgerufen durch das schmale, hohe Fenster. Harvey ließ sich nicht mehr blicken.

Bald darauf ging die Haustür auf. Sie waren ja nur zwei Stunden weg gewesen, stellte Luisa mit Blick auf die Uhr überrascht und zugleich erleichtert fest. Doch statt ihrer Freunde kam eine vielleicht fünfzigjährige Französin mit einem grauen Dutt und weißer Schürze herein, die Luisa neugierig beäugte und mit einem französischen Redeschwall überschüttete.

Luisa lächelte nervös und antwortete etwas, von dem sie hoffte, dass es bedeutete, dass sie Luisa hieß und nicht gut französisch sprach. Die Frau nickte und lächelte. Sie schlug sich die Hand gegen die Brust und sagte „Aurélie" und dann noch viel mehr, von dem Luisa wieder nichts verstand. Danach machte sie sich erst mit einem Lappen in der Küche zu schaffen, dann wischte sie schwungvoll den Boden im Wohnzimmer und zog schließlich weiter in den Flur.

Zwei weitere Stunden später kehrten Danny und Frances zurück.

Luisa runzelte die Stirn. „Wo ist Mike?"

„Mohammed hat ihn abgeholt, sie fahren zu seiner Villa nach Nizza. Er hat hier auch ein Haus, aber ... Das ist wohl zu klein oder so."

„Ah", murmelte sie.

In dem Moment kam Aurélie ins Wohnzimmer und ließ einen erneuten Redeschwall los und Danny antwortete ihr in fließendem Französisch.

„Was habt ihr gesagt?", fragte Frances mit gerunzelter Stirn.

„Aurélie ist Gabrielles Haushälterin und wird sich um unser leibliches Wohl kümmern."

Die Französin ergriff erneut das Wort, fuchtelte mit den Händen und blickte dabei zu Luisa hin und Danny sah sie ebenfalls an und antwortete. „Sie hat gefragt, ob du krank bist, Luisa. Sie meint, du bist dünn und blass, und hat versprochen, dass sie dafür sorgen wird, dass du ein paar Pfund mehr auf die Rippen bekommst."

Frances grinste. „Das kann wirklich nicht schaden."

Danny und Aurélie unterhielten sich weiter, während Frances sich dem Fernseher zuwandte und abfällig das Gesicht verzog. „Was siehst du dir da an? Einen Kinderfilm?"

Mittlerweile lief die Neuverfilmung von *Die Schöne und das Biest*. Luisa fühlte sich ertappt und schämte sich ein bisschen. Wofür, fragte sie sich sofort trotzig, und gab zurück: „Was hättest du denn gerne? Bestimmt eine historische Liebesschnulze. Vielleicht einen Jane-Austen-Film?"

„Was? Bist du irre?" Frances schüttelte empört den Kopf. „Wenn, dann sehe ich mir nur Rugby oder vielleicht Hockey an. Filme sind doch völliger Unsinn."

„Komm, wir finden etwas, das dir gefällt." Luisas Ehrgeiz war geweckt. „Eine Serie vielleicht? Zeit haben wir ja. Was hältst du von *Narcos*? Da geht es um die

Drogenkartelle in Kolumbien der achtziger Jahre, das habe ich noch nicht gesehen. Oder möchtest du lieber eine Zombieserie?"

Frances runzelte die Stirn, dann zuckte sie mit den Achseln. „Such was aus, wenn du meinst! Aber keinen Babykram!"

So begannen sie mit *The Walking Dead*, die Luisa vor Ewigkeiten angefangen und nie beendet hatte, weil Jonas sich über diesen furchtbar blutigen Schwachsinn beschwert hatte ... Sie konnte sich überraschend gut an die ersten Folgen erinnern und als das Tablet neben ihr piepste, riskierte sie einen Blick. Gabrielle hatte einen Link geschickt, es ging um den Anschlag im Libanon und um die Terroristin Marcovic. Luisa starrte mit mulmigem Gefühl auf ihr altes, in den Artikel eingebettetes Facebook-Profilfoto, auf dem sie grenzdebil grinste.

„Luisa!"

Sie schrak zusammen, als Danny plötzlich hinter ihr stand.

„Lies das besser nicht."

„Gabrielle hat es mir geschickt", sagte sie.

„Quäle dich nicht damit. Ignoriere sie, okay?"

„Hm", machte sie.

„Pst!", kam es von Frances. „Was ... Oha!"

Luisa blickte auf und sah, wie sich eine Horde Zombies über die Leiche eines Pferdes hermachten und die Gedärme herauszogen.

„Sieht sogar halbwegs echt aus", freute Frances sich.

Luisa dachte an die Toten und Verletzten im Libanon und Übelkeit stieg in ihr auf. Dennoch zwang sie sich, den ganzen Artikel zu lesen, sie musste einfach wissen, was dort über sie geschrieben stand, auch, wenn sich jedes einzelne Wort, das sie las, wie eine glühende Nadel in ihr Herz bohrte.

Als sie fertig war, scrollte sie weiter nach unten, wo ihr die Schlagzeile ins Auge sprang: Eklat um das neue Metal-Traumpaar in Russland – Konzerte abgesagt.

Metal-Traumpaar? Das auf dem Bild war doch die Sängerin von *Time to Kill*, mit dieser blutroten Strähne und den kalten, blauen Augen. Luisa tippte auf die Nachricht.

„Dass die Sängerin Selena Collins, besser bekannt als No Savior, mit Josh „The Killer" von Lost Assassinators liiert ist, beherrschte in den letzten Tagen die Klatschpresse. Bei ihrem Auftritt in Moskau ist es allerdings so hoch hergegangen, dass in der Folge mehrere Konzerte abgesagt wurden. Beim Song F*** Y** küssten sich die beiden erst stürmisch, und dann war deutlich zu sehen, wie erst Joshs Hände unter ihrem knappen Lederrock verschwanden, dann presste er sich eng an seine Partnerin, die dazu lustvoll stöhnte. In diesem Moment fiel der Ton aus und die Bühne wurde komplett dunkel. Der Veranstalter sprach später von einem technischen Defekt, Gerüchten zufolge hatte das Paar jedoch tatsächlich Sex auf der Bühne und ließ sich dabei minutenlang nicht stören. Die Fans kreischten, verwackelte Videos sollen belegen, dass es mehrere Pärchen in der Menge den Superstars nachtaten. Nach etwa zehn Minuten erstrahlte die Bühne in neuem Glanz und Selena performte allein ihren bekanntesten Song Time to Kill. Möglich, dass es sich bei dem Zwischenfall mit Josh um eine Inszenierung handelte – Tour-Manager Michael Brown lächelte zu den Gerüchten nur vielsagend und stand für ein Interview nicht zur Verfügung, genauso wenig wie No Savior. Allerdings hat die Türkei die geplanten Konzerte in Istanbul und Ankara abgesagt und dies mit Sicherheitsbedenken begründet. Die Auftritte in Frankreich und Italien sollen jedoch wie geplant stattfinden. Dazu hat

64

Brown bestätigt, dass die Sängerin in wenigen Mona-
ten nach Japan, China und Amerika reisen wird."

Wow, dachte Luisa und besah sich das Bild, auf dem nur zu erkennen war, dass sich Josh von hinten an die Sängerin presste.

„Du schaust ja gar nicht", stellte Frances fest. „Die Folge ist zu Ende, willst du mehr?"

„Okay", nickte Luisa. Die Welt war sowieso verrückt geworden.

Nach ein paar Stunden wurden die Schmerzen wieder schlimmer. Luisa seufzte, als sie nach der Tablettenschachtel griff. „Warum muss mir eigentlich immer alles wehtun?"

Frances lachte. „Hör auf zu jammern. Du kannst froh sein, dass du so glimpflich davongekommen bist. Ich hatte mal eine Kugel im Bauch, das war überhaupt nicht lustig. Einer aus meinem Team ist an sowas gestorben, mitten im Kampfgebiet. Sie konnten nicht kommen, um ihn zu holen, das Wetter war zu schlecht. Drei Tage hat es gedauert, bis er tot war, er ist elendig verreckt wie ein Straßenköter. Ich hätte ihm ja einen Gnadenschuss verpasst, aber die anderen hatten noch Hoffnung, dass er es schafft. Hätte ich ihnen gleich sagen können, dass das nichts wird."

„Okay", nickte Luisa und nahm sich vor, sich nicht noch einmal zu beschweren, wenn es sich irgendwie vermeiden ließ.

Später servierte Aurélie eine ganz hervorragende Bouillabaisse. Danny lud sie ein, mit ihnen am Tisch zu sitzen und die Fischsuppe mit ihnen zu genießen. Aurélie nahm an und redete Unmengen auf Französisch. Harvey saß mit am Tisch und schwieg, wie immer, während Danny sich bemühte, alles zu übersetzen, von Bemerkungen über das Wetter bis hin zur

Schilderung von Unglücksfällen aus der Region. Gabrielle und ihren Mann Charles hingegen erwähnte sie mit keinem Wort und stellte auch keine persönlichen Fragen. Kein Wunder bei diesen Arbeitgebern, dachte Luisa.

Am nächsten Morgen brachte Aurélie einen großen Korb mit Baguette und Croissants und anderen frischen Backwaren und erklärte Luisa, dass sie nur ordentlich zulangen sollte. Sie bedankte sich höflich und aß tapfer, obwohl es ihr schwerfiel. Es war so lange her, dass sie zuletzt mit wirklichem Appetit gegessen hatte, zuletzt eigentlich, als sie noch mit Jonas zusammen gewesen war … Mike fiel ihr ein. Wo er sich wohl herumtrieb?

„Schauen wir weiter?", unterbrach Frances ihre Gedanken. „Ich finde diesen Shane ja ziemlich interessant, aber der wird bestimmt bald gebissen."

Die nächsten Tage verbrachten Frances und Luisa damit, erst die erste Staffel von *The Walking Dead* anzusehen und dann *Narcos*, was Frances noch besser gefiel.

„Sorry, ich habe sie zu einem Serienjunkie gemacht", entschuldigte sich Luisa später bei Danny, doch der grinste nur. „Sie wird bald die Lust daran verlieren." Er hatte recht, nach der Hälfte der ersten *Narcos*-Staffel beschwerte Frances sich, dass ihr langweilig war und sie verschwand im Fitnessraum und Luisa nutzte die Gelegenheit, nach Jane-Austen-Verfilmungen zu suchen und sich noch einmal *Stolz und Vorurteil* mit Keira Knightley anzusehen.

Als Frances wiederkam, hatte sie jedoch nichts dagegen, mit Narcos weiterzumachen und wann immer sie sich in den nächsten Tagen erneut ausklinkte, um den Fitnessraum unsicher zu machen, sah Luisa sich als Kontrastprogramm sämtliche Disney-Filme sowie alle Jane-Austen-Verfilmungen an, derer sie nur habhaft werden konnte, und heimlich, wenn Danny nicht da war, las sie auch die Nachrichten auf dem Tablet. Sie musste einfach. Sie hatte diese schlimmen Dinge getan, da musste sie es auch aushalten können, darüber zu lesen.

Mike kehrte erst nach vier Tagen zurück. Er war bei Mohammed gewesen und mit ihm nach Nizza gefahren, erklärte er kurz und ließ sich auch durch Frances' Fragen nicht aus der Reserve locken. Irgendetwas schien ihn sehr zu beschäftigen, er redete kaum, und am nächsten Morgen war er bereits wieder unterwegs. Das trug nicht gerade dazu bei, dass sich Luisas Laune verbesserte.

Immerhin durfte sie unter Dannys Aufsicht mit einem moderaten Trainingsprogramm beginnen, das aus Crosstrainer und leichtem, sich steigerndem Krafttraining bestand. Sie hatte auch Lust zu schwimmen, doch Danny mahnte zur Vorsicht. „Das ist ziemlich belastend für deine Rippen. Aber wenn du jeden Tag eine Bahn mehr schwimmst und dich sonst vor allem treiben lässt, sollte es nicht schaden."

So plantschte sie ein bisschen im Wasser herum, um sich abzukühlen, und sonnte sich dann noch etwas auf einer winzigen Terrasse neben dem in die Felsen eingelassenen und überdachten Pool. Auch nicht so schlecht. Definitiv besser als die nasskalten Highlands.

Nach einer halben Stunde stieg sie noch einmal gemächlich in das kühle Nass.

„Achtung!", rief Frances, stürzte sich in die Fluten, dass es spritzte, und begann zu schwimmen. Rasch legte sie Bahn um Bahn zurück, während Luisa sich treiben ließ, bis es ihr zu langweilig wurde und sie aus dem Wasser stieg und sich auf einer Liege niederließ. In dem Moment sah sie, wie Harvey durch eines der Fenster zu ihr hinüberstarrte. Unwillkürlich wickelte sie sich in das Handtuch. Als sie erneut aus den Augenwinkeln zu den Felsen blickte, war er auch schon wieder verschwunden. Sie trocknete sich ab und sah unzufrieden an sich herunter. Ihre Arme und ihr Gesicht hatten auf Mohammeds Jacht Farbe angenommen, aber der Rest von ihr war noch immer strahlend weiß, von den wulstigen Narben einmal abgesehen, die sie von Royce und in Dubai und im Libanon davongetragen hatte. Sie schämte sich ein bisschen dafür und überlegte, nach drinnen zu gehen und sich anzuziehen, als Frances aus dem Wasser stieg. Luisa hatte sie noch nie in Badebekleidung gesehen. Sofort fiel ihr die große runde Narbe auf Frances' Bauch auf. Sie hatte ja von ihrer Schussverletzung erzählt. Dazu befand sich eine große, vernarbte Fläche an ihrem Oberschenkel, vermutlich von einer Brandverletzung, und sie hatte mehrere langgezogene Narben, die von Messerklingen kommen mochten, sie sahen so aus wie die, die Luisa von Royce bekommen hatte. Frances war ja früher in einer Jugendbande, fiel ihr ein, und sie klatschte weiter Creme auf ihren Körper und bemühte sich, nicht dauernd zu ihr hinzustarren.

Mike hat auch Narben, fiel ihr ein. Sie spürte, wie sie rot wurde, als sie an die Gelegenheit denken musste, bei der sie die Narben gesehen hatte, damals, direkt nachdem er sie vor Royce gerettet hatte, mit nichts bekleidet als einer Warnweste, die er sich um die Hüften geschlungen hatte ... Großer Gott, daran hatte sie ewig nicht mehr gedacht. Was er wohl gerade tat? Sie stellte fest, dass sie ihn vermisste. Mehr noch als ihre Eltern.

Ein paar Tage darauf tauchte Gabrielle wieder auf und bestand darauf, zusammen mit Yanis weiter mit Luisa zu sprechen, und so erfuhren sie alles über Aziza und Mohammed und Albanien und Sarah. Gabrielle sprach auch stundenlang mit Danny und den Rest der Zeit stritt sie mit Frances. Luisa war erleichtert, als sie nach drei Tagen nach Paris zurückkehrte. Yanis jedoch hatte sich in dieser Zeit mit Danny angefreundet und die beiden unterhielten sich viel miteinander. Luisa behielt ihn stets im Auge. Sie konnte nicht vergessen, wie er sie am ersten Tag in der Villa behandelt hatte und war froh, wenn er wieder ging.

Je mehr Sport Luisa machen durfte, desto besser und ausgeglichener fühlte sie sich. Nur das ständige Kommen und gehen von Mike irritierte sie. Immer wieder fuhr er nach Marseille und blieb dort oft über Nacht, und sie fragte sich, was er wohl genau dort tat. Dafür lauerte sie nicht mehr auf das durchdringende Ping, das neue Nachrichten auf dem Tablet ankündigte, und sie las auch nicht mehr alles, sie verausgabte sich lieber so weit wie möglich und verbrachte den Rest des Tages damit, auf der Terrasse zu dösen, mit oder ohne Frances fernzusehen, oder auch, sich mit Klatsch und Tratsch zu beschäftigen, für den insbesondere No Savior sorgte. „Live-Interview in Musik-Show läuft aus dem Ruder", lautete die Überschrift, und nachdem der Anschlag im Libanon kein großes Thema mehr war, tippte Luisa auf die Nachricht.

„Nach dem Eklat beim letzten No-Savior-Auftritt in Moskau ließ der nächste Skandal nicht lange auf sich warten. Auf die Frage, was Sängerin Selena Collins davon hielt, dass die Türkei ihre Konzerte abgesagt hatte, erklärte sie vor laufenden Kameras: „Die sollten da alle mehr f***en, nicht nur ihre Ziegen." „In der Türkei?", hakte Moderator Jimmy Jones grinsend nach. „Überall", gab No Savior zurück. „Vor allem die Religiösen mit ihrer Doppelmoral. Wenn die alle viel mehr und ungehemmter f***en würden, wären die sicher viel entspannter, dann gäbe es vielleicht auch weniger Kriege. Jeder sollte f***en dürfen, wen und wo

auch immer er gerade will. Tut es einfach! Apropos ...
Willst du mich f***en?" Mit diesen Worten zog sie ihr
Shirt nach oben, die Kameras richteten sich im letzten
Moment auf Jimmy Jones' fröhliches Grinsen, das je-
doch urplötzlich von seinem Gesicht verschwand. Di-
rekt danach strahlte der Sender die Wiederholung ei-
ner Sendung von „The Funniest Home Videos of All
Times" aus. Es bleibt unklar, was geschehen ist, weder
die Sängerin noch der Moderator äußerten sich an-
schließend dazu.

„Sie ist vollkommen verrückt geworden", seufzte Luisa.

„Ich finde es geil, dass sie auf den Putz haut", grinste
Frances. „Sie ist echt eine coole Sau."

Luisa schüttelte den Kopf. „Hinsichtlich der religiösen Fanatiker kann man ihr ja vielleicht noch zustim-
men. Wenn sie es doch nur dabei belassen hätte."

„Was ist los?", fragte Danny.

Frances setzte ihn kurz ins Bild.

Danny schüttelte den Kopf. „Ich vermute, das ist inszeniert. Sie wollte provozieren, um ihre Verkaufszah-
len zu erhöhen und ihr Image als Schock-Rockerin zu
zementieren."

„Aber sie hat wirklich alle gegen sich aufgebracht",
meinte Luisa. „Und sie ist doch bereits bekannt."

„Hier schon", nickte Danny. „Durch die letzten Auftritte kennt sie jetzt aber auch die ganze Welt."

Luisa schnitt eine Grimasse. Es ist nicht unbedingt
gut, wenn die Welt dich kennt, dachte sie.

„Da steht noch mehr", sagte Frances und las vor:
„Ein Sprecher der Konzerthalle in Istanbul wollte das
Interview nicht kommentieren und blieb dabei, die
Konzertabsage sei wegen Sicherheitsrisiken erfolgt.
Zeitgleich wurde bekannt, dass es unter anderem in
London, Paris, Moskau und Rom zu spontanen kleine-
ren Treffen kam, vor allem in Parks, die von der jewei-

ligen Polizei jedoch rasch aufgelöst wurden. Insgesamt wurden etwa fünfzig Menschen festgenommen, die meisten aber bald wieder auf freien Fuß gesetzt. O Mann, das ist zu geil." Frances wollte sich ausschütten vor Lachen. „Spontane Orgien in Parks? Das klingt wirklich inszeniert. Vielleicht hatte einfach irgendein Swingerclub Freigang oder ein paar Frauen haben sich halbnackt gesonnt und die Medien haben das sofort aufgegriffen."

Luisa las weiter. „Währenddessen ist in den Social Media eine heftige Diskussion entbrannt, viele Gläubige sehen ihre religiösen Gefühle verletzt und warnen vor Sittenlosigkeit, Verrohung und einer Zunahme von Missbrauch und Vergewaltigungen. Auch mehrere Kinder- und Frauenrechtler kritisierten die Sängerin scharf. „Sex an öffentlichen Orten gelte aus gutem Grund als Erregung öffentlichen Ärgernisses und sei allein aus der Sicht des Kinderschutzes verwerflich. Nun ja, das ist richtig", meinte sie. „Die Gesellschaft ist doch sowieso schon viel zu sehr sexualisiert. Man liest ja immer wieder, dass sich bereits Schüler Pornos ansehen und glauben, das, was sie da sehen, ist normaler Sex."

„Aber das liegt daran, dass die Gesellschaft viel zu verkrampft mit diesen Themen umgeht", meinte Frances. „Versteh mich nicht falsch, ich will nicht dauernd über Leute stolpern, die es in der Öffentlichkeit treiben." Sie verzog angeekelt das Gesicht. „Aber das müsste man irgendwie ... anders machen."

„Auf jeden Fall anders als im Iran", meinte Luisa und las weiter vor: „Der Iran, Saudi-Arabien und weitere Länder kündigten Strafen für das Streamen und die Verbreitung aller No-Savior-Songs an. Die Sängerin hat jedenfalls mit dem Interview sämtliche Debatten rund um #metoo, die katholische Kirche, Kinderschutz und vieles mehr erneut angefacht."

„Und das ist doch nicht schlecht", meinte Frances. „Vielleicht macht es No Savior nur für Geld und Verkäufe, aber wir sind noch lange nicht durch mit diesen Themen, mit der Kirche zum Beispiel. In meiner Schule war einer, der als Kind von einem Priester missbraucht wurde. Er hat sich dann mit vierzehn das Leben genommen, so kam das raus."

„Allerdings macht es No Savior mit ihren extremen Aussagen allen Kritikern leicht, sie als verrückt abzustempeln", meinte Danny. „Da sehe ich durchaus eine Gefahr."

Luisa hatte währenddessen entdeckt, dass es doch einen Artikel über sie selbst gab, und sie verfolgte die Debatte zwischen Danny und Frances nicht mehr.

„Und, Luisa?", fragte Danny.

„Was?" Sie war in Gedanken ganz wo anders gewesen, sie hatte nämlich beobachtet, wie sich Mike und Aurélie auf Französisch unterhielten. Mittlerweile war ihr Schulfranzösisch zumindest teilweise zurückgekehrt und sie schaffte es, einfache Unterhaltungen mit der Haushälterin zu führen. Danny und Mike sprachen allerdings nahezu perfekt. Kein Wunder, schließlich war Danny doch mit Gabrielle verheiratet gewesen und Französisch war im Libanon weit verbreitet, dachte sie gerade, als Danny sich an sie wandte.

„Ich denke, du bist jetzt fit genug, dass wir heute Abend zum Strand gehen können."

„Ja, gerne." Ein bisschen Abwechslung konnte nicht schaden.

„Wie sieht es bei dir aus?", wandte sich Danny an Mike.

„Nein, geht nur ohne mich, ich glaube, ich bin noch nicht so weit mit meinem Bein", meinte er. „Viel Spaß euch." Dann unterhielt er sich weiter mit Aurélie und Luisa bemühte sich, nicht allzu enttäuscht zu sein. Vergeblich.

Der Weg nach unten hatte es wirklich in sich. Durch eine steile Schotterrinne ging es nach unten. Luisas Beine fühlten sich wackelig an, teilweise setzte sie sich auf die Steine und rutschte nach unten, aus Angst, zu stürzen. „Geht's?", fragte Danny besorgt.

Sie nickte. Sie wollte es schaffen, verdammt.

Etwa eine Stunde später stand sie mit Danny und Frances an einem winzigen Kiesstrand am Fuß der Klippen, malerisch von Felsen eingerahmt. „Hier verirren sich höchstens Kajakfahrer her", meinte Danny. „Aber es kommt sehr selten vor, dass sie hier rasten. Es gibt starke Strömungen und spitze Felsen unter der Wasseroberfläche, es ist sehr gefährlich, hier zu schwimmen oder auch mit einem Boot anzulegen, dazu liegt der Strand ziemlich versteckt hinter diesen Felsen, sodass die Ausflugsboote ebenfalls kein großes Thema sein sollten. Du kannst dich hier also relativ frei bewegen, Luisa."

Sie blickte nach oben. Sie hatten sicher über zweihundert Höhenmeter überwunden, um von der Villa aus hier hinunterzusteigen und es würde sicher deutlich länger als eine Stunde dauern, um wieder hinaufzuklettern. Aber es gefiel ihr.

„Na dann", meinte Frances, zog Shirt und Shorts aus und watete in die Fluten.

„Schwimmt nicht zu weit hinaus", warnte Danny. „Wie gesagt, das Meer ist tückisch. Solltet ihr einmal das Pech haben, in die Strömung hineinzugeraten, dann kämpft nicht dagegen an, das raubt nur Kraft. Lasst euch stattdessen mittreiben und versucht, seitlich herauszuschwimmen und euch auf die Felsen zu ziehen."

Luisa besah sich die Steilküste genauer. Vor ihnen ragte nahezu senkrecht eine gewaltige, glatte Steilwand auf, auf der oben irgendwo die Villa stand. Nicht einmal die typischen kleinen Bäumchen wuchsen hier, die sich sonst überall an die weißen Klippen krallten. Sie würde sich ein weites Stück treiben lassen müssen, um überhaupt Felsen zu erreichen, auf die sie klettern konnte.

Mit viel Respekt stieg sie in die Fluten und blieb in Strandnähe, sie war keine besonders gute Schwimmerin, und irgendwie fühlte sie sich erleichtert, als Frances und Danny endlich genug davon hatten, da draußen im goldenen Licht der Abendsonne herumzuplanschen. Sie war ziemlich müde, als sie schließlich wieder die Klippen hinaufkletterten, kamen gerade noch rechtzeitig, bevor es wirklich dunkel wurde, und danach ging Luisa sehr schnell ins Bett.

In den nächsten Tagen genoss sie es aber trotzdem, zwischen den Felsen zu wandern. Frances war es nach dem dritten Abstieg zu langweilig, sie ging lieber oben in den Wäldern joggen, aber Luisa kletterte nahezu jeden zweiten Tag in aller Frühe hinunter zu dem Strand, kühlte sich im Meer ab, sonnte sich ein bisschen und bohrte die Füße in den Kies, bis sie sich schließlich wieder auf den Rückweg machte. Zum Schwimmen stieg sie aber lieber in den Pool. So kehrte ihre Kondition langsam wieder zurück.

Ein paar Tage später wagte sie es, Mike zu fragen, ob er sie nicht begleiten wollte, doch er entschuldigte sich. „Ich bin auf dem Sprung, ich muss nachher noch einmal nach Marseille. Viel Spaß am Strand."

„Danke." Sie lächelte tapfer und machte sich allein auf den Weg und empfand dabei eine Leere, die weder die Sonne noch das Meer füllen konnten.

Wieder einmal lag Luisa auf der Terrasse am Pool und ließ die Sonne auf sich herabscheinen. Sechs Wochen war der Vorfall im Libanon jetzt ungefähr her, und sie hatte sich gut erholt. Körperlich zumindest.

In der Nacht erst hatte sie geträumt, dass sie vor einer Horde Zombies auf die Terrasse des Hotels geflüchtet war, dass sich Frauen und Kinder um sie herumscharten und um Hilfe riefen und dass Luisa eines der Kinder packte und den Zombies zuwarf, obwohl sie ganz genau wusste, dass sie das Kind aufessen und in Stücke reißen würden. Doch sie taten nichts dergleichen und schmierten es stattdessen lediglich mit grünem Schleim ein und Mike saß mit verschränkten Armen und grimmigem Blick auf einem Stuhl und schüttelte unzufrieden den Kopf, und das traf sie mehr als alles andere.

Keine Zombieserien mehr, dachte Luisa seufzend. Und vielleicht sollte sie noch aktiver sein. Bewegung half ihr, abzuschalten und zu verdrängen, je anstrengender und herausfordernder, desto besser. Aber es war auch nicht so schlecht, in der Sonne zu liegen ...

Irgendetwas stimmte nicht. Da war jemand. Ganz in ihrer Nähe. Sie fuhr hoch, doch zu spät, denn Frances stand bereits neben ihr und machte Anstalten, sie in den Pool zu stoßen! Luisa konnte nicht mehr ausweichen, im Fallen schaffte sie es jedoch noch, Frances am Bein zu packen, und so plumpsten sie beide mitsamt der Liege in das kalte Wasser.

Frances war über ihr und hinderte sie daran, Luft zu holen. Luisa schlug wild um sich und schaffte es, Frances unter Wasser zu ziehen, aber nicht, an die Oberfläche zu kommen, da Frances sie weiter festhielt. Luisa spürte, wie ihr die Luft ausging, sie würde es nicht schaffen, eine Welle der Panik überrollte sie, da ließ Frances sie endlich los und Luisa schoss nach oben, hielt sich am Beckenrand fest und schnappte nach Luft.

Frances tauchte neben ihr auf. „Mein Gott, du hast aber ganz schön nachgelassen. In den Highlands warst du viel fitter."

Luisa war noch mit Atmen beschäftigt und hatte keine Luft für eine Antwort.

„Vielleicht sollten wir ein bisschen trainieren. Hier ist es doch eh langweilig", schlug Frances vor.

„Vielleicht", stieß Luisa mühsam aus und schon drückte Frances sie erneut unter Wasser.

„Du sollst sie nicht umbringen", fuhr Danny seine Freundin an, als Luisa wenige Augenblicke wieder keuchend über dem Beckenrand hing, nachdem Frances geruht hatte, sie loszulassen, bevor sie ohnmächtig wurde. Danny ließ die Beine ins Wasser baumeln und schon schwamm Frances auf ihn zu und packte ihn am Fuß. Luisa sah, wie er die Augen verdrehte, bevor er sich von ihr ins Wasser ziehen ließ. Wirklich wie in den Highlands, dachte sie. Ohne Frances' hartes Training und ihre spontanen Überfälle damals hätte sie es wohl nie geschafft, Royce etwas entgegenzusetzen oder sich gegen all die anderen Angreifer zu wehren ...

In dem Moment sah sie Mike, der gerade zurückgekehrt war aus Marseille oder von wo auch immer. Ihre Blicke kreuzten sich, er nickte ihr knapp zu und verschwand in der Villa und danach hatte Luisa keine Lust mehr auf Wasserspiele, kletterte aus dem Becken und legte sich wieder in die Sonne.

„Nein, lass sie", hörte sie Danny und sie war ihm dankbar, dass sie in Ruhe ihren Gedanken nachhängen durfte, die großteils aus der Analyse von Mikes deutlichem Desinteresse an ihr bestanden. Das endete in einem schlimmen Sonnenbrand, weil sie nicht noch einmal Sonnenmilch aufgetragen hatte.

Am Abend überraschte Frances sie mit einer Attacke im dunklen Flur, von der Luisa fast einen Herzinfarkt bekam und die ihr ein paar blaue Flecken einbrachte, und auch in der Nacht hatte sie keine Ruhe, weil Frances sich hereinschlich und ihr die Decke wegriss. Dann hatte Luisa sich wieder gefangen und schaltete in den Trainingsmodus der Highlands, in dem Frances sie ganz ähnlich gedrillt hatte. Bald gelang es ihr, Frances' Attacken vorauszuahnen und zu beantworten und nun hatte nicht nur sie Kratzer und blaue Flecken, sondern auch Frances.

Ein paar Tage später wollte sie gerade ein Tablett mit vier Tassen Kaffee auf die Terrasse tragen, wo sich Danny und Yanis in schnellem Französisch unterhielten.

Noch immer bewachte er mit einem weiteren Mann das Grundstück, und ihre Anwesenheit schien eine willkommene Abwechslung für ihn zu sein, denn er redete immer häufiger mit Danny und teilweise auch mit Mike. Luisa gewöhnte sich langsam an seine Anwesenheit.

Eigentlich ist Yanis ganz in Ordnung, überlegte Luisa, und ging auf die beiden zu, als Frances wie aus dem Nichts erschien. Luisa schrak zusammen und riss reflexartig das Tablett hoch und der Kaffee rann ihr über Brust, Bauch, Arme und Beine.

„Frances", brüllte Danny und lief auf sie zu.

„Ich habe nichts gemacht", verteidigte sich Frances verdutzt. „So doof bin ich auch nicht, dass ich Luisa so ..." Sie verstummte.

„Ich glaube, ihr solltet das besser lassen", sagte Danny und Luisa ging in ihr Zimmer, wo sie sich mit kaltem Wasser kühlte und umzog. Gut, dass ich immer so viel Milch hineinschütte, dass der Kaffee zumindest nicht kochend heiß ist, dachte sie dabei.

Am nächsten Morgen saßen sie erneut auf der Terrasse. Luisa hatte halbwegs gut geschlafen, weil die nächtlichen Unterbrechungen ausgeblieben waren, und die Albträume gehörten zu jeder Nacht dazu, damit hatte sie sich mittlerweile abgefunden. Luisa rührte in ihrer Tasse, als Yanis kam und zwei Pistolen auf den Tisch legte.

Frances zog die Augenbrauen nach oben.

„Nachdem das mit eurem Nahkampftraining ein bisschen ausgeartet ist ... Vielleicht klappt das besser?"

Danny rollte die Augen.

Yanis deutete auf die Felsen. „Ihr könnt dort drüben trainieren, ich zeige euch die Stelle. Wir werden allerdings Schalldämpfer benutzen müssen, um nicht unnötige Aufmerksamkeit zu erregen. Aber ich denke mal, das stört euch nicht, oder? Ich gehe davon aus, dass ihr nicht versucht, euch damit umzubringen. Und so bleibt hoffentlich Gabrielles Geschirr ganz."

„Ich habe ewig nicht mehr geschossen", überlegte Luisa.

Unter Frances' und Yanis' wachsamen Augen schaffte sie es jedoch schnell wieder, die meisten der Ziele zu treffen, die Frances und Yanis für sie auswählten.

Luisa dachte an ihre ersten Schießübungen mit Harvey und tatsächlich sah sie ab und zu, dass er sie beobachtete, aber er versuchte nicht, sich als Lehrer einzubringen, und sie war froh darüber.

Yanis erwies sich als hervorragender Schütze, sogar Frances konnte noch etwas von ihm lernen.

„Ich mag keine Pistolen", fuhr sie ihn an, als er ihr vorgeschlagen hatte, ihre Haltung zu korrigieren, und sie endlich die Dose traf, die ihr Yanis als Ziel gegeben hatte. „Gib mir ein vernünftiges Gewehr und dann ..."

„Aber du kannst es nicht in die Hosentasche stecken", meinte Yanis leichthin, zog seine eigene Pistole hervor und gab fünf Schüsse ab, von denen keiner sein Ziel verfehlte.

„Man lernt also doch etwas in der französischen Armee", grinste Frances ihn an.

„Ich war in der *Légion étrangère*." Würdevoll schob er die Pistole zurück in das Halfter und Luisa ahnte, dass er die Fremdenlegion meinte.

„Aber du bist doch Franzose?", fragte Frances verwirrt.

„Ich bin Belgier", gab er trocken zurück.

Später erzählte er ein paar Anekdoten aus dem Golfkrieg, in dem er als junger Soldat gekämpft hatte, und als der Abend vorbei war, fand Luisa ihn viel sympathischer als sie es seit ihrer Ankunft je für möglich gehalten hätte.

Am Abend saßen Danny und Frances auf dem Balkon und tranken abwechselnd aus der Flasche mit irischem Bushmills-Whiskey, den sie in Marseille gefunden hatten.

„Ich habe mit Gabrielle telefoniert", sagte Danny. „Sie will nichts sagen. Es gefällt mir überhaupt nicht, dass sie uns so im Unklaren lässt."

Frances stöhnte auf. „Ich hasse Gabrielle. Und Sarah. Und diese Aziza-Schlampe. Und Isabella. Es gibt viel zu viele dumme Frauen auf der Welt."

„Isabella ist tot", warf Danny ein.

„Ja, Gott sei Dank!"

„Lass das nicht Mike hören!"

„Er weiß es doch. Gott. Frauen sind schrecklich." Sie nahm einen ordentlichen Schluck aus der Flasche.

Danny lächelte. „Ich werde dazu nichts sagen. Wobei ... Was ist mit Luisa?"

„Was? Nein. Okay. Luisa nicht. Die ist aber auch nicht ... so. Stell dir vor, wir hätten Isabella in die Highlands verfrachtet. Sie hätte über jeden abgebrochenen Fingernagel zwei Stunden lang geweint. Täglich! Und sie war so unfassbar zickig. Und Gabrielle würde mir den letzten Nerv rauben mit ihrem missbilligenden Blick! Boah, weißt du noch, wie sie nachts bei uns aufgekreuzt ist, den Wagenschlüssel verlangt hat und uns aus der Wohnung schmeißen wollte?"

„Es war ihr Wagen und ihre Eltern hatten die Wohnung bezahlt."

„Trotzdem, Gabrielle ist reich, sie kann sich jeden Scheiß leisten, den sie sich einbildet, sie hätte uns nicht so dumm anmachen müssen."

„Sie war betrunken und eifersüchtig, für mich war es vorbei, für sie noch nicht. Sie hatte erst erfahren, dass ich wieder zurück in England war, und wusste nicht, dass du bei mir warst. Sie wollte sich versöhnen und ... Du weißt ja. Du hättest ihr nicht drohen sollen, sie vom Balkon zu werfen. Und ich ... Ich hätte freundlicher zu ihr sein können. Ich wollte Ruhe nach den Einsätzen, sie wollte mich auf irgendwelche Partys schleifen. Und ...“

„Schon gut, weiß ich doch alles.“ Frances legte ihre Hand auf die seine. „Du musst dich nicht aufregen und du musst dir keine Vorwürfe machen. Wir sind damals alle drei eskaliert, und jetzt haben wir nette Erinnerungen, über die wir lachen können.“

Danny schnitt eine Grimasse.

„Jetzt müssen wir nur Luisa noch ein bisschen aufheitern, dann wird das schon.“

Danny sah ihr in die Augen. „Ich habe dich nie so mitfühlend erlebt wie mit ihr. Außer vielleicht damals, als ich mit dieser Schussverletzung im Krankenhaus lag und du damit gedroht hast, es abzufackeln.“

„O ja.“ Frances schüttelte sich, als sie daran dachte. „Mach das nie wieder.“

„Was? Im Krankenhaus liegen? Ich geb mir Mühe“, grinste er und nahm noch einen Schluck aus der Flasche.

„Ich war so außer mir. Dieses verdammte Kaff am Ende der Welt in Mexiko“, seufzte Frances.

„Guatemala“, verbesserter Danny sanft.

„Von mir aus“, sagte Frances. „Ich wollte sie alle ... Hey. Woher weißt du überhaupt davon? Ich habe dir das nicht erzählt! Und du warst bewusstlos!“

„Josh hat es mir später gesagt. Er hatte wirklich Angst, dass du ernst machst.“ Ein Schatten legte sich auf sein Gesicht. „Der lebt auch nicht mehr ...“

Sie spürte, dass es ihm weh tat, an Josh zu denken, der im Irak auf eine Mine getreten war und erst nach Tagen voller Qualen gestorben war. Sie legte ihren Arm um ihn und er küsste sie leidenschaftlich und zog sie ins Schlafzimmer.

Wieder einmal kehrte Luisa von einem ihrer Strandausflüge zurück, früher als gedacht, aber es war unheimlich schwül und drückend draußen, sicher würde es später ein Gewitter geben. Es war so anstrengend gewesen, die Klippen hinaufzulaufen ... Puh. Sie brauchte eine Dusche, und zwar dringend.

„Du solltest es ihr selbst sagen", unterbrach Dannys Stimme ihre Gedanken. Er klang aufgebracht. Sie blieb stehen und lauschte unwillkürlich. Er hielt sich immer bedeckt mit dem, was Gabrielle betraf. Sicher tat er das, um sie nicht zu beunruhigen, und sie traute sich auch nicht, nachzufragen. Aber vielleicht war es doch an der Zeit, mehr darüber zu erfahren, was vor sich ging.

„Nein." Mikes Stimme. „Ich habe keine Zeit mehr, ich werde jetzt aufbrechen."

„Du bist ein Feigling", rief Frances. „Und was soll das überhaupt? Du kennst diese Frau nicht und dann willst du sie gleich heiraten?"

Was? Luisa glaubte, nicht recht gehört zu haben.

„Das ist ganz allein meine Sache." Mikes Stimme klang kalt wie Eis.

„Was willst du überhaupt mit der? Hinterher ist sie eine hässliche Trulla mit Doppelkinn."

„Frances!", sagte Danny scharf.

„Ist doch so!", fuhr Frances auf. „Sie läuft stets mit dem Schleier herum und ist dazu die Tochter von Mohammed, der jetzt wirklich keine große Schönheit ist ..."

Frances' Worte trafen Luisa wie Schläge in den Magen. Mike wollte Aziza heiraten? Fassungslos rieb sie sich die Stirn.

„Ich schulde Mohammed viel", knurrte Mike.

„Du kannst doch nicht heiraten, weil du deinem zukünftigen Schwiegervater was schuldest!", rief Frances. „Bist du völlig irre geworden?"

Luisa taumelte zurück. Es wollte nicht in ihren Kopf. Mike und Aziza? Deswegen war er die letzten Wochen so selten da gewesen? Weil er sich in Aziza verliebt hatte? Und jetzt wollte er sie ... Natürlich, sonst konnten sie ja nicht zusammen sein ... Schritte näherten sich. Nein, niemand sollte sie jetzt sehen. Hastig eilte sie zurück und schlug den Pfad ein, der direkt auf die Klippen zuführte und im Nichts endete.

Frances konnte sich auch zwei Stunden später nicht beruhigen. „Warum macht er so etwas?" Sie schüttelte fassungslos den Kopf. „Warum haben wir ihn gehen lassen, warum haben wir ihn nicht angekettet?"

„Es ist seine Entscheidung", seufzte Danny. „So merkwürdig sie uns auch vorkommen mag. Ich habe versucht, es ihm auszureden, aber ... Es ist so, als ob er versucht zu fliehen."

„Leute fliehen aus Ehen, nicht in Ehen."

„Normalerweise schon. Ich verstehe es auch nicht. Ich ..."

Harvey trat zu ihnen hin.

Frances fuhr zusammen, sie hatte ihn überhaupt nicht kommen gesehen. „Musst du dich immer so anschleichen?"

Schweigend legte er sein Handy auf den Tisch. Ein kleiner Punkt auf einer Karte war darauf zu sehen, ein kleiner, roter Punkt, der Luisas gegenwärtigen Aufenthaltsort kennzeichnete, dank dem kleinen Militärsender, den Harvey ihr vor ein paar Monaten in München eingepflanzt hatte und mit dem sie Luisa im Libanon hatten aufspüren können. Gott, das Ding hatte sie ganz vergessen. Sie warf einen Blick auf die digitale Karte. „Das ist ... Das ist die Küste."

„Dann ist sie sicher unten am Strand." Danny blickte nach draußen. „Das sieht ungemütlich aus da draußen, es sieht nach einem Gewitter aus. Wir sollten sie holen."

„Sie ist aber nicht an ihrem Strand", stellte Frances stirnrunzelnd fest. „Das sieht eher so aus, als ob ... Das hier ist doch direkt unterhalb der Villa. Aber da gibt es keinen Strand, nur Felsen."

„Das ... Verdammt." Danny schnappte sich sein Handy. „Ich lasse Yanis die Aufnahmen der Überwachungskamera ... Yanis!" Er ließ einen Wortschwall auf Französisch folgen. Frances verstand nur Luisa. Danny lauschte angestrengt eine ganze Weile und Frances sah, wie seine Miene erstarrte.

Merci." Er beendete die Verbindung. „Luisa war gegen vierzehn Uhr wieder oben. Ein paar Minuten später ist sie zurück zu den Klippen gegangen. Ziemlich schnell, meinte Yanis."

Gegen vierzehn Uhr ... Das war etwa zwei Stunden her ... „Vor zwei Stunden ist Mike gefahren", stellte Frances fest.

Danny nickte düster und stürzte nach draußen.

Frances zog ihr eigenes Smartphone hervor, das sie vor einigen Wochen in Marseille gekauft hatte. Sie wählte eine Nummer und folgte ihrem Freund.

Die Verbindung kam zustande. „Ja?"

„Hey, Mike, ich wollte dir nur mitteilen, dass Luisa unser Gespräch heute Mittag wohl mit angehört hat und eventuell von den Klippen gestürzt ist. Nur, damit du Bescheid weißt."

„Was? Frances!"

Sie beendete mit grimmiger Miene die Verbindung. Das Handy klingelte, doch sie achtete nicht weiter darauf, sondern folgte Danny den schmalen Pfad nach unten, der oberhalb einer Felswand im Nichts verschwand.

Es war verdammt windig, tief unter ihnen tosten die Wellen gegen die Klippen, dunkle Wolken verfinsterten den Himmel, Blitze zuckten und der erste Donner rollte, nur noch ein paar Kilometer entfernt. Von Luisa war nichts zu sehen.

„Ich fürchte, wir werden ein Boot brauchen", sagte Danny. „Aber die Wellen sind hoch ..."

Er hastete zurück zur Villa und Frances eilte beunruhigt hinter ihm her. Luisa ... Was hatte sie sich nur gedacht? Sie war doch nicht absichtlich gesprungen? Es musste ein Schock für sie sein, dass Mike ... Es war ja sogar für sie selbst ein Schock gewesen.

Yanis stand auf der Terrasse vor der Villa, Danny trat zu ihm hin und die beiden diskutierten erregt auf Französisch.

„Was ist los?", fragte Frances angespannt.

„Man kommt dort nicht mit dem Boot hin!", rief Yanis, sein Akzent war in diesem Moment besonders ausgeprägt. „Jedenfalls nicht bei diesem Wellengang. Da unten sind unzählige gefährliche Klippen und Strömungen!"

„Bitte, Yanis", beschwor Danny ihn. „Besorge uns einfach ein Boot. Wir fahren allein."

„Was ist mit einem Hubschrauber?", fragte Frances.

Yanis schüttelte den Kopf. „Zu gefährlich. Wir müssen abwarten. Und wenn sie wirklich dort unten ist ... Die Wellen ..."

„Wo ist Harvey?", fragte Danny Frances. „Er hat das Handy mit der Karte."

„Keine Ahnung. Scheiße, Danny, wir können doch nicht herumsitzen und nichts machen!"

Danny zuckte hilflos die Schultern.

In dem Moment begann es zu schütten wie aus Eimern, sie waren nahezu auf der Stelle völlig durchnässt. Der Sturm toste über die Klippen und Danny fasste Frances am Arm und zog sie zurück in die Villa. „Wir können nichts tun. Der Sturm ist zu stark, die

Klippen sind nass und glitschig, eine Suche wäre lebensgefährlich. Und Harvey ist verschwunden, sodass wir nicht wissen, wo Luisa jetzt ist ... Aber ..."

„Sie ist nicht tot", sagte Frances. „Das kann nicht sein."

„Wir besorgen ein Boot, wenn der Sturm nachgelassen hat."

Frances blickte nach draußen. Der Sturm machte keine Anstalten, nachzulassen, ganz im Gegenteil.

Schnelle Schritte ließen sie aufschrecken, Harvey kam herein, tropfnass, er blutete an der Hand.

„Wo warst du?", fuhr Frances ihn an.

„Am Strand. Nichts", krächzte er.

„Und was sagt dein Handy?"

Er legte es auf den Tisch, das Display war blutverschmiert. Frances wischte es mit ihrem T-Shirt ab. Der Bildschirm zeigte den Punkt an derselben Stelle. „Sie wurde zumindest nicht fortgespült", meinte sie hoffnungsvoll. „Vielleicht hat sie sich irgendwo verkrochen."

„Da gibt es nichts!" Yanis schüttelte den Kopf. „Bei diesem Wellengang sind die Klippen unten komplett überspült. Vermutlich hängt sie irgendwo zwischen den Felsen fest und ..." Er sah ihr in die Augen und verstummte abrupt.

Danny verarztete währenddessen den tiefen Schnitt in Harveys Hand und wickelte einen Verband darum. „Was ist passiert? Bist du gestürzt?"

Harvey schwieg.

Frances starrte wieder auf den Punkt, der in genau diesem Moment vom Display verschwand.

„Das Signal ist weg!", kreischte sie.

„Verdammt", rief Danny. „Wie kann das sein? Harvey?"

Er schwieg.

„Eine Störung wegen dem Gewitter?", drängte Danny.

„Oder zu tief im Wasser."

„Was meinst du? Dass sie am Meeresgrund liegt? Das ist nicht dein Ernst. Sag nicht sowas, hörst du?" Sie wollte ihn erwürgen.

In dem Moment öffnete sich die Vordertür. Frances sprang auf, voller Hoffnung, doch es war nicht Luisa, die erschien, sondern Mike.

„Was machst du denn hier?", rief Danny überrascht. „Du wolltest doch nach Marseille?"

„Frances hat mich angerufen."

Danny warf ihr einen wilden Blick zu.

„Was ist passiert?", fragte Mike.

Danny setzte ihn kurz ins Bild.

Mike setzte sich langsam auf das Sofa. „Das wollte ich nicht. Das wollte ich wirklich nicht." Er wirkte völlig fassungslos. Frances wollte ihn trotzdem umbringen.

Schweigend saßen sie in der Villa und starrten nach draußen, während Yanis abwechselnd telefonierte und fluchte, weil die Verbindung ständig abbrach. „Ich habe ein Boot für euch", rief er endlich. „Unten, in Morgiou. Aber ich kann euch nichts versprechen. Und wir müssen selbst damit zu den Klippen fahren."

„Gut." Frances sprang auf.

„Jemand sollte hierbleiben", meinte Danny. „Für den Fall, dass Luisa irgendwie ..."

„Ich bleibe", sagte Mike.

Frances nickte und stürzte nach draußen in den Regen. Hoffentlich finden wir sie, dachte sie. Und zwar lebendig.

Mike saß schweigend auf dem Sofa und starrte in den Regen. Das konnte alles nicht wahr sein. Sie konnte nicht tot sein. Nicht so. Er hatte Mohammed angerufen und sich entschuldigt, dass er es wegen des Sturms erst später schaffen würde, und der hatte seine Ausrede akzeptiert ... Das alles war ein einziger Albtraum. Es quälte ihn, untätig herumsitzen und abwarten zu müssen, aber es war besser, allein zu sein, als zusammen mit Frances auf einem schwankenden Boot. Sie hasste ihn und das hatte er verdient. Warum hatte er es Luisa nicht einfach gesagt und sie dann in der Obhut von Danny und Frances gelassen? Warum war er so feige gewesen? Aber er hatte ja gewusst, was sie für ihn empfand, da hatte er ihr nicht noch mehr weh tun wollen. Obwohl es ihr sicher so oder so wehgetan hätte. Jetzt war der schlimmstmögliche Fall eingetreten und es war seine verdammte Schuld.

Er sprang auf und tigerte hin und her. Sie durfte nicht tot sein. Sie durfte einfach nicht. Er würde alles tun, wenn sie nur noch am Leben war. Alles.

Die Wellen waren hoch und die Strömung stark. Zu stark. Luisa versuchte nicht mehr, dagegen anzukämpfen, stattdessen bemühte sie sich, den Kopf über Wasser zu halten und seitlich aus der Strömung ans Ufer zu schwimmen, wie Danny es ihnen geraten hatte. Dumm nur, dass dort ausschließlich steile Felsen in die Höhe ragten. Es hilft nichts, ich muss versuchen, dort hochzuklettern, dachte sie verzweifelt.

Eine Welle packte sie und donnerte sie heftig gegen die Klippen, sie schaffte es aber, das Schlimmste mit den robusten Schwimmschuhen abzufangen. Schon trugen die Wellen sie wieder mit sich fort. Sie schnappte nach Luft, gerade noch rechtzeitig, die nächste Woge schlug über ihr zusammen und riss sie in die Tiefe. Sie hielt die Luft an, kämpfte mit Armen und Beinen gegen das Wasser und schaffte es erneut an die Oberfläche. Die nächste Welle erfasste sie, sie war höher als zuvor und spülte Luisa über die Klippen hinweg auf eine flache Felszunge. Ihre Knie und Schienbeine schrammten über den harten Untergrund, das Salzwasser biss in der frischen Wunde. Sie klammerte sich verzweifelt an den Felsen fest, steckte Hände und Füße in kleine Hohlräume und hielt die Luft an, als die Welle zurückbrandete und an ihr zerrte, aber es gelang ihr, sich festzuhalten. Als sich das Meer zurückzog, nutzte sie die Gelegenheit und kämpfte sich weiter nach oben, zur Steilwand hin, die über ihr aufragte. Sie war zu langsam, die nächste Welle erwischte sie und warf sie um, gleich würde sie zurück ins Meer gespült werden! Erneut krallte sie sich in das Gestein, konnte sich gerade noch festhalten. Das Wasser zog sich zurück, panisch robbte sie über die Klippen, auf die Felswand zu, die nächste Welle donnerte heran und überspülte ihre Beine, sie hielt sich fest und betete darum, nicht wieder zurückgerissen zu werden. Die Welle war weniger stark als ihr Vorgänger und Luisa konnte sich erneut ein Stück weiter vorkämpfen, in einen Bereich, der trocken wirkte und offenbar noch nicht überspült worden war. Hastig stand sie auf und lief die restlichen Meter bis zur Steilwand und lehnte sich keuchend und völlig erschöpft dagegen.

Endlich war sie wieder zu Atem gekommen und blickte sich um. Verdammt, das sah nicht gut aus.

Besorgt blickte sie auf die dunklen Wolken, die sich unaufhaltsam der Küste näherten. Der Wellengang hatte es bereits jetzt in sich, aber sie ahnte, dass das erst das Vorspiel war. Wenn das Gewitter so richtig loslegte, würde diese Felszunge vollständig überspült werden.

Warum bin ich geschwommen, dachte sie verzagt. Warum habe ich mich nicht an den Strand gelegt. Doch Mikes Ankündigung hatte sie zu sehr aufgewühlt, sie hatte sich einfach bewegen müssen, und als sie feststellte, dass sie den Pfad ins Nirgendwo eingeschlagen hatte, war sie umgekehrt und über die Felsen zu dem Weg geklettert, der zu ihrem Strand führte. Dort hatte sie sich in die Fluten gestürzt, obwohl die Wellen bereits höher waren als sonst. Sie war geschwommen und hatte sich auf nichts anderes konzentriert, bis ihr auffiel, dass sie sich sehr weit vom Strand entfernt hatte, und dann war es bereits zu spät gewesen.

Zitternd untersuchte sie die Schürfwunden an ihren Schienbeinen. Sie bluteten ordentlich und ihr linker Ellenbogen hatte ebenfalls etwas abbekommen. Aber nichts Schlimmes, beschloss sie.

Die nächste Welle donnerte heran, brach sich auf dem Felsen und toste um ihre Beine. Hier war es nicht sicher, sie musste höher hinauf. Leichter gesagt als getan. Direkt über ihr erhob sich eine gewaltige, glatte Felswand. Keine Chance, dort hinaufzukommen, dachte sie verzagt. Ich war nur wenige Male in einer Kletterhalle und bin nie draußen geklettert, und hier habe ich nichts, keine Haken, keine Sicherung. Das ist lebensgefährlich, da kann ich genauso gut versuchen, zurückzuschwimmen, oder hoffen, dass ich mich hier halten kann ... Ich muss einen anderen Weg finden.

Sie setzte sich in Bewegung und ging nach links, zum Ende der Felszunge. Gischt schäumte auf, nein, hier ging es nicht weiter, keine Chance, an der nassen Wand entlangzuklettern ... Verdammt. Sie kehrte um und versuchte es auf der anderen Seite. Hier ragten gewaltige Felsen aus dem Wasser, an denen die Wellen sich brachen, sodass sie nicht mit voller Wucht gegen die Klippen krachten, und ein Stück oberhalb befand sich ein kleiner schmaler Sims ... Das war ihre beste Chance. Sie atmete tief durch, dann schob sie sich langsam und vorsichtig an der Klippe entlang. Nicht nach unten blicken, beschwor sie sich und versuchte, die tosenden Wellen unter sich zu ignorieren und nicht daran zu denken, wie verdammt glitschig diese Wand war und dass jeder falsche Schritt oder Griff wohl den Tod bedeuten würde.

Immer wieder blieb sie stehen und starrte nach oben, doch da war nichts außer nacktem Fels. Sie schob sich weiter vorwärts, nur nicht abrutschen, nur nicht müde werden … Da! Ein Stück links, über ihr, da wuchsen kleine Bäume, sie musste nur etwa drei bis vier Meter nach oben klettern. Wenn sie es dort hinauf schaffte, dann hatte sie eine Chance!

Sie atmete tief durch, dann schob sie ihre Finger in die Öffnungen im Fels und zog sich langsam nach oben. Ihre Finger fühlten sich steif an und ihr Ellenbogen und ihre Schienbeine protestierten, aber sie ignorierte den Schmerz und kletterte weiter, sie hatte keine andere Wahl. Es ging überraschend gut, stellte sie fest, sie fand genug Möglichkeiten, wo sie ihre Hände und Füße platzieren und sich immer weiter nach oben schieben konnte. Bis der Regen einsetzte, unmittelbar und heftig. Ihr Fuß rutschte ab, als sie Halt suchte, sie krallte sich mit ihren Fingern fest und zog sich noch ein Stück nach oben und da war der erste kleine Baum. Gott sei Dank. Es gelang ihr, sich daran hochzuziehen und sie umklammerte das Stämmchen, als eine Windböe heranjagte und sie gegen die Klippen und den Baum drückte. Sie blickte nach oben. Dort gab es mehr Bäume und die waren größer und hoffentlich stabiler. Sie biss die Zähne zusammen und arbeitete sich weiter nach oben. Die Nadeln und der raue Stamm der Kiefern piksten sie, wenn sie ihre Finger darum krallte, aber sie konnte sich besser daran festhalten als am nackten Fels. Die nächste Böe jagte heran und sie presste sich flach an die Klippe, während die Bäume um sie herum durchgeschüttelt wurden. Sie beschloss, an Ort und Stelle zu verharren. Das kleine Nadelbäumchen vor ihr, es mochte sich um eine Pinie handeln, hielt natürlich weder den Wind noch den Regen ab, aber sie konnte von hier zumindest nicht weggeblasen werden. So hing sie in der Felswand, während unter ihr immer größere Wogen gegen die Felsen donnerten und der Regen erbarmungslos auf sie niederprasselte. Donner grollte, Blitze zuckten. Ich habe nichts aus Metall bei mir, dachte sie erleichtert. Wenn, dann würde der Blitz doch sicher oben in die Klippe einschlagen. Und nicht in den Baum über mir. Oder?

Einmal waren Jonas und sie in den Alpen von einem Gewitter überrascht worden, da hatten sie aber einen Felsüberhang gefunden, der den Regen abhielt. Hier war sie jedoch schutzlos den Elementen ausgeliefert und ihr blieb nichts als zu hoffen und zu beten, dass sie nicht abstürzen würde. Sie wusste, dass es die Blitze waren, die sie fürchten sollte, aber vor allem das Grollen des Donners ging ihr durch Mark und Bein und es war so laut ... Also betete sie weiter. Zwischendurch dachte sie an Frances und Danny. Sicher würden sie sich Sorgen machen! Und Mike ... Nein, der würde sich wohl keine Sorgen machen, sicher wusste er nicht, dass sie verschwunden war, sicher wussten sie nicht, warum sie verschwunden war.

Hoffentlich können sie sich denken, dass ich vom Sturm überrascht wurde, und denken, dass ich irgendwo untergeschlüpft bin, um zu warten, dass er vorübergeht.

Endlich ließen der Wind und der Regen nach. Ich habe es überstanden, dachte sie erleichtert und dann fiel ihr ein, dass sie noch immer an einer Klippe zwischen Himmel und Erde hing und noch ein Stück vor sich hatte, bis sie wirklich in Sicherheit war. Vorsichtig blickte sie nach unten. Die Wellen unter ihr schienen noch immer gewaltig. Zurückschwimmen war keine Option. Vielleicht würden Danny und Frances, falls sie sie vermissten, ein Boot organisieren, doch das Meer war zu aufgewühlt, sie würden es kaum schaffen ...

Sie sah nach oben. Es war ein weiter Weg dort hinauf, über den nassen, glitschigen Fels. Die Bäumchen konnten ihr jedoch helfen und sie abfangen, sollte sie tatsächlich ausrutschen und stürzen. Ich muss es versuchen, dachte sie. Sie atmete tief durch und begann den Aufstieg. Es zog sich endlos. Ihre Finger fanden wenig Halt, immer wieder griff sie deswegen in die

Bäume. Die Nadeln piksten sie, die Stämme scheuerten ihre Unterarme und Schienbeine auf, sie biss sich auf die Lippen. Immer weiter kletterte sie nach oben, ihre Arme und Beine begannen zu schmerzen und auch ihre Rippen, ihr ganzer Körper tat weh, aber es half ja nichts, sie musste weiter.

Ihr Fuß rutschte weg und auch ihre Hand, sie rutschte nach unten und schrie auf, um erneut in einem der Bäume zu landen. Das ist Irrsinn, was ich da mache, dachte sie verzweifelt. Vielleicht sollte ich warten, bis sie mich holen. Doch wie schnell würden sie sie wohl finden? Ob sie es wagen würden, einen Hubschrauber zu ordern? Doch konnten sie das, wo sie doch als Terroristin gesucht wurde? Vielleicht würden sie auch einfach denken, dass sie im Meer ertrunken war, wenn sie nicht zurückkehrte? Nein, dachte sie. Nein. Das würden sie nicht. Oder? Warten ist keine Option, beschloss sie und arbeitete sich das Stück wieder nach oben und dann noch ein Stück weiter, bis sie erneut abrutschte. Sie fluchte laut und schob sich wieder nach oben.

Endlich hatte sie die Steilklippe überwunden. Es sah so aus, als würde es nun ein Stück flacher werden, mit mehr Bäumen. Sie kämpfte sich weiter vorwärts, überwand ein weiteres, kurzes steiles Stück, krabbelte über eine Kante und sah einen Weg vor sich. Einen Weg! Sie hatte es geschafft, sie war oben! Dann konnte es ja hoffentlich nicht mehr weit bis zur Villa sein. Sie schloss die Augen und verharrte einen Moment reglos auf allen Vieren. Mike fiel ihr wieder ein. Er wollte Aziza heiraten. Sie hätte es sich denken können, so oft, wie er bei Mohammed war ... Es tat weh, aber eher wie ein dumpfer Schmerz, nicht wie eine frisch geschlagene Wunde. Das ist jetzt auch egal, sagte sie sich. Ich will nur zurück zur Villa und mich ins Bett legen. Nur noch ein kleines Stück. Also los!

Sie versuchte aufzustehen, doch ihre Beine wollten ihr nicht gehorchen, erst im dritten Anlauf schaffte sie es. Schwankend blickte sie sich um. Sie musste nach rechts. Oder? Hoffentlich. Sie hatte keine Kraft für einen Umweg. Mühsam setzte sie einen Fuß vor den anderen. Leider zog sich der Weg dennoch ein ganzes Stück, vor allem, da sich der Pfad munter um zahlreiche Felsen herumschlängelte. Doch dann, endlich, sah sie den Pinienwald und das kleine Häuschen und den Schuppen und als sie weiterging, die Villa. Gott sei Dank. Sie schritt darauf zu, nahm nicht den Vordereingang, sondern ging über die Terrasse direkt zum Wohnzimmer.

„Luisa!"

Sie schrak zusammen.

Mike tauchte aus dem Nichts auf und starrte sie wild an. „Was ist passiert?"

„Ich ..." Mit ihm hatte sie nicht gerechnet. Und nicht nur das, er packte sie auch noch und drückte sie fest an sich! Sie stand wie erstarrt. Das kam zu plötzlich und unerwartet.

Brüsk ließ er sie los und lotste sie zum Sofa. „Setz dich."

„Ich ... ich blute", stammelte sie. „Gabrielle mag kein Blut auf dem Sofa."

Mike rollte die Augen und breitete die weiße Decke über die Sitzfläche, unter der sie manches Mal vor dem Fernseher gesessen hatte, wenn es frisch wurde am Abend. Sie ließ sich steif und vorsichtig darauf nieder.

„Ich muss nur kurz Danny anrufen." Er zog sein Handy hervor. „Luisa ist hier", hörte sie ihn sagen. „Keine Ahnung." Er drückte ihr das Telefon in die Hand.

„Luisa!", kreischte Frances. „Was zur Hölle hast du gemacht?"

„Ich ... ich war schwimmen", sagte sie.

„Schwimmen? Bei dem Wetter?"

„Es war nicht so schlimm. Am Anfang. Nun ja. Ich lebe noch."

„Das will ich dir auch geraten haben! Bleib wo du bist, wir sind gleich da." Die Verbindung brach ab.

Mike hatte währenddessen den Verbandskasten geholt und setzte sich neben sie. „Was hast du nur gemacht?", Er wischte mit einem feuchten Tuch über ihre Beine.

„Nichts." Luisa war völlig erschöpft von ihrer Kletterpartie und jetzt war es Mike, der sich um sie kümmerte, ausgerechnet Mike, den sie am wenigsten von allen hier erwartet hatte und wegen dem ihr Herz dreimal so schnell klopfte, wie es sollte.

„Nichts?", grollte er.

„Nicht so schlimm."

„Du bist geschwommen?"

„Und geklettert."

„Geklettert."

Wollte er alles wiederholen, was sie sagte?

„Doch nicht etwa die Klippen hoch?"

„Doch", gestand sie.

„Bei dem Sturm und Regen?" Er klang heiser.

„Es ging schon. Die Bäume haben geholfen."

„Das sehe ich." Er starrte die unzähligen kleinen und großen Kratzer auf ihren Beinen und Armen an. Ein Gedanke durchfuhr sie, traf sie wie ein Blitzschlag. „Mike."

Er blickte sie an.

„Tu es nicht."

Er runzelte die Stirn.

„Du kennst sie nicht."

„Luisa ..."

Sie wusste, dass es seine Entscheidung war und dass sie wohl besser schweigen sollte, aber sie konnte nicht. „Aziza ... Sie ist nicht so, wie du denkst."

„Luisa." Seine Stimme war hart wie Stahl.

„Sie hat einen anderen. Sie liebt ihn und sie heiratet dich nur, um von ihrem Vater wegzukommen." Sie hoffte, dass es stimmte, was sie sagte. Auf der Jacht hatte Aziza allerdings nach Mike gefragt und gesagt, dass sie ihn heiß fand …

„Dann sei es so", gab er kalt zurück. „Ich habe meine Entscheidung getroffen."

„Mike …"

„Ich will nichts hören!"

In dem Moment wurde die Tür aufgerissen und Frances stürzte herein, gefolgt von Danny und Harvey. „Ach du Scheiße, Luisa!" Frances erstarrte. „Wie siehst du aus! Was hast du jetzt schon wieder gemacht! Sag nicht, das waren wieder irgendwelche Albaner."

Mike trat zur Seite und Frances eilte auf sie zu, umarmte sie und drückte sie fest an sich. „Verdammt, wir dachten schon …"

Luisa konnte ein Stöhnen nicht unterdrücken.

„Frances." Danny trat hinzu und legte seine Hand auf ihre Schulter. „Komm, mach Platz. Lass mich nach ihr sehen." Er setzte sich neben sie und begann, sich um ihre Kratzer und Schürfwunden zu kümmern, während Frances redete wie ein Wasserfall. An der Wand lehnte Harvey und beobachtete alles schweigend. Mike hingegen nahm seinen Pullover vom Tisch und ging nach draußen und Luisa wusste zu gut, dass er nicht vorhatte, sich zu verabschieden. Einsilbig antwortete sie auf Frances' Fragen, bis Danny meinte: „Komm, lass ihr Luft zum Atmen. Soll ich dich in dein Zimmer tragen, Luisa?"

„Ich kann schon laufen", sagte sie, war aber dann doch froh, dass er sie stützte.

Als sie dann im Bett lag und an die Decke starrte und an Mike dachte, kamen ihr doch die Tränen und sie weinte sich in den Schlaf.

Den nächsten Tag verbrachte Luisa wie in Trance. Sie stand nicht auf und erklärte, dass sie sich müde fühlte und sich vielleicht erkältet hatte, und Frances rückte ihr nicht zu sehr auf die Pelle, vermutlich dank

Danny. Ihre Gedanken kreisten ausschließlich um Mike. Er war weg. Er würde Aziza heiraten. Warum? Liebte er sie? Er hatte Mohammed besucht, vielleicht hatte er sie wirklich kennen- und lieben gelernt? Und Aziza, liebte sie Mike? Oder wollte sie ihn wirklich nur heiraten, weil sie plante, wegzulaufen? Mike würde sie in diesem Fall sicher nicht aufhalten. Oder? Was für einen Deal hatte er mit Azizas Vater geschlossen? Ob es eine große Hochzeit werden würde? Ob Danny, Frances und Harvey eingeladen waren? Orientalische Hochzeiten wurden doch in der Regel mit allem Pomp gefeiert, da wurde ein Saal gemietet für die gesamte Verwandtschaft ... Sicher würde es eine getrennte Hochzeit sein, wo die Männer und Frauen erst für sich feiern würden, bis sich die Frauen bei der Ankunft der Männer allesamt verschleierten und das Paar vermählt würde ... Warum machte sie sich darüber Gedanken? Sie würde auf jeden Fall nicht dort hingehen. Vermutlich wollte er sie dort auch nicht haben, nach dem, was sie ihm gesagt hatte ... Verdammt, warum musste das nur so weh tun? Das schmerzte mehr als alle Rippenbrüche und Stichverletzungen zusammen.

Am nächsten Tag hatte sie das Gefühl, doch genug im Bett gelegen zu haben, und obwohl ihr alles weh tat, schwamm sie im Pool und tobte sich dann noch im Fitnessraum aus, bis zur völligen Erschöpfung. Irgendwann erschien Danny und bat sie, sie zu schonen und damit aufzuhören, was sie so lange ignorierte, bis er ihr androhte, sie gewaltsam vom Laufband zu zerren. „Und ich lasse dich nicht allein in den Klippen herumturnen. Wenn, dann wird Frances dich begleiten."

„Bloß nicht." Sie stellte das Laufband ab und blieb stehen, keuchend und zitternd vor Anstrengung. Sie registrierte, dass Harvey von den Klippen kam und zu ihnen hineinblickte, und starrte zurück. Er senkte den Blick.

„Frances will dir nur helfen", sagte Danny. „Sie ... es tut ihr weh, dich so zu sehen."

„Ich weiß." Sie stieg vom Gerät hinunter.

„Wenn ich etwas für dich tun kann, Luisa ..."

Unwillkürlich trat sie zu ihm hin und wollte ihn umarmen. Im letzten Moment entschied sie sich um und blieb mit hängenden Schultern vor ihm stehen. Nein, das fühlte sich nicht richtig an, das konnte sie nicht ...

Danny schien das allerdings nicht zu stören, er zog sie an sich heran und legte die Arme um sie. Sie lehnte ihren Kopf an seine Schulter und schloss einen Moment die Augen. Es tat gut, sie fühlte sich nicht ganz so allein.

Genug, beschloss sie und trat zurück. Er ließ sie sofort los. Sie schlich davon, ohne sich zu ihm umzudrehen, aber in dem Bewusstsein, dass er es wirklich gut meinte und ihr wirklich helfen wollte, egal, was sein bester Freund auch für einen Groll gegen sie hegen mochte, und sie fühlte sich tatsächlich ein bisschen getröstet.

Müde stellte sie sich unter die Dusche, dann schlurfte sie ins Wohnzimmer, setzte sich auf das Sofa und zappte unmotiviert durch die Streaming-Kanäle, bis Frances vorbeikam und sich neben sie setzte. „Was sehen wir uns an? Eine Folge von unserer Zombieserie? Wenn du magst. Oder einen von deinen Kinderfilmen, wenn es sein muss."

Luisa konnte nicht widerstehen und schaltete *Die Eiskönigin* ein. Frances ertrug den Film schweigend und weitgehend mit erstarrter Mine, und einmal lachte sie sogar über Olaf.

Nach dem Film krabbelte Luisa vom Sofa und griff zur Tablettenschachtel. Unsere tägliche Dosis Tramadol gib uns heute, dachte sie.

„Es ist nicht gut, wenn du so viele von den Dingern nimmst", mahnte Frances. „Das Zeug ist wirklich stark."

Luisa schnitt eine Grimasse. „Du weißt ja nicht, wie es mir geht." Sie hatte mittlerweile herausgefunden, dass insbesondere diese Pillen nicht nur den Schmerz dämpften, sondern sie auch müde machten, so müde, dass sie nicht dauernd grübeln musste.

Frances lachte. „Glaub mir, ich weiß, was Schmerzen sind. Das ist aber so was von völlig normal, bei jedem Einsatz. Wenn du tagelang nur auf nacktem Fels liegst und auf dein Ziel wartest oder schläfst und danach hunderte Meilen in ein paar Tagen zurücklegen musst ... Und wenn sie dich zu allem Überfluss auch noch angeschossen haben ... Da weißt du gar nicht mehr, wie es ist, mal keine Schmerzen zu haben. Außerdem bist du selbst schuld, du musstest dich ja nicht nur unbedingt mit einem Gewitter anlegen, sondern auch noch mit dem Meer und den Klippen."

Luisa seufzte und verzichtete auf die Tabletten, doch als Frances wenig später aufstand, nahm sie heimlich doch eine. Sie brauchte das einfach.

Danach las sie kopfschüttelnd von der nächsten No-Savior-Eskapade. Die Frau ließ es wirklich krachen.

„Erneuter Eklat um Sängerin No Savior – weitere Konzerte abgesagt. Beim Konzert der Schock-Rockerin Selena Collins in Rom ist es beim Song F*** Y** erneut zu einem Zwischenfall gekommen. Während die beiden gerüchteweise in Moskau Sex auf der Bühne hatten, verlief der Auftritt in Rom weniger harmonisch – denn statt erneut sexuelle Handlungen vorzutäuschen, ging die Sängerin urplötzlich auf Josh Killer von Lost Assassinators los. Mehrere Security-Mitarbeiter stürmten darauf die Bühne und mussten sich sichtbar anstrengen, um die Sängerin überwältigen zu können. Auf mehreren Video-Aufnahmen ist deutlich zu sehen, dass Josh im Gesicht blutete. Das Konzert wurde nicht fortgesetzt.

Tour-Manager Michael Brown hat heute Morgen die Gerüchte bestätigt, dass alle geplanten Termine von No Savior abgesagt wurden. Als Grund nannte er unüberbrückbare Differenzen zwischen der Sängerin No Savior und Josh Killer von Lost Assassinators. Ein Video des Auftritts in Rom zeigt, dass Josh mit einem Paar Handschellen auf der Bühne hantierte – möglich, dass er damit die heftige Reaktion seiner Partnerin provozierte. Im Netz wird die Sängerin zugleich gefeiert und verteufelt.

Lisa T. schrieb beispielsweise: "Richtig gemacht, No Savior. Soll er sich seine Handschellen doch sonstwohin stecken."

Tom B. aus London hingegen zeigte sich enttäuscht: "Die beiden bekommen so viel Kohle, da sollten sie sich doch zusammenreißen können, auch, wenn sie sich nicht mehr verstehen." Viele weitere Social-Media-Nutzer posteten hingegen nur: F*** Y**!

Gerüchten zufolge wurde die Sängerin in eine Entzugsklinik eingewiesen, die Staatsanwaltschaft in Rom ermittelt wegen Körperverletzung. Der No- Savior-Song Time to Kill *gilt mittlerweile als der am meisten gestreamte Titel in diesem Jahr.*

Gut zu wissen, dass ich nicht die Einzige bin, deren Leben aber so was von den Bach runter geht, dachte Luisa.

Drei Tage später saß sie wieder einmal auf dem Sofa, als Danny ins Wohnzimmer trat. Er trug einen schwarzen Anzug, in dem er natürlich eine hervorragende Figur machte, und sie verstand nur zu gut, was das bedeutete.

„Habt ihr ... eine Karte oder so etwas, auf der ich unterschreiben kann?", fragte sie leise. „Oder ... Wäre das ... unangemessen?"

„Ich hole sie", nickte er, verschwand kurz und kehrte dann mit einer Karte und Frances zurück. Diese trug schwarze Halbschuhe, eine schwarze Hose und eine weiße Bluse. Ihre Haare hatte sie wie immer zu einem Pferdeschwanz zusammengebunden.

„Kein Kleid?", fragte Luisa mit schwachem Lächeln.

„Bin ich bescheuert?", fauchte Frances. „Das hier ist schlimm genug. Diese Schuhe! Und diese Bluse erst! Und Danny besteht darauf, dass wir vorher noch zum Friseur gehen. Ich hasse es jetzt schon!"

Luisa konnte sich Frances nicht auf einer muslimischen Hochzeit vorstellen. Sie konnte sich ihre Freundin auf überhaupt keiner Hochzeit vorstellen!

Danny legte die hübsche Karte voller Herzen vor sie hin und sie krakelte ein kleines „Luisa" in die Ecke.

Als die beiden schließlich gegangen waren, fühlte sie sich so einsam und allein wie selten zuvor. Sie konnte nicht hier drinsitzen, sie musste etwas tun ... Mühsam zog sie sich an und ging hinaus zu den Klippen, als Harvey wie aus dem Nichts vor ihr auftauchte.

„Ich gehe spazieren", sagte sie abweisend. Er folgte ihr wie ein Schatten.

Damit ich mich nicht hinunterstürze?, dachte sie sarkastisch. Die Erkenntnis traf sie hart. Als sie im Gewitter verschwunden war ... Hatten sie da geglaubt, dass sie sich umbringen wollte? War Mike deswegen da gewesen? Sie wollte nicht darüber nachdenken, sie wollte über nichts nachdenken und wanderte so lange, bis sie wirklich müde war, dann setzte sie sich auf einen Felsen und starrte auf das Meer. Sie spürte, dass Harvey dicht hinter ihr stand. „Setz dich ruhig", sagte sie und er tat es, ließ sich neben ihr nieder und legte seinen Arm um sie. Sie lehnte sich an ihn und dachte an Mike und konnte nicht verhindern, dass sie wieder anfing zu weinen. Es tat so weh, sich vorzustellen, wie er auf dieser Hochzeit ... mit Aziza ...

Schließlich befreite sie sich aus Harveys halber Umarmung, wischte sich die Tränen aus dem Gesicht und schlurfte zurück zur Villa. Harvey überholte sie, sie folgte ihm in die Küche und sah, wie er zwei Gläser und eine Flasche Whisky aus dem Schrank holte und sie auf dem kleinen Tisch abstellte. Er setzte sich, goss ein und blickte sie ausdruckslos an.

Sie zögerte kurz, dann nahm sie neben ihm Platz, lehnte sich an ihn und vergrub ihr Gesicht an seiner Brust. Seine Hand fuhr sanft über ihren Rücken. Ob Mike und Aziza bereits verheiratet waren? Vermutlich nicht, arabische Hochzeiten fanden in der Regel eher am Abend statt, glaubte sie zu wissen, und die Sonne war noch nicht untergegangen. Wie es Frances wohl ergehen mochte unter all den fremden Frauen?

Harvey drückte sie fest an sich und sie hätte nie gedacht, dass sie ihm jemals so nah sein würde, dass er sie jemals trösten würde und dass es ihr wirklich helfen konnte. Aber er gehörte zur Familie, zu ihrer neuen, kleinen Wahlfamilie, oder zumindest ihrem neuen Freundeskreis, der aus Danny und Frances bestand und eben auch aus Harvey, und der gerade ein Mitglied verloren hatte …

Harvey zog sie auf seinen Schoß. Überrascht und verwirrt blickte sie zu ihm hinauf, da presste er seine Lippen auf die ihren und schob seine Hand unter ihr Shirt.

Sie erstarrte. Was zum … Sie hätte nie gedacht, dass Harvey … Dass er küssen konnte, dass er …

Er legte sie auf das Sofa, zog ihr Shirt hoch, befreite ihre linke Brust aus ihrem BH und umschloss sie mit seinen Lippen.

Das ging ihr jetzt zu schnell. „Harvey", sagte sie.

Er ließ ab von ihr und blickte sie, wie immer, völlig ausdruckslos an. Sie sah in sein entstelltes Gesicht. Sie war ihm nie so nahe gewesen. Da war etwas in seinen Augen, schwer deutbar, aber sie glaubte darin zu sehen, dass er sie begehrte … Sollte sie …? Konnte sie …? Sie hatte ihn nie so gesehen. „Harvey. Ich … ich weiß nicht …"

Unvermittelt zog er ihre Hose nach unten und sie spürte seine Hand zwischen den Beinen.

Das ging jetzt definitiv zu schnell. „Nein", sagte sie. „Nein, Harvey, ich ..."

Er legte sich auf sie und rieb sich an ihr, die Augen halb geschlossen.

So wollte sie das nicht. „Nein, Harvey!"

Er machte keine Anstalten damit aufzuhören, rieb sich nur heftiger an ihr und seine Hand tastete grob weiter zwischen ihren Beinen herum ...

Das war zu viel. Das ... „Nein, Harvey!" Sie hörte, wie ihre Stimme zitterte. „Ich will das nicht, lass ..." Sie legte ihre Hände auf seine Wangen. „Hör auf."

Er stoppte und setzte sich aufrecht hin. Erleichterung durchströmte sie. Jetzt nichts wie weg ... Er ergriff ihre Hände, umschloss sie beide mit seiner Linken und fuhr mit der anderen erneut zwischen ihre Beine.

„Harvey, nein!", rief sie. „Hör auf, ich ..." Sie versuchte, sich aus seinem Griff zu befreien, doch er ließ nicht los.

Panik stieg in ihr auf. „Hör auf! Lass mich!"

Sie zappelte, er ignorierte sie völlig. Abrupt setzte sie sich auf und donnerte ihren Kopf von unten gegen sein Kinn, nicht so fest wie erhofft, aber er zuckte immerhin zurück. „Nein, Harvey", rief sie. „Lass mich endlich los!"

Er hielt ihre Hände weiter fest, während er sein Gewicht verlagerte und sich auf ihre Beine setzte.

Sie sah die Entschlossenheit in seinen Augen. Er wollte sie und er würde tun, was er tun wollte, und sie konnte ihn nicht aufhalten, er war einfach zu stark. Eine erneute Welle der Panik stieg in ihr auf, sie fühlte sich völlig ausgeliefert und versuchte noch einmal, ihn abzuschütteln. Er hielt sie weiter fest, ohne sich zu rühren, als ob er ihren Widerstand überhaupt nicht wahrnahm.

„Bitte, Harvey, bitte", flehte sie, ihre Augen füllten sich mit Tränen. „Bitte, Harvey, tu mir das nicht an, bitte ..."

Er ließ sie los, erhob sich, stapfte, ohne sich umzudrehen, zur Terrassentür und verschwand zwischen den Felsen.

Einen Moment lang blieb sie reglos sitzen. Sie konnte es nicht fassen. Er war wirklich weg? Gegangen? Er hatte nicht ... Dann konnte sie sich endlich wieder rühren. Hastig sprang sie auf, zog ihre Hose hoch und flüchtete in ihr Zimmer, schob das Sideboard vor die Tür und setzte sich auf das Bett, zerrte die Decke über sich und schlang die Arme um die Knie. Ihre Gedanken rasten. Ich brauche eine Waffe, dachte sie. Für den Fall ... Doch sie hatte keine und wenn sie sich bewaffnen wollte, müsste sie aus dem Zimmer gehen und in die Küche, doch die grenzte direkt an das Wohnzimmer, wo Harvey ... Nein. Nein. Sie konnte nicht hinausgehen. Er war gegangen, aber er konnte zurückkommen. Er würde zurückkommen und ... Sie war da draußen nicht sicher, da war zu viel Glas, er konnte von überall kommen und beenden, was er begonnen hatte. Vielleicht sollte sie Gabrielles Wachleute rufen, aber würden die ihr wirklich helfen? Würde sie es überhaupt schaffen? Was, wenn Harvey noch irgendwo lauerte, wäre das nicht die ideale Gelegenheit für ihn, um sich auf sie zu stürzen?

Nichts passierte. Niemand klopfte, niemand versuchte, die Tür zu öffnen. Aber das hieß nicht, dass es nicht noch kommen würde. In der Dämmerung, zum Beispiel. Oder in der Nacht.

Zeit verging, quälend langsam, es wurde dunkel draußen, sie konnte sich nicht entscheiden, ob sie das Licht anschalten sollte oder nicht.

Die Haustür öffnete sich. Sie schrak zusammen und lauschte voll Panik. War es Harvey? Würde er ...

„Luisa?"

103

Unendliche Erleichterung durchströmte sie. Frances war da.

„Luisa? Wo bist du denn?"

„Lass sie besser in Ruhe. Vielleicht schläft sie", gab Danny zurück.

„Nie im Leben", sagte Frances. „Und wenn, dann nur, weil sie zu viele Pillen geschluckt hat." Es klopfte leise. „Luisa?"

Sie brachte kein Wort heraus, während ihr erneut Tränen über die Wangen liefen.

Die Klinke wurde heruntergedrückt, die Tür öffnete sich einen kleinen Spalt und wurde vom Sideboard gestoppt.

„Komisch", meinte Frances.

Luisa wollte antworten, konnte sich aber nicht rühren und weinte still weiter.

„Was ist los?", fragte Danny beunruhigt.

„Da blockiert was die Tür. Luisa? Alles in Ordnung? Komm, sag was!"

Sie wollte etwas sagen wie „Alles gut" und brachte zumindest ein Krächzen heraus. Das brach den Bann, sie schaffte es tatsächlich, aufzustehen und das Sideboard ein Stück zu verschieben.

„Was zum Teufel ..." Frances drängte sich durch den Türspalt und schaltete das Licht an. Geblendet hielt sich Luisa die Hand vor das Gesicht.

„Luisa! Was ist denn passiert? Was soll das mit ... Das ist doch nicht nur wegen Mike, oder? Was ..."

„Wo ist Harvey?", fragte Danny halblaut und Luisa schrak zusammen und schüttelte den Kopf.

„Harvey?", rief Frances. „Nein. Das würde er nicht. Oder ...? Nein."

Luisa schluchzte auf.

„Setz dich." Frances drückte sie auf das Bett. „Was ist passiert?"

„Ich sehe mich um." Danny und schob sich am Sideboard vorbei zurück nach draußen.

Frances baute sich vor Luisa auf. „Hat er dir weh getan? Ich schneide ihm die Eier ab. Und den Kopf. Ich schwöre es."

Luisa konnte nur schluchzen. Sie rollte sich auf dem Bett zusammen und machte sich ganz klein, während Frances sich neben sie setzte, ihre Schulter knetete und unzählige Flüche murmelte.

Danny streckte den Kopf herein. „Keine Spur von Harvey. Luisa, du schläfst heute bei uns im Zimmer. Und vorher mache ich dir einen Tee. In Ordnung? Komm."

Frances half ihr aufzustehen und Luisa folgte ihr ins Wohnzimmer, wo sie sich in den Sessel kauerte, der am weitesten weg von der Couch stand. Frances setzte sich neben ihr auf die Lehne, Danny räumte die beiden Whisky-Gläser weg, die unberührt auf dem Tisch standen, und stellte eine Tasse mit Tee vor sie hin, dann kniete er sich neben sie. „Was ist passiert?", fragte er eindringlich.

„Es ... es ist meine Schuld", sagte Luisa.

„O nein", erwiderte Danny scharf. „Auf keinen Fall."

Sie atmete tief durch. „Ich ... Doch. Ich habe ihm erlaubt, mich zu umarmen, und dann ... Ich war so überrascht, ich konnte nicht ... Und dann wollte er nicht aufhören ..."

„Ich bringe ihn um", sagte Frances. Sie klang wild entschlossen.

„Ich hatte nicht die Kraft ihn zu stoppen, es war zu spät ..."

Neben ihr knirschte Frances laut mit den Zähnen.

„Und dann ist er gegangen, aber ich hatte solche Angst, dass er zurückkommt."

Danny nickte mitfühlend. „Hat er dir weh getan?"

Sie schüttelte stumm den Kopf.

Danny drückte ihre Hand. „Trink deinen Tee und dann gehen wir nach oben. Wie gesagt, du schläfst heute Nacht bei uns."

„Hast du ihn verletzt?", fragte Frances.

„Nein." Sie schüttelte verzagt den Kopf.

„Schade. Aber er wird bluten, wenn ich mit ihm fertig bin. Was für eine Scheiße. Ich wollte unbedingt heim, weil die Hochzeit so furchtbar war. Nur kreischende Weiber. Nicht auszuhalten. Kennst du diese hohen Triller? Ich hatte so übel Lust, ihnen das Maul zu stopfen. Danny wollte eigentlich noch länger bleiben, aus Höflichkeit, aber dann ist Harvey nicht ans Telefon gegangen. Er redet ja nie, aber er nimmt den Anruf zumindest an oder ruft bald darauf zurück. Und ..." Sie verstummte und Luisa lehnte ihren Kopf an Frances' Knie.

„Trink jetzt." Danny drückte Luisa die Tasse Tee in die Hand. Sie nippte gehorsam daran. Es schmeckte leicht nach Alkohol, fand sie, und nach noch etwas anderem.

Nachdem sie getrunken hatte, führte Frances sie nach oben in ihr Zimmer.

„Ich schlafe auf der Couch", meinte Danny. „Sag Bescheid, wenn du etwas brauchst, hörst du?"

Bald darauf lag Luisa im Bett, lauschte Frances' gleichmäßigen Atemzügen und war unendlich froh, dass sie nicht allein sein musste.

Luisa erwachte davon, dass ihr die Sonne ins Gesicht schien. Das fühlte sich falsch an. Beunruhigt richtete sie sich auf und sah sich um. Sie befand sich in Frances' Zimmer, stellte sie fest. Da fiel ihr alles wieder ein. Die Erinnerung traf sie wie ein Schlag in den Magen. Sie setzte sich auf und schlang die Decke um sich. Es wird gut, versuchte sie sich einzureden. Es wird gut. Harvey ist weg. Er wird es nicht wagen, zurückzukehren. Er kann mir nichts mehr tun. Und Mike ... ist verheiratet.

Ihre Augen füllten sich unvermittelt mit Tränen. Nicht weinen, dachte sie und biss sich auf die Lippen.

Nicht weinen. Was, wenn Frances hereinkommt und mich so sieht ... Doch sie konnte die Tränen nicht zurückhalten. Aus dem Augenwinkel nahm sie eine Bewegung wahr. Sie schrak heftig zusammen. Frances stand in der Tür, die Hand an der Klinke.

Hastig wischte Luisa sich mit dem Ärmel über das Gesicht.

„Weine nur", sagte Frances leise. „Es hilft. Soll ich bei dir bleiben?"

Sie schüttelte den Kopf.

Frances nickte. „Ich gehe wieder nach unten. Ruf einfach, wenn du was brauchst." Sie verschwand so leise, wie sie gekommen war.

Luisa atmete schwer, während sie nach draußen auf das ruhig daliegende Meer blickte. Sie konnte nicht mehr weinen, die Tränen waren versiegt. Es fühlte sich an wie eine verlorene Chance.

Irgendwann stand sie auf und zog sich langsam an. Sie fühlte sich müde und erschöpft. Sicher hatte Danny ihr letzte Nacht etwas in den Tee getan. Oder waren das die Nachwirkungen des Schocks? Sie konnte sich nicht einmal an ihre Albträume erinnern.

Als sie ins Wohnzimmer trat, sah sie Danny und Frances auf der Terrasse sitzen. Sie ging in die Küche und ertappte sich dabei, dass sie nach Harvey und Mike Ausschau hielt. Sie sind beide weg, fiel ihr ein und sie spürte einen Kloß in ihrer Kehle. Langsam machte sie sich mit zitternden Händen eine Tasse Kaffee.

Frances winkte von draußen. Am liebsten wäre sie in ihr Zimmer gegangen, um sich zu verkriechen, doch sie wusste, dass ihre Freundin sie nicht lassen würde. Also setzte sie sich zu den beiden in die Sonne. Es war bereits warm, obwohl es so früh am Morgen war, vielleicht sieben oder acht Uhr.

„Was hältst du davon, vor dem Frühstück in den Pool zu springen?", fragte Frances. „Für eine provisorische Abkühlung? Ich denke, das wird ein heißer

Tag." Sie zog eine Grimasse. „Und ..." Sie verstummte, starrte zur Tür.

Luisa zuckte heftig zusammen. Wer war gekommen? Harvey? Mike? Hastig wandte sie sich um.

Gabrielle stand hinter ihr auf der Terrasse.

„Was willst du hier?", fragte Frances herausfordernd.

„Nun, ich dachte, es ist mein Haus", gab Gabrielle leichthin zurück und stöckelte anmutig zu einem freien Stuhl.

„Hast du Neuigkeiten?", fragte Danny.

„Es tut sich was. Ich dachte mir, es ist besser, wenn ich hierherkomme und auf euch aufpasse, damit niemand auf die dumme Idee kommt, hier einzudringen."

Danny runzelte die Stirn.

„Wo sind Mike und Harvey?", fragte Gabrielle.

„Mike hat geheiratet", sagte Danny ruhig. „Das weißt du nur zu gut."

„Ach ja, ich vergaß. Gestern, nicht wahr? Und Harvey? Wo ist er?"

Luisa spürte Gabrielles bohrenden Blick auf sich. Sie konnte doch nicht wissen, dass ... Oder? Es gab Überwachungskameras, aber die nahmen doch sicher nur den Außenbereich auf ...

„Harvey ... hat etwas zu erledigen", sagte Danny und Frances rief: „Er soll es nicht wagen, zurückzukommen."

Gabrielle zog die Augenbrauen hoch und Luisa rührte in der fast leeren Kaffeetasse, um beschäftigt zu wirken.

„Seid so gut und gebt mir Mikes neue Adresse", schnurrte Gabrielle. „Für den Fall, dass ich ihn erreichen muss."

„Es ist in Le Roucas-Blanc, Avenue de ... Einen Moment, ich suche es gleich heraus", meinte Danny.

„Schreib es auf einen Zettel und hänge es vorne an die Pinnwand", meinte Gabrielle. „Ich hätte nicht gedacht, dass er heiraten würde, vor allem nicht so. Oder habt ihr ihn so genervt, dass er einfach die erstbeste Gelegenheit ergriffen hat, um sich aus dem Staub zu machen? Ich finde es allerdings gut, dass er in der Nähe bleibt, er hätte mit seiner Frau ja auch nach Nizza gehen können, immerhin wohnt da ihr Vater. Oder gleich nach Dubai. Und ..."

Luisa hatte genug gehört. „Ich mache mir noch einen Kaffee." Sie schnappte sich ihre Tasse und eilte nach drinnen. Gabrielle hat recht, dachte sie. Wir haben ihn vertrieben. Ich, um genau zu sein. Er wollte schon in den Highlands nichts mit mir zu tun haben, widerwillig ist er mir nach Hause gefolgt ... Nach Hause. München war nicht mehr ihr Zuhause. Jonas ... Sie ging in ihr eigenes Zimmer und widerstand der Versuchung, mit dem Sideboard erneut die Tür zu verbarrikadieren. Es war alles so furchtbar. Harvey war weg, aber Mike auch ... Nichts ergab mehr Sinn. Sie hatte keine Tränen mehr und konnte nichts tun, als den Schmerz auszuhalten.

Schließlich zwang sie sich dazu, ihren Bikini anzuziehen. Ich werde im Pool schwimmen, bis zur Erschöpfung, nahm sie sich vor. Die Bewegung wird mir helfen.

„Dein Mann ist ein Arschloch", brüllte Frances, als Luisa im Bademantel den Flur durchquerte.

Die drei saßen noch auf der Terrasse.

„Du kannst froh sein, dass ...", gab Gabrielle deutlich leiser zurück. Luisa eilte hastig zum Swimmingpool. Sie wollte das alles nicht hören.

Sie trieb viel Sport an diesem Tag, da Frances und Gabrielle nahezu ohne Pause stritten. Es half, alles auszublenden. Der Schmerz blieb, verkroch sich aber tief in ihr und machte sich nur durch ein leichtes Druckgefühl bemerkbar, das nicht weichen wollte.

Nach dem Abendessen sah sie sich den Animationsfilm *Baymax* an. So einen Riesenroboter könnte ich verdammt gut gebrauchen, dachte sie und schrak zusammen, als sie eine Bewegung auf der Terrasse wahrnahm. Doch es handelte sich nur um Frances, die hektisch mit den Armen in der Luft herumfuchtelte. Sie sah, dass Luisa zu ihr hinblickte und steckte den Kopf durch die Balkontür. „Wir gehen am Strand schwimmen. Willst du uns begleiten?"

„Nein, danke. Macht nur." Sie bemühte sich um ein Lächeln. Harvey wird nicht zurückkommen, sagte sie sich.

„Gabrielle sitzt oben auf dem Balkon und hat alles im Blick, okay?"

„Okay." War ihre Angst so deutlich sichtbar?

„Willst du eine Pistole?"

„Was? Nein." Nicht, dass sie in Panik geriet, um sich schoss und irgendjemanden verletzte ... „Macht euch keine Sorgen, es geht schon."

„Wir sind bald wieder da." Frances verschwand.

Luisa sah weiter ihren Film, konnte aber nicht verhindern, dass sie dauernd nach draußen blickte und mehrmals heftig zusammenzuckte, obwohl es nur die Bäume waren, die sich im Wind bewegten.

Nach dem Film zwang sie sich dazu, nach draußen zu gehen und sich auf die Terrasse zu setzen. Ich muss mich abhärten, dachte sie mit zusammengebissenen Zähnen. Ich darf nicht wegen jedem Luftzug in Panik geraten.

Leichter gesagt als getan. Schweiß tropfte ihr von der Stirn, zitternd blieb sie im Türrahmen stehen.

Ein Laut hinter ihr ließ sie zusammenzucken. Harvey, dachte sie entsetzt und fuhr herum.

„Sorry. Störe ich?" Frances erschien neben ihr, mit zwei Gläsern in der Hand, die eine milchig-weiße Flüssigkeit enthielten.

Luisa schüttelte den Kopf. Frances setzte sich neben sie und drückte ihr ein Glas in die Hand. Sie roch daran. „Ist das Ouzo?" Wie lange hatte sie keinen mehr getrunken ... Zuletzt vielleicht mit Jonas in diesem griechischen Restaurant an der Ecke ... In einem anderen Leben ...

„Fast. Stammt allerdings hier aus der Gegend und nennt sich Pastis", sagte Frances. „Ist jedenfalls auch Anisschnaps und ich merke keinen Unterschied zu Ouzo oder Raki oder Arrak und wie sie alle heißen."

„Jetzt hast du bestimmt sowohl die Franzosen als auch die Türken, Griechen und Araber beleidigt." Luisa lächelte schwach.

„Ganz bestimmt", grinste Frances. „Prost."

Sie stießen an, Luisa nippte an ihrem Glas. Der Pastis wärmte sie von innen, brannte aber auch in ihrer Kehle. Entweder war er sehr stark oder Frances hatte nur wenig Wasser hineingegossen. Sie hatte allerdings auch schon lange keinen Schnaps mehr getrunken.

Eine Weile schwiegen sie.

„Ich muss es wissen", sagte Frances schließlich.

„Was denn?" Der Unterton ihrer Freundin gefiel Luisa überhaupt nicht.

„Wenn Harvey mir unter die Augen kommt. Was soll ich mit ihm machen? Ich könnte ihm zum Beispiel die Nase und die Ohren abschneiden und die Eier und ..."

„Was? Nein", unterbrach Luisa sie schwach. „Nein, lass gut sein."

„Auf keinen Fall."

„Wenn, dann mache ich das."

„Du? Nein." Frances schüttelte den Kopf. „Du würdest das niemals tun. Und wehe, du sagst jetzt wieder, dass es deine Schuld war. Das war es ganz bestimmt nicht. Er wusste, dass du traurig und verletzlich bist. Was hat er gemacht? Dich getröstet? Und dann war plötzlich seine Hand zwischen deinen Beinen?"

Luisa zuckte heftig.

„Ich schneide ihm die Eier ab", beschloss Frances.

„Er hat mich umarmt", sagte Luisa. „An den Klippen. Ich habe ihn gelassen. Dann bin ich ins Haus und auf das Sofa ... Zu ihm. Ich bin zu ihm gegangen, ich habe mich an ihn gelehnt, ich hätte nicht gedacht ..."

Frances fletschte die Zähne.

„Er ... Er hat mich geküsst und ich war komplett überrascht und er hat weitergemacht und ich habe mich nicht gewehrt, ich war wie erstarrt, ich konnte es überhaupt nicht begreifen, ich hätte nie gedacht ... Weißt du, wenn er langsamer gewesen wäre, wer weiß, vielleicht hätte ich ihn noch viel mehr tun lassen ... Doch er ... Es ging so schnell und als ich dann endlich angefangen habe, mich zu wehren, da saß er schon auf mir und seine Hände ..." Sie schluckte. „Er hat meine Hände festgehalten und als er mich angesehen hat mit seinen kalten Augen ... Da wusste ich, dass ich es tun würde, dass ich ihm nichts, aber auch gar nichts entgegenzusetzen hatte, dass ich ihn zu nah an mich herangelassen hatte, dass es zu spät war. Ich habe ihn angefleht aufzuhören und ... und dann ..."

Frances quetschte ihre Hand.

„Er ist tatsächlich gegangen, aber ich hatte solche Angst, dass er es sich anders überlegt und zurückkommt, um es zu Ende zu bringen und dass ich mich nicht wehren kann ..."

„Du kannst dich wehren", sagte Frances eindringlich. „Du hast dich schon oft genug gewehrt. In Albanien zum Beispiel. Oder in München. Oder in Dubai."

„Das ... das war anders." Luisa starrte in die Nacht. „Da habe ich nicht nachgedacht, ich habe einfach reagiert, und es war auch immer jemand da, um mich aufzusammeln, du oder Mike. Ich hatte Albträume deswegen, aber ... Aber Harvey ... Er kennt das Haus, er kann jederzeit wieder hier auftauchen und ... Ich habe ihm vertraut, er hat mich überrumpelt und ich war ... fassungslos ..." Sie schüttelte den Kopf und glaubte wieder, seine Hand auf sich zu spüren. Sie hätte nie damit gerechnet, dass er sich ihr aufdrängen würde. In München hatte er sie gerettet und in die Wohnung getragen! Allerdings war sie später halbnackt aufgewacht ... Er hatte doch nicht ... Oder ...?

„Du bist kreidebleich", stellte Frances fest und drückte ihr das Glas Pastis in die Hand. Luisa hörte die Sorge in ihrer Stimme.

„Luisa. Du bist stark und du bist mutig. Du wirst dich auch in Zukunft wehren können, da bin ich mir sicher. Und das nächste Mal, wenn du Harvey siehst, dann lässt du ihn nicht an dich heran, sondern knallst ihn gleich über den Haufen, egal, in welcher Absicht er kommt, und dann schneide ich ihm die Eier ab." Sie hob ihr Glas und prostete Luisa zu und sie tranken beide.

So leise wie möglich öffnete Frances die Tür zum Schlafzimmer. Unnötigerweise, stellte sie fest. Danny war noch wach, er saß auf dem Bett und las etwas auf seinem Handy. „Wie geht es ihr?", fragte er.

„Nun ja." Sie zog eine Grimasse. „Ehrlich gesagt, ist sie völlig hinüber. Nach nur zwei oder drei Schnäpsen. Gut, vielleicht waren es auch vier oder fünf. Sie kommt schon darüber hinweg."

„Über die Schnäpse?"

„Haha", machte Frances.

„Hältst du es für eine gute Idee, sie so allein zu lassen?"

„Hast du Angst, dass sie Gabrielle auf das Sofa kotzt?" Sie grinste.

„Unter anderem."

„Uh." Sie verzog das Gesicht. „Stell dir vor, du wachst auf, bist verkatert, und das erste, was du hörst und siehst, ist Gabrielle, die dich anplärrt. Nein, keine Sorge, ich habe sie ins Bett geschafft."

Er runzelte die Stirn. „Sie hat heute kaum was gegessen. Mit einer Alkoholvergiftung ist nicht zu spaßen."

„Oh, sie hat sich schon erbrochen. Keine Angst. Nicht auf den Teppich. Nur im Bad. Jetzt schläft sie wie ein Stein."

„Mach das auf jeden Fall nicht zu oft mit ihr."

„Ich bin nicht blöd. Aber vielleicht sollte sie lernen, ein bisschen mehr zu vertragen."

„Besser nicht. Nicht, dass sie so endet wie ... Du weißt schon."

Frances nickte und zog die Flasche schottischen Whisky aus dem Schrank. Sie sah sich nach einem Glas um, liebäugelte kurz mit dem Wasserglas und nahm dann achselzuckend einen Schluck direkt aus der Flasche.

„Frances ...."

„Um mich musst du keine Angst haben", sagte sie kalt.

„Ich nehme auch einen."

Sie reichte ihm die Flasche. Er trank, dann erhob er sich und trat hinaus auf den Balkon.

Sie folgte ihm und setzte sich auf einen der Stühle. „Ich wünschte, ich könnte mehr für sie tun, als sie betrunken zu machen."

„Sie hat mich umarmt", sagte Danny düster. „Ich glaube, es war an dem Tag, nachdem Mike gegangen ist. Sie war so lange auf dem Laufband, ich habe mir Sorgen gemacht und ihr gedroht, sie von da runterzuholen, und sie kam zu mir und hat mich umarmt."

„Das hast du mir gar nicht erzählt."

Er zuckte leicht die Schultern. „Ich habe mir keine Gedanken gemacht. Aber Harvey hat es gesehen, er kam gerade zurück von den Klippen."

„Vielleicht hätten wir sie mehr umarmen sollen. Dann hätte sie ihn vielleicht nicht so nah an sich herangelassen."

Danny nickte. „Harvey muss das geplant haben. Es war sicher kein Zufall, dass er sich den Tag der Hochzeit ausgesucht hat, um sie zu ... trösten, wollte ich sagen, aber das wäre das falsche Wort."

Frances nickte. „Sie hat mir gesagt ... Wenn er sanfter und langsamer gewesen wäre, dann hätte sie vielleicht mit ihm geschlafen."

Danny schüttelte müde den Kopf. „Ich hätte es wissen müssen. Es war ein Fehler, ihm zu vertrauen. Aber ... Seinetwegen lebt sie noch. Nicht unseretwegen."

„Ja, vermutlich, weil er sie die ganze Zeit vögeln wollte."

„Vielleicht. Kann es sein ... dass er besessen von ihr ist? Er hat sie in München gesucht und gefunden und ihr den Sender eingesetzt und hat es so tatsächlich geschafft, sie bis in den Libanon zu verfolgen, während wir ja nicht einmal wussten, dass sie überhaupt in Gefahr war."

„Weiß Luisa das eigentlich?", fragte Frances. „Dass er sie mehrmals gerettet hat?"

„Ich habe ihr nichts erzählt. Ist auch vielleicht besser so. Hinterher hätte sie noch geglaubt, dass sie ihm etwas schuldet."

„Wenn ich ihn erwische, bringe ich ihn um", knurrte Frances.

Danny nickte nur.

Als Luisa erwachte, war ihr speiübel. Mühsam kletterte sie aus dem Bett und taumelte ins Badezimmer, wo sie sich heftig übergab. Es kam nur Schleim heraus. Nie wieder Alkohol, nahm sie sich vor. Das war es einfach nicht wert. Nach all den Wehwehchen, die sie schon hatte, musste sie nicht auch noch künstlich Kopfschmerzen herbeiführen. Traurig schleppte sie sich zurück ins Bett und zog sich die Bettdecke über den Kopf. Was Aziza und Mike wohl gerade machten? Was taten wohl Verliebte in einer hellen Mondnacht? Mike hat nie auch nur angedeutet, dass ich ihm etwas bedeute, dachte Luisa bitter. Ich sollte es ihm gönnen, dass er sich nicht mehr mit mir beschäftigen muss, sondern jetzt ein eigenes Leben hat und eine schöne Frau an seiner Seite.

Es tat trotzdem weh.

Irgendwann schaute Frances vorbei.

„Es geht mir gut", sagte Luisa.

„Lügnerin", grinste Frances fröhlich und verschwand wieder.

Bis Mittag blieb Luisa liegen, dann beschloss sie, dass es Zeit war, aufzustehen. Doch als sie ins Wohnzimmer gehen wollte, hörte sie Frances und Gabrielle lautstark auf der Terrasse miteinander streiten, wobei die Lautstärke von Frances kam, während Gabrielle deren Wut mit kleinen Sticheleien immer weiter anfachte. Es schien kein Thema zu geben, bei dem die beiden sich einig waren. Da ging sie lieber in den Fitnessraum und zwang sich dazu, ein bisschen Sport zu machen, auch wenn Übelkeit sie plagte. Ich muss hier weg, dachte sie, während sie sich auf dem Laufband quälte. Ich halte das nicht länger aus. Doch sie wusste nicht, wohin sie gehen sollte.

Danny beobachtete Frances. Sie saß jetzt schon fast seit zwei Stunden auf der Terrasse und starrte konzentriert durch einen Feldstecher auf das blaue Meer hinunter. Von Zeit zu Zeit lächelte sie böse. Er wusste genau, was sie da tat.

„Deine Freundin ist ein Freak." Gabrielle nippte an ihrer Tasse. „Sitzt da und starrt auf das Meer, ohne sich zu rühren. Und vorhin hat sie mir erzählt, dass sie Italien langweilig findet. Verstehst du? Italien!"

„Sie wollte dich ärgern, sie weiß ganz genau, wo wir sind."

„Niedlich, wie du versuchst, sie in Schutz zu nehmen."

„Sie interessiert sich nicht für Karten und Grenzen und Namen. Aber gib ihr eine topologische Karte und sie wird sich die Bodenstruktur genau einprägen. Setze sie auf irgendeinem völlig fremden Terrain aus und sag ihr, wohin sie gehen muss, und sie findet sich fast sofort zurecht, sie weiß genau, in welche Richtung sie gehen muss. Sie weiß vielleicht nicht mehr, wie das Dorf heißt, zu dem sie gehen soll, oder das Land, in dem sie gerade ist. Aber sie weiß, wie sie direkt dort hinkommt, wenn sie möglichst schnell sein soll, oder welcher Weg der beste ist, damit niemand sie bemerkt. Und sie prägt sich die Gegend genau ein. Wenn du sie nach fünf oder zehn Jahren wieder dort hinbringst, kann sie dir genau sagen, was sich verändert hat. Sie findet die besten Spots für einen Schuss, sie kann Distanzen verdammt gut schätzen und sie trifft mit ausreichender Vorbereitung und dem passenden Gewehr so gut wie immer. Und weil sie sich das Gelände so gut einprägt, sieht sie als Erste, wenn sich etwas verändert, wenn sich jemand nähert, wenn ..."

„Wow. Was für eine Lobeshymne. Ihr verdient einander. Ihr seid beide ohne irgendeine Ambition, ohne ein Ziel, ihr tut brav, was man euch sagt. Also du tust brav, was man dir sagt, und sie läuft hinter dir her."

„Und hält mir den Rücken frei", nickte Danny. „Und darauf kann ich mich jederzeit verlassen."

„Und was macht sie da gerade?", fragte Gabrielle.

Danny zuckte die Achseln.

„Lass mich raten. Sie zielt auf die Boote?"

Verdammt.

„Sie hat eines von ihnen anvisiert und malt sich aus, mit welchem Gewehr und welcher Munition sie es am besten treffen würde und von wo aus und wer weiß was noch alles?"

„Hm", machte Danny.

„Da hast du es. Sie ist ein Freak." Gabrielle lehnte sich mit einem spöttischen Lächeln zurück.

Ihre herablassende Art ärgerte Danny. „Sie ist gut in dem, was sie tut. Und sie ist weder hinterhältig noch berechnend. Bei ihr weiß man immer, woran man ist."

„Im Gegensatz zu mir, willst du damit sicher sagen."

Er verschränkte die Arme vor der Brust und schwieg demonstrativ.

Eine Weile starrten sie beide stumm auf Frances und das Meer, bis Gabrielle schließlich seufzte. „Charles plant etwas. Er hat mit Sarah gesprochen, aber ich weiß, dass er etwas vor mir verbirgt. Ich fürchte, Luisa ist hier nicht mehr sicher. Wenn ich hier bin, kann ich vielleicht das Schlimmste verhindern."

„Was ist das Schlimmste?", hakte Danny nach.

Sie schüttelte nur den Kopf.

Er runzelte die Stirn, ein Gedanke durchfuhr ihn. „Weißt du, wo Harvey ist?"

„Wie vom Erdboden verschluckt."

Verdammter Mist.

„Sie liegt dir wirklich am Herzen, was? Luisa, meine ich. Ihr riskiert viel, um sie zu retten. Ihr müsst ziemlich starke Schuldgefühle haben."

„Wir sind Freunde. Wir sind ein Team. Da passt man aufeinander auf", sagte Danny. „Ich frage mich allerdings, warum du uns hilfst. Weil du so Charles demütigen kannst?"

Sie lachte kalt. „Ich demütige ihn schon die ganze Zeit."

„Du machst es sicher nicht aus reiner Nächstenliebe", sagte Danny ruhig. „Ich habe ein paar Dinge angeboten, die wir für dich tun könnten, doch du hast sie alle abgelehnt. Es muss etwas anderes sein. Und sag mir nicht, du tust das um unserer Freundschaft willen, denn Freunde waren wir nie."

Sie musterte ihn, wieder erschien ein spöttisches Lächeln auf ihrem Gesicht. „Du weißt ja nicht, ob ich dir wirklich helfe."

Er atmete tief durch und nickte langsam. „Du hast recht. Egal ... Ich bin dir trotz allem dankbar, dass wir solange hierbleiben können und dass du uns nicht einfach ausgeliefert hast."

Sie nickte. „Ja, du solltest dankbar sein, Danny. Du weißt nicht ansatzweise, um was du mich da eigentlich gebeten hast."

Kapitel 3

Mikes Hochzeit war gerade fünf Tage her, als Danny Luisa am Nachmittag zur Seite nahm. „Frances und ich möchten nach Marseille fahren. Wir sind vielleicht zwei Stunden weg. Meinst du ..." Er verstummte.

„Was?" Luisa blickte ihn an. „Ach so ... Nein. Keine Sorge. Ich komme zurecht."

Er nickte. „Für den Fall der Fälle ... Du hast unsere Telefonnummern, du kannst uns anrufen. Und ... Unten in meinem Kleiderschrank befindet sich eine Pistole. Sie ist geladen. Okay?"

„Okay. Danke."

„Gabrielle und Yanis kommen sicher bald zurück. Falls irgendetwas sein sollte ... Tomas ist oben auf Posten und jederzeit erreichbar."

„In Ordnung. Danke. Ich ... ich schaffe das, keine Sorge."

Bald darauf war es still im Haus, zum ersten Mal seit ... Harvey ist weit weg, dachte sie. Hatten Danny und Frances sie vielleicht genau deswegen allein gelassen? Damit sie sich ihren Ängsten stellen konnte? Zuzutrauen war es ihnen. Harvey weiß ja auch nicht, dass ich allein bin, dachte sie. Er hat von allein aufgehört und vermutlich schämt er sich und es tut ihm leid und deswegen ist er weggegangen und er wird nie wieder zurückkommen.

Dennoch nahm sie vorsichtshalber die Pistole an sich, bevor sie ins Wohnzimmer ging. Alles war still, keine Spur von Harvey oder irgendjemand anderem.

Das Tablet auf dem Sofa gab ein dünnes Ping von sich. Wie lange hatte sie schon keine Nachrichten mehr gelesen?

Luisa setzte sich mit dem Gerät auf das Sofa. Gabrielle hatte ihr mal wieder einen Link geschickt, mit dem Hinweis: „Sei wachsam."

Luisa tippte verwundert darauf. Der Link führte zu einem Artikel mit dem Foto eines Mannes, das ihre Aufmerksamkeit erregte. Den hatte sie doch schon einmal irgendwo gesehen. Doch wo? Diese hellen braunen Augen ... Sie überflog den Artikel. Wenn sie richtig verstand, war ein Terrorverdächtiger namens Hassan al-Qasimi im Raum Marseille gesichtet worden. Die Polizei bat um Hinweise, warnte allerdings auch davor, dass er bewaffnet und gefährlich sein könnte ... Sollte sie ihn kennen? Hatte Gabrielle Angst, dass er kommen und sie angreifen würde? Stand er vielleicht mit Abu Yusef in Verbindung, kannte sie ihn von da?

Doch nein, sie erinnerte sich gut an dessen Männer, der hier hatte nicht dazugehört. Wer konnte er sonst sein? Je länger sie auf das Bild starrte, desto sicherer war sie, dass sie ihn schon einmal gesehen hatte, doch wo? Frustriert stellte sie sich auf den Crosstrainer und platzierte das Tablet vor sich, sodass sie das Bild sehen konnte. Woher kannte sie diesen Kerl nur? Wo konnte sie ihm begegnet sein, wenn nicht im Libanon? Mikes Gesicht tauchte vor ihrem inneren Auge auf. Geh weg, dachte sie, lass mich in Ruhe, ich muss nachdenken ... Die Erkenntnis traf sie wie ein Schlag. Al-Qasimi erinnerte sie an Azizas Geliebten, Hassan Moha. Auf dem Artikelbild trug er allerdings einen dichten Bart. Die kleine Narbe auf seiner Wange, an die sie sich mit am besten erinnerte, war auf dem Foto nicht zu sehen, aber die konnte unter dem dichten Bart versteckt sein. Auf der linken Seite war der Bart tatsächlich nicht ganz so dicht ...

Ja, vielleicht war er das. Er hatte sich Hassan Moha genannt, Moha war sicher die Abkürzung für Mohammed ... Hm. Warum war er in Marseille? Sicher, um Aziza zu sehen? Das machte Sinn. Doch Mike war bei

Aziza. Und wenn Hassan gefährlich war ... Ihr Magen krampfte sich zusammen. Nervös rieb sie sich die Stirn. Was sollte sie tun? Am besten versuchte sie, Mike zu kontaktieren. Doch was, wenn er ihr nicht glaubte? Er hatte ihr auch nicht geglaubt, dass Aziza einen Geliebten hatte, vielleicht würde er denken, dass sie halluzinierte, oder gar, dass sie ihn bewusst belog ...

Sie sollte besser Danny anrufen. Doch auch er ... Vermutlich würden sie alle denken, dass sie durchgedreht war, weil Mike ... Dass sie alles tun würde, um ... Doch sie waren ja sowieso in Marseille, da konnte sie genauso gut Danny bitten, bei Mike vorbeizuschauen. Denn was sollte sie sonst tun, Mike selbst einen Besuch abstatten?

Kurzentschlossen griff sie zum das Telefon und wählte Dannys Nummer. Es tutete drei Mal, dann brach die Verbindung ab. Das war merkwürdig. Sie versuchte es bei Frances, mit dem gleichen Ergebnis. Schließlich atmete sie tief durch und wählte Mikes Nummer, hier erreichte sie jedoch nur die Mailbox und legte gleich wieder auf.

Ihre Gedanken rasten. Irgendetwas stimmte nicht. Danny ging immer ans Telefon und jetzt schickte Gabrielle ihr diesen Artikel und niemand war zu erreichen ...

Sie öffnete eine digitale Karte auf dem Tablet und schaltete das GPS ein. So. Sie befand sich ... Hier. Im Nationalpark Calanques. Und Le Roucas-Blanc, das Viertel, wo Mikes Haus stand, war ... Hier. Mitten in Marseille, offensichtlich nicht allzu weit entfernt von der Basilika Notre Dame de la Garde, der markanten, auf einem Hügel thronenden Kirche. Es gab eine Bushaltestelle, etwa zwei Stunden Fußmarsch von hier entfernt. Der Weg würde sie ein Stück durch die Felsen führen. Dort konnte Harvey auf sie warten. Allerdings ... Es war unwahrscheinlich, dass er auf sie lauern würde, und sie würde die Pistole mitnehmen und ihn notfalls erschießen. Das sollte funktionieren.

Sie würde allerdings Geld brauchen, aber Danny hatte ihr vor einigen Wochen hundertfünfzig Euro gegeben, für den Fall, dass sie verschwinden mussten und getrennt wurden. Sie kannte Mikes Adresse und sie hatte eine Pistole. Es war gefährlich, aber irgendetwas stimmte nicht und sie musste nachsehen. Blöd, dass sie kein Handy hatte, sondern nur das sperrige Tablet, das nicht einmal über eine SIM-Karte verfügte, sondern nur über WLAN erreichbar war ...

Sie überlegte kurz und schrieb dann einen Zettel mit den Worten: „Ich besuche Mike, hab das Tablet dabei. Schreibt mir, ich suche Internet." Sie legte die Nachricht auf Frances' Kopfkissen und schlüpfte in einen dunklen Trainingsanzug Dann steckte sie den Zettel mit Mikes Adresse, das Tablet und das Geld in eine Umhängetasche aus schwarzem Leder, die an der Garderobe hing. Die hat ganz bestimmt ein Vermögen gekostet, dachte Luisa achselzuckend und machte sich auf den Weg.

Draußen war es heiß, deutlich mehr als dreißig Grad, und die Sonne brannte erbarmungslos auf sie herunter. Einen Moment überlegte sie, auf die Trainingsjacke zu verzichten, entschied sich aber doch dagegen. Sie knotete sie sich um die Hüften und marschierte auf engen Pfaden durch Pinienwälder und über Klippen. Nach einer halben Stunde stieß sie auf einen breiteren Weg und sie joggte diesen entlang. Dabei blickte sie aufmerksam um sich, bereit, ihre Pistole zu ziehen und Harvey niederzuschießen, wenn es sein musste, doch er zeigte sich nicht. Niemand war zu sehen, auch keiner von Gabrielles Wachleuten. Die Calanques sind für Touristen gesperrt, fiel ihr ein. Der Weg führte auf einen Hügel und von hier aus sah sie Marseille in einiger Entfernung liegen und auch die Inseln vor der Küste waren sichtbar. Zu ihren Füßen mehrere hohe Gebäude, die aus dem Wald ragten. Das musste Luminy sein! So schnell sie konnte hastete sie den Schotterweg nach unten, vorbei an kahlen Baumgerippen. Hier muss es gebrannt haben, stellte sie beklommen fest, und war froh, als sie ebene Erde und den Schatten der mächtigen Pinien erreichte, die vom Feuer verschont geblieben waren.

Als plötzlich aus dem Nichts ein Schäferhund vor ihr auftauchte und sie anbellte, verlor sie kurz die Fassung, sie blieb stocksteif stehen und war drauf und dran, die Pistole zu ziehen, doch dann wandte sich der Hund ab und lief zu seinem Frauchen zurück, das auf einer Klippe saß und auf das Meer hinunterblickte. Sie atmete tief durch und joggte weiter.

Immer mehr Leute waren zu sehen und bald erreichte sie die Bushaltestelle, wo bereits zwei Pärchen im Wanderoutfit standen und Fotos schossen. Dazu gesellten sich mehr und mehr junge Leute und sie verstand schließlich, dass es sich bei den Gebäuden im Wald um die Universität von Marseille handelte, die direkt an den Nationalpark Calanques grenzte.

Sie musste etwa eine Viertelstunde warten, bis der Bus kam. Wortlos hielt sie dem Fahrer einen Zwanzig-Euro-Schein hin, er gab ihr das Wechselgeld und den Fahrschein und sie fuhr nach Marseille, zur Endhaltestelle Métro Castellane. Sie hatte keinen Blick für ihre Umgebung, sondern suchte sich ein Café, bestellte sich einen Espresso, wählte sich in das WLAN ein und suchte den kürzesten Weg zu Mikes Haus heraus. Sie würde ungefähr eine halbe Stunde zu Fuß benötigen. Gut. Sie prägte sich die Straßennamen ein und machte sich auf den Weg. Zuerst ging es steil nach oben auf einen Hügel westlich von der alles überragenden Kirche Notre Dame de la Garde, dann über viele Treppen in einer Art Park nach unten und schließlich wieder nach oben.

Zu viele hohe Mauern, stellte sie entnervt fest, als sie die Straße erreicht hatte, in der Mike wohnte. Auf der Satellitenkarte hatte sie gesehen, dass es sich um ein großes Grundstück handeln musste, mit einem Swimmingpool. Aber die hohen Mauern ... Es war unmöglich, einfach so einen Blick hineinzuwerfen. Sicher gab es Alarmanlagen, Überwachungskameras und vielleicht Wachhunde. Ob Hassan allein war oder Komplizen mitgebracht hatte? Wenn er denn überhaupt hier war ...

Sollte sie klingeln? Besser nicht ...

Es war noch viel zu hell, um einfach über die Mauer zu klettern und nach dem Rechten zu sehen. Kaum jemand war unterwegs. Sicher erregte sie Aufmerksamkeit, wenn sie in ihrem dunklen Trainingsanzug weiter hier herumlungerte ... Sie ging langsam die Straße zurück und noch einmal an Mikes Grundstück vorbei. Hohe Mauer, geschlossenes Tor, unmöglich, hineinzuspähen. Sie musste versuchen, über die Mauer klettern, wenn es dunkel war ...

Mike könnte mich auch für einen Einbrecher halten, überlegte sie beklommen. Was, wenn er auf mich schießt? Es war ein Fehler, herzukommen. Ich hätte in der Villa bleiben und weiter versuchen sollen, Danny und Frances zu erreichen. Wobei ... Wenn sie meinen Zettel gesehen hätten, wären sie sicher schon hier. Vielleicht sollte ich doch einfach klingeln ...

Aber irgendetwas sagte ihr, dass das vermutlich nicht klug war. Wenn Mike da war, würde er sicher sauer sein, dass sie ihn aufgesucht hatte. Und wenn Hassan da war ... Dann würde er entweder die Tür nicht öffnen oder gewarnt sein. Wenn er da war. Was würde er dann mit Mike machen? Ihn erschießen, vermutlich? Aber er hatte das gleiche Problem wie sie, sicher würde er erst im Schutz der Dunkelheit angreifen. Hoffentlich war er nicht schon im Haus.

Aziza hatte nicht viel über ihn erzählt, nur, dass er Geschäftsmann war. Sicher hatte sie nicht gewusst, was er in Wirklichkeit trieb? Oder hatte sie es gewusst und es ihr verschwiegen? Das war ja auch nichts, was man Unbekannten erzählte, die plötzlich vor der Tür standen und um Hilfe baten, wie sie damals in Dubai …

Voller Gedanken lief sie durch das Viertel, bis sie auf ein Café am Chemin du Roucas Blanc stieß, sich hineinsetzte und quälend lange Zeit darauf wartete, dass es dunkel wurde. Niemand schrieb ihr. Das war wirklich beunruhigend.

Als die Sonne endlich untergegangen war, machte sich Luisa auf den Weg, die Straße hinauf. Ihr Herz klopfte laut. Was sie machte, war dumm und gefährlich, aber was hatte sie schon für eine Wahl? Da vorne. Die Mauer. Hoffentlich wurde diese nicht komplett mit Kameras überwacht. Sie suchte sich eine Stelle, an der ein großer Baum über das Grundstück ragte und seinen Schatten auf die Straße warf. Sie lauschte. In der Ferne hörte sie Autos und Gelächter und irgendwo dröhnte ein Flugzeug, aber wirklich weit entfernt. Ganz in der Nähe hörte jemand Musik, wohl irgendeine Art von Metal, überlegte sie. Aber um sie herum war alles ruhig. Also atmete sie tief durch und kletterte an der Mauer hoch. Die Umhängetasche gab sich große Mühe, sie dabei zu behindern, und sie rutschte mehrmals beinahe ab. Verdammtes Tablet, dachte Luisa und biss die Zähne zusammen, doch schließlich schaffte sie es nach oben.

Es war eine sehr schmale Mauer und sie war froh, dass ihr der Baum etwas Halt gab. Sie klammerte sich an einem Ast fest und spähte in Mikes Grundstück.

Das Haus stand ein Stück weg von der Mauer, in einem großen Garten voller Bäume, im Erdgeschoss brannte Licht. Nichts regte sich. Außer … Sie starrte in die Dunkelheit. Doch. Da. Ein Pünktchen Licht, eine glühende Zigarette. Da stand jemand im Garten und rauchte. Mike rauchte nicht. Aziza rauchte auch nicht, soweit sie wusste. Der Schatten bewegte sich, das Licht aus der Villa fiel auf ihn. Ein Mann. Nicht Mike, da war sie sicher. Wer war es dann? Vielleicht der Gärtner? Aber um diese Zeit? Vielleicht war es auch ein Wachmann von Azizas besorgtem Vater, vielleicht hatte Mohammed von Hassan erfahren und Verstärkung geschickt. Aber würde Mike das so einfach akzeptieren? Hätte er dann nicht Danny um Unterstützung gebeten? Da, ein Schatten im Wohnzimmer. Jemand lief durch das Haus, zeigte sich kurz an der Tür, verschwand gleich wieder. Das war ein Mann gewesen, da war sie sich ziemlich sicher. Nicht Mike. Vielleicht Mohammed, der zu Besuch war? Doch irgendetwas sagte ihr, dass es niemand gewesen war, den sie kannte. Es half nichts – wenn sie sicher gehen wollte, dass dort alles mit rechten Dingen zuging, musste sie selbst nachsehen.

Sie spähte nach unten. Alles war still. So leise wie möglich kletterte sie von der Mauer, wobei die Tasche viel zu laut an der Wand entlangschrammte.

Unten angekommen, verharrte Luisa geräuschlos im Schatten des Baumes, der ihr zum Glück auch auf dieser Seite Deckung gab, zumal mehrere Büsche zwischen ihr und dem Haus aufragten.

Der potenzielle Gärtner rauchte weiter und schien zum Glück nichts bemerkt zu haben.

Luisa wartete ab, bis ihre Augen sich an die Dunkelheit gewöhnt hatten. Ich bin hoffentlich im richtigen Grundstück, schoss ihr durch den Kopf. Das ist doch Mikes Villa, oder? Leise arbeitete sie sich ein Stück nach vorne, durch das Gebüsch hindurch. Natürlich blieb die Tasche darin hängen. Hastig riss sie sich das Ding vom Kopf und zog die Pistole heraus, dann arbeitete sie sich weiter vorwärts.

Da. Da war der Mann, den sie gesehen hatte. Er rauchte noch immer, oder wieder. Was jetzt? Es war gefährlich, sich an ihm vorbeizuschleichen. Er konnte sie beobachten und ihr den Rückweg abschneiden. Sie packte die Pistole fester. Es sollte nicht so schwer sein, ihn zu treffen. Er war nah genug. Ich kann ihm ins Bein schießen, überlegte Luisa. Ich muss ihn nicht töten. Aber was, wenn er eine Waffe hatte? Wenn er auf sie schoss? Wenn er es schaffte, ihr zu folgen und sie auszuschalten? Und vor allem, wenn er schrie wie am Spieß und die halbe Nachbarschaft und alle bösen Männer im Haus zusammenbrüllte?

Vielleicht konnte sie sich an ihn heranschleichen und ihm die Waffe über den Schädel ziehen und ihn so niederschlagen. Aber dafür musste sie gefährlich nahe an ihn heran, und es gab keine Garantie, dass sie ihn so erwischte, dass er lang genug bewusstlos sein würde ... Allerdings würde es leiser sein als ein Schuss. Ein Schuss würde Aufmerksamkeit erregen. Vielleicht würde jemand die Polizei rufen ... Vielleicht würden auch die anderen Terroristen kommen und sie könnte sie dann der Reihe nach ausschalten ... Wenn es denn weitere gab. Wenn es nicht doch der Gärtner war, der da stand. O Gott. Was würde Mike nur von ihr denken, wenn sie den Gärtner erschoss? Was, wenn sie sich ins Haus schlich und ins Schlafzimmer platzte und Mike und Aziza beim Sex erwischte? Nicht auszudenken ...

Der potentielle Gärtner warf in diesem Moment die Zigarette auf den gepflegten Rasen, trat sie aus und ließ sie liegen. Würde ein Gärtner so etwas tun? Sicher nicht. Oder?

Sie schlich langsam näher, weiterhin unentschlossen, was sie tun sollte. Es knackte. Sie fuhr zusammen. Verdammt, sie war wohl auf einen Ast getreten. Der Mann erstarrte und zog eine Waffe. Ein Gärtner hatte sicher keine Waffe. Luisa atmete tief durch, entsicherte und schoss ihm in die Brust. Der Mann brach zusammen. Laut hallte der Schuss durch die Nacht, viel zu laut. Wenn ich den Gärtner erschossen habe, bringe ich mich um, beschloss sie. Noch mehr Unschuldige töten - das würde sie nicht aushalten.

Schnelle Schritte drangen an ihr Ohr und sie duckte sich tiefer in den Schatten. Eine weitere Gestalt erschien auf der Terrasse und sie hörte zwei Stimmen, die Arabisch sprachen.

„Was war das?"

„Jamal? Alles in Ordnung?"

Sie schlich näher heran, atmete tief durch. Ein Mann erschien vor dem Haus, blickte sich suchend um, sah den am Boden liegenden Jamal. Sie zielte auf seinen Kopf und schoss, sie traf nicht gut, er brüllte und hielt sich das Ohr, da schoss sie noch einmal. Diesmal traf sie ihn in die Stirn und er fiel um. Hastig wich sie zurück, zwischen die Büsche. Der dritte Terrorist war nicht so dumm, nach draußen zu gehen. Luisa huschte zum Haus, pirschte zum Fenster und verharrte.

Sie hörte den Mann leise auf Arabisch fluchen, richtete sich auf, so dass sie gerade so in das Haus sehen konnte, und sah ihn, wie er hinter dem Sofa hervorlugte und zur Terrassentür starrte. Sie schoss durch das Fenster, zwei Mal hintereinander, und sie traf ihn erst in den Hals und dann in den Kopf und er brach zusammen. Sie huschte weiter, parallel zur Hausmauer, während sie sich hinter den Büschen verbarg. Irgendwo musste es eine Vordertür geben. Sie hielt inne, lauschte. Der Metal war deutlich zu hören, er schien aus dem Haus zu kommen. Sie kannte den Song nicht, vermutlich handelte es sich um irgendeine Art von Death Metal oder Thrash Metal oder wie die Strömungen alle heißen mochten.

Mike hörte keinen Metal. Eigentlich hörte er nie Musik. Und Aziza? Doch sicher nur arabische Pop-Songs. Solange sie nicht im falschen Grundstück war, wo schwarz gekleidete Typen, die Arabisch sprachen, eine Metal-Party feierten, war hier etwas faul. Wen hatte sie da wohl erschossen? War Hassan bereits unter den Toten? Wo waren dann Aziza – und Mike? Vermutlich dort, wo der Krach herkommt, überlegte Luisa und schlich um die Hausecke. Da war die Vordertür, davor befand sich ein weit geöffnetes Fenster.

Sie näherte sich vorsichtig und spähte in den Raum. Die Küche, stellte sie fest. Rasch schlich sie an der Eingangstür vorbei zu einem weiteren Fenster, bei dem der Vorhang zugezogen war. Von hier kam definitiv der Song. Er kam ihr sogar vage bekannt vor. War das nicht *Firestarter* von The Prodigy in einer Metal-Version? Das ist ja jetzt wohl egal, schalt sie sich selbst.

Sie ging zurück zum Küchenfenster. So leise wie möglich schob sie das Mückengitter zur Seite, als der Metal verstummte. Sie erstarrte. Kein Laut war zu hören ... Der nächste Track setzte ein. Oh, das kannte sie, *Roots Bloody Roots* von Sepultura. Sie schwang sich über die Spüle in den Raum und huschte hindurch. Der Lärm der brasilianischen Band übertönte jedes Geräusch. Sie sah sich um. Da war eine Treppe. Ob sie versuchen sollte, nach oben zu gehen, um sicherzustellen, dass sich niemand dort aufhielt? Doch oben hatte sie kein Licht gesehen.

Nein, beschloss sie, schlich durch den Flur zu der Tür, hinter der die Metal-Party stattfand, atmete tief durch und öffnete sie.

Auf dem Boden kniete Mike vor einem schweren gepolsterten Stuhl, er trug lediglich seine Boxershorts. Seine Arme waren mit Stricken an die hölzernen Armlehnen gefesselt und er hing dort, vornübergebeugt, als wäre er nicht ganz bei Bewusstsein. Sein Rücken war voll von blutigen Striemen, auf seiner Schulter sah sie mehrere rote, runde Male, als ob dort jemand brennende Zigaretten ausgedrückt hatte. Aziza stand hinter ihm und drosch mit einer Reitgerte auf ihn ein, während Hassan, nur mit einer Jeans bekleidet, sich in Ekstase und mit geschlossenen Augen zu Sepultura wiegte, eine Zigarette im Mund und eine Flasche amerikanischen Whisky in der rechten Hand.

Es waren nicht die Hiebe, die Mike am meisten schmerzten, und nicht der Verrat Azizas und nicht der Hohn von Hassan, sondern die Erkenntnis, wie unfassbar dumm er gewesen war. Er hatte Hassan auch noch die Tür aufgemacht, nachdem Aziza am Morgen den Besuch von einem Geschäftsfreund ihres Vaters angekündigt hatte, der mit ihm sprechen wollte. Völlig arglos hatte er ihm und seinen kräftigen Begleitern den Rücken zugekehrt und konnte sich nicht mehr verteidigen, als sie ihn angriffen.

Als er wieder zu sich kam, lag er gefesselt auf dem Boden. Aziza stand an der Wand, mit einer Hand hielt sie sich den Mund zu. Er sah ihr Entsetzen und wusste, dass sie nicht mit einem derartigen Gewaltausbruch gerechnet hatte. Was hat sie gedacht, was Hassan mit mir vorhat, dachte er. Höfliche Konversation?

Konversation hatte Hassan durchaus im Sinn. „Ich möchte, dass du mir alles erzählst", schnurrte er. „Du hast gegen den Islamischen Staat gekämpft, nicht wahr? Und gegen al-Qaida. Wie viele unserer Brüder hast du ans Messer geliefert? Wie viele hast du verraten? Und wo? Sag es mir, dann bringe ich dich vielleicht um."

Mike begann zu erzählen, eine Mischung aus Tatsachen und Erfindungen, denn er ahnte, seine einzige Chance bestand darin, Zeit zu gewinnen. Er wusste allerdings nicht, wer kommen sollte, um ihn zu retten. Danny vielleicht? Doch woher sollte Danny wissen, dass Mike sich nicht mit seiner jungen Braut vergnügte, sondern von einem durchgeknallten, hochgradig eifersüchtigen Sadisten gefoltert wurde?

Ein paar Mal versuchte er, Fluchtpläne zu schmieden, aber er ahnte, dass er nicht weit kommen würde, seine Rippen waren übel geprellt, wenn nicht gar gebrochen, und wenn seine Peiniger auch nur annähernd etwas von ihrem Unterfangen verstanden, würden sie ihm keine Gelegenheit lassen, davonzukriechen.

Aziza konnte ihm vielleicht noch helfen. Er sah ihr an, wie wenig ihr die Folter behagte, die sie mit ansehen musste. Aber er ahnte, dass sie sich nicht gegen Hassan wenden würde, schon allein, weil sie sah, wozu er alles im Stande war.

Luisa hat mich vor ihr gewarnt, dachte er erschöpft. Die Hochzeitskarte fiel ihm ein, die Danny ihm überreicht hatte und auf der, in einer Ecke, Luisa unterschrieben hatte, in einer krakeligen Handschrift und mit winzigen Buchstaben, aber sie hatte unterschrieben und es hatte ihn seitdem nicht losgelassen. Nein. Es hatte ihn mehr beschäftigt als alles andere.

Er hatte von Anfang an gewusst, dass es ein Fehler war, Aziza zu heiraten, aber … Nun ja. Mohammed hatte ihn dazu gedrängt und er hatte Aziza ein paar Mal gesehen, jedes Mal etwas weniger verschleiert, und am Schluss hatte er mit ihr geredet und sich eingebildet, dass sie ihn an Samira erinnerte, an seine Jugendliebe aus dem Libanon, und dass er sie schon würde lieben können. Also hatte er Mohammeds Angebot angenommen.

Bereits auf dem Weg zurück hatte er geahnt, dass es falsch war. Er tat es nur, um einen Grund zu haben, um von Luisa wegzukommen. Warum bin ich nicht einfach so gegangen, zurück nach Cornwall?, dachte er bitter. Weil er es nicht über sich gebracht hätte. Er hatte einen Grund gebraucht und der beste Grund war Mohammeds Angebot gewesen.

Arrangierte Ehen sind nichts Ungewöhnliches, hatte er gedacht. Und wenn es überhaupt nicht klappt ... Nun ja. Ich werde Aziza alle Freiheiten geben, und wenn sie ihren Liebhaber treffen möchte, dann soll es so sein, solange Mohammed davon nichts mitbekommt. Wir werden uns schon arrangieren und ich tue etwas Gutes.

Samira war mit einem viel älteren Kerl verheiratet worden und er hatte Aziza auch geheiratet, um ihr Samiras Schicksal zu ersparen, aber ... Es war trotzdem ein Fehler gewesen.

„Was hat er dir alles angetan?", fragte Hassan Aziza. „Musstest du ihm zu Willen sein? Hat er dich geschändet?"

„Oh ... Er ... Ich musste ..." Sie verstummte.

Hassan beugte sich zu Mike herunter und drückte seine Zigarette an seiner Schulter aus. Mike biss die Zähne zusammen und unterdrückte ein Stöhnen. Warum?, fragte er sich. Ich werde das hier sowieso nicht überleben. Niemand wird wissen, ob ich tapfer gestorben bin, es ist doch völlig egal ... Hassan packte ihn und löste seine Fesseln. Mike versuchte sofort, sich aufzurichten, doch Hassan schlug ihm mehrmals ins Gesicht. Dann zwang er ihn auf die Knie und fesselte seine Arme an die Lehnen, sodass seine Stirn auf der Sitzfläche lag.

„Schlag ihn, Aziza", rief Hassan. „Räche dich an ihm für das, was er dir angetan hat."

Wenig später knallte die Peitsche auf Mikes Rücken.

„Fester", brüllte Hassan. „Fester!" Dann stellte er den Metal an und brüllte und trank und rauchte, während Aziza Mike mit der Peitsche traktierte und dieser erst sich und seine Dummheit verfluchte und dann darum betete, es möge aufhören oder er möge endlich sterben.

Großer Gott, dachte Luisa. Ihr Herz setzte einen Moment lang aus, als sie Mike sah, vornübergebeugt, blutend.

Hassan öffnete die Augen und sah sie an, der Mund blieb ihm offenstehen, die Zigarette fiel zu Boden. Eine Welle kalter Wut packte sie. Sie schoss ihm in den Kopf, traf ihn direkt zwischen die Augen und er stürzte zu Boden. Aziza blickte zu ihm hin und schrie auf.

Luisa schoss ihr ohne zu zögern in den Oberschenkel und es war ihr egal, ob sie eine Arterie getroffen hatte oder nicht. Aziza kreischte auf und brach zusammen und Luisa hob die Pistole noch ein weiteres Mal und erschoss die Stereoanlage, die schlagartig verstummte. Sie lauschte in die plötzliche Stille, die man strenggenommen nicht so nennen konnte, weil Aziza schrie wie am Spieß und mit ihrem blutigen Bein zu Hassan kroch und sich auf ihn warf. „Du hast ihn getötet!", kreischte sie auf Arabisch. „Warum?"

„Warum wohl?", fragte Luisa eiskalt. „Und wenn du nicht sofort still bist, werde ich dich ebenfalls erschießen. Ich verschone dich nur, weil du mir in Dubai geholfen hast. Wage es nicht, dich mir in den Weg zu stellen."

Aziza schluchzte auf und Luisa hörte Schritte. Sie ging hinter einem Sessel in Deckung, als ein Mann mit gezogener Pistole hineinstürmte und wild um sich blickte. Als er sie sah, war es allerdings zu spät, denn da hatte sie ihm schon zwei Kugeln in die Brust gejagt.

Luisas Herz klopfte laut, Adrenalin strömte durch ihre Adern und ließ sie zittern. Mike hockte noch immer vornübergebeugt da. Er ist doch nicht tot, fragte sie sich verstört, aber nein, er richtete sich etwas auf. Sie musste ihn hier rausschaffen, und zwar schnell, ehe weitere Angreifer auftauchten – oder gar die Polizei! Hoffentlich war er nicht zu schwer verletzt!

Hektisch blickte sie sich um. Da steckte ein großes Messer im Gürtel eines der Toten. Hastig zog sie es heraus und schnitt damit die Stricke durch, die Mike an den Stuhl fesselten. Sie rüttelte ihn an der Schulter. Er stöhnte leise, rührte sich aber nicht. Panik ergriff sie.

„Komm." Sie stieß ihm den Finger in die Seite. „Steh auf. Wir müssen hier weg."

Als der Metal-Lärm verstummte, blickte Mike mühsam auf. Was war passiert? Hassan lag am Boden, Aziza kroch zu ihm hin, eine Blutspur hinter sich herziehend. Das sah er, konnte es aber nicht einordnen.

Etwas traf ihn hart in die Seite; seine Rippen protestierten und er konnte ein Stöhnen nicht unterdrücken. Die Quälerei hatte noch kein Ende.

„Komm. Steh auf. Wir müssen hier weg."

Diese Stimme ... Die kannte er ... Mühsam blickte er auf. Luisa zerrte an seinem Arm. Auf dem Boden lagen die Stricke, mit denen Hassan ihn gefesselt hatte.

„Lu-luisa", stammelte er. Sie war hier. Das bedeutete, entweder träumte er oder er war tot.

„Komm schon." Sie schüttelte ihn, was neue Wellen der Pein durch seinen geschundenen Körper jagte. „Komm schon, Mike, Ich kann dich nicht tragen, du bist zu schwer. Du musst mir helfen."

Er konnte nicht tot sein, dafür hatte er zu viele Schmerzen. Man hatte doch keine Schmerzen, wenn man tot war. Mühsam kam er auf die Beine, wobei Luisa ihm half. Er stützte sich schwer auf sie und ließ sich aus dem Zimmer führen, wo sie über einen toten Mann am Boden steigen mussten, der mit weit aufgerissenen Augen die Decke anstarrte.

„Alles wird gut." Luisas Stimme zitterte.

Das wird es, wollte er sagen und sie damit trösten, brachte jedoch nur ein Stöhnen hervor.

Sie zerrte ihn vorwärts, durch den Flur, an der Küche vorbei ins Wohnzimmer und stoppte. Da standen mehrere Leute vor ihm, stellte er fest und kniff die Augen zusammen. Wenn er es richtig sah, befanden sich Sarah und Gabrielle darunter.

„Er lebt ja doch noch", ätze Sarah. „Das ist aber schade."

„Helft ihm und legt ihn auf das Sofa, bis der Krankenwagen kommt", befahl Gabrielle auf Französisch und zwei Männer traten zu ihm hin, Luisa ließ ihn los und die beiden führten ihn zur Couch und er war froh, dass er sich hinlegen konnte. Dennoch drehte er den Kopf und blickte zu Luisa hin, die vor Gabrielle und Sarah stand, mit hängenden Schultern. Als sie ihnen wenig später nach draußen folgte, da verlor er das Bewusstsein.

Luisas Hände und Füße waren aneinandergekettet und es klirrte, wenn sie sich bewegte. Die Hand- und Fußschellen rieben an ihrer Haut, und sie konnte dank der schwarzen Wollmütze weder sehen noch gut hören noch vernünftig atmen. Sie saß auf einem kalten Boden und wusste nicht, wo sie sich befand und was mit ihr passieren würde. Sie hatte so viele Fragen gehabt, doch Yanis hatte ihr befohlen, zu schweigen. Er hatte ihre Hände gefesselt, ihr mit ausdruckslosem Gesicht die Mütze übergezogen und sie auf den Rücksitz eines Wagens gezwungen. Eine Zeitlang waren sie gefahren und dann musste sie mit Yanis endlos durch immerhin kühle Gänge laufen, bis sie sich endlich auf den kalten Boden setzen durfte.

Was bedeutete das alles? Mike lebte noch. Das war die Hauptsache. Doch warum waren Gabrielle und Sarah in seinem Haus gewesen? Hatten sie gewusst, dass er gefoltert wurde? Warum hatten sie nicht eingegriffen? Sie hätten ihn doch wohl nicht sterben lassen? Und was bedeutete es, dass Yanis bei ihr war? Hatten Gabrielle und er ein falsches Spiel gespielt und nur so getan, als ob sie ihr helfen wollten? Dannys Wort hin oder her, in den Augen der Franzosen war sie eine Terroristin und sie hatten mittlerweile ja durchaus recht damit.

Sie wusste nicht, wie lange sie schon hier saß. Yanis hatte sie einmal auf die Toilette gehen lassen. Sie hatte ihn um Wasser gebeten, aber er hatte nur den Kopf geschüttelt. Durst quälte sie immer mehr, doch das war sicher Teil der Folter ... Wenn sie nur wüsste, was sie mit ihr vorhatten!

Irgendwann öffnete sich die Tür, sie hörte Stimmen und dann wurde ihr die Mütze vom Kopf gerissen. Geblendet kniff sie die Augen zusammen.

Ein Mann sprach auf Französisch. Sein Tonfall wirkte kalt und gehässig und sie verstand die Worte *merde* und *putain* und ahnte, dass sie gerade beschimpft wurde.

Sie blinzelte in helles Licht. Der Raum war klein, kahl und weiß gefliest, ohne Fenster, eine nackte Glühbirne hing von der Decke. An der Wand gegenüber stand ein Mann in schwarzer Uniform mit Sturmmaske, die sein Gesicht fast komplett verhüllte, in den Armen hielt er ein Gewehr. Zwei Männer beugten sich zu ihr hinunter, einer davon Yanis, der andere Charles, Gabrielles Mann. Sie erkannte ihn wieder, in der Villa hatten überall Fotos von ihm gehangen. Dann habe ich ja vielleicht eine Chance, das zu überstehen, überlegte sie. Vielleicht sind sie nur so grob, weil ... Nun ja ... Vielleicht wird das Verhör ja aufgezeichnet und ...

„Wer sind deine Kontaktleute?", fragte Yanis.

„Das weißt du doch", sagte Luisa und kassierte eine kräftige Ohrfeige, die ihren Hinterkopf gegen die Wand donnerte. Tränen stiegen ihr in die Augen. Tat Yanis das, weil Charles bei ihm war, oder hielt auch er sie für eine Terroristin? Sie befand sich in den Händen der Franzosen, war das besser, als bei Sarah zu sein?

„Für welche Gruppe kämpfst du? Al-Qaida? Oder den sogenannten Islamischen Staat?"

„Ich bin keine Terroristin", sagte sie und Yanis schlug sie erneut.

„Du wirst reden", sagte Charles. Er sprach Englisch, langsam und deutlich und mit starkem französischem Akzent. „Ich lasse dich nach *Egypte* bringen. Da haben wir eine hübsche Geheimdiensteinrichtung ... *Black site* sagt ihr dazu, oder? Sie werden dich ..." Er wechselte ins Französische und sie verstand nicht alles, aber genug, um zu wissen, dass er ihr die schlimmsten Qualen androhte. Yanis sagte etwas auf Französisch, Charles antwortete ihm und sie hörte die Wut und den Hass in der Stimme. Yanis kniete sich vor sie hin. In seinen Augen glaubte sie einen Moment Mitgefühl zu sehen, da zog er ihr auch schon wieder die Kapuze über ihren Kopf. Dabei legte er ihr einen Moment lang sanft die Hand auf die Schulter, und es fühlte sich an, als wollte er sie trösten. Tränen liefen über ihre Wange, nicht nur wegen der Ohrfeigen. Sie war nicht nur von feindseligen Menschen umgeben. Yanis würde ihr helfen. Darauf musste sie einfach hoffen.

Sie hörte, wie sich Schritte entfernten, wie sich die Tür schloss, und spürte, dass Yanis sich neben ihr aufrichtete. Der Mann mit der Sturmhaube sagte etwas auf Französisch, Yanis bellte irgendetwas zurück.

Sie hatte sich die Berührung doch nicht nur eingebildet, oder? Sie wollte einfach glauben, dass Yanis trotz allem mit ihr fühlte. Doch auch, wenn er ihr wohlgesinnt war, würde er sie vor dem Foltergefängnis beschützen können? Sie mochte sich nicht ausmalen, was sie dort als mutmaßliche Terroristin zu erwarten hatte. Was wohl mit den anderen passiert war? Mike war sicher im Krankenhaus. Hoffentlich! Und Danny und Frances? Wussten sie bereits, dass sie verschwunden war? Sie hatte sie nicht erreichen können. Hatte Gabrielle sie bewusst aus dem Haus gelockt? Doch warum hatte sie ihr dann den Artikel über Hassan geschickt?

Sie hörte, dass die Tür geöffnet wurde und eine fremde Stimme auf Französisch Befehle gab. Luisa wurde am Arm gepackt und vorwärtsgezerrt, sie wusste jedoch nicht, von wem. Es schien ihr so, als ob es nur eine Person war, die sie mit sich zog, doch sie wusste, dass sie keine Chance hatte, sich zu wehren, nicht mit den gefesselten Händen.

„Luisa." Yanis' Stimme.

Sie erstarrte.

„Es tut mir leid. Okay? Und Gabrielle auch."

„Okay", krächzte sie.

„Wir tun, was wir können. Und ... Still jetzt."

In dem Moment hörte sie ein Klacken, wie von hochhackigen Schuhen, und dann eine fremde Frau auf Französisch sprechen. Yanis gab einsilbige Antworten, dann ging es weiter. Sie hörte weiterhin das Klacken und ahnte, dass die Fremde sie begleitete. Eine Tür schloss sich hinter ihr, Yanis hielt sie fest. Bald darauf drang ein merkwürdiges Piepsen an ihr Ohr. Was war denn das schon wieder?

„Leg dich auf den Bauch." Yanis half ihr auf eine weiche Unterlage. „Liegen bleiben."

Befand sie sich in einer Arztpraxis oder einem Sanitätsraum? Jemand zerrte an ihrem T-Shirt. Luisa fühlte Kälte an ihrem Rücken. Was machten sie denn da nur? Es piepste wieder, erst leiser, dann lauter, etwas strich ihr leicht über den Rücken. Das erinnerte sie an etwas ... Das fühlte sich an wie eine Hand, die in einem medizinischen Plastikhandschuh steckte, wie damals, als ihr dieser auffällige Leberfleck entfernt worden war.

Ein Finger, wenn es denn einer war, strich leicht über ihren Rücken. Es kitzelte und sie musste ein nervöses Kichern unterdrücken. Dem Kitzeln folgte ein fester Druck, es war fast schon unangenehm. Sehr merkwürdig. Etwas Kaltes berührte sie und schnitt dann unmittelbar in ihr Fleisch. Sie schrie und wollte sich aufrichten und um sich schlagen, doch ihre Arme wurden so nach hinten gebogen, dass sie sich nicht rühren konnte.

„Liegen bleiben", befahl Yanis und sie vermutete, dass er es war, der sie hielt, während die Fremde ihr den Rücken aufschnitt. Es schmerzte höllisch, aber Luisa biss die Zähne zusammen, sie wollte nicht noch einmal schreien und Schwäche zeigen.

Endlich ließ die Fremde von ihr ab. Luisa spürte, wie Blut über ihren Körper rann. Gleich darauf piepste es wieder laut und durchdringend, und etwas bohrte sich erneut in den Rücken und pulte darin herum. Ihr wurde heiß und kalt zugleich, sie unterdrückte ein Wimmern, während ihr Tränen über die Wangen liefen. Yanis hielt sie unbarmherzig weiter fest, es dauerte endlos, und sie konnte es kaum glauben, als das Bohren endlich aufhörte. Sie lauschte. Hatte sie es überstanden? Doch Yanis ließ nicht locker, was sicher kein gutes Zeichen war, und wenig später pikste etwas in ihren Rücken, vermutlich vernähte die Fremde jetzt ihre Wunde. Luisa atmete heftig ein und aus. Was sollte das denn nur? Was für eine Art der Folter erlebte sie da gerade? Wollten sie sie quälen, sinnlos, ohne Fragen zu stellen, um ihr später umso leichter ein Geständnis zu entlocken?

Endlich ließ Yanis sie los. Er sagte etwas auf Französisch, die Fremde antwortete.

Luisa richtete sich auf. „Liegen bleiben", befahl Yanis und sie spürte, dass die Fremde ihr etwas auf den Rücken klebte. Ein Pflaster. Die Wunde pochte dumpf, sie würde es aushalten, aber trotzdem … Als sie sich erneut langsam aufsetzte, wurde sie nicht daran gehindert.

„Keine Dummheiten", sagte die Fremde in reinem Oxford-Englisch und schlug kurz auf Luisas verletzten Rücken. Sie schrak zusammen und stieß ein kleines Wimmern aus. Mit dieser Frau war offensichtlich nicht zu spaßen.

Wenig später schritten sie wieder endlos über harten Boden durch klimatisierte Gänge. Immer wieder hörte sie ein dumpfes, lautes Dröhnen. Befanden sie sich vielleicht auf einem Flughafen? Sie hörte ein Zischen, kurz darauf fühlte sie einen Schwall warmer, feuchter Luft. Erneut vernahm sie das Dröhnen und war sich fast sicher, dass es von einem Flugzeug stammte. Bald darauf spürte sie hartes Metall unter ihren Füßen, die Absätze der Frau neben ihr hämmerten laut darauf und jeder ihrer Schritte bohrte sich wie ein Messer in ihre Stirn. Die Fremde half ihr, sich hinzusetzen, und zog ihr die Kapuze vom Kopf.

Luisa kniff die Augen zusammen. Das Licht war immerhin angenehm gedämpft und Luisa stellte fest, dass sie sich tatsächlich in einem Flugzeug befanden, wohl in einer Militärmaschine, denn es gab nur zwei sich gegenüberliegende Sitzreihen, mit viel Platz in der Mitte. Zwei Soldaten in Tarnfleckuniformen schlangen Ketten um ihre Füße, dann legten sie ihr einen Gurt an, der sie fest auf den Sitz drückte, genau auf ihre Wunde.

Sie biss erneut die Zähne zusammen. Sie konnte sich nicht vorstellen, dass die Fremde sich erweichen ließ, wenn sie um Gnade bettelte. Für sie war sie nichts als eine Terroristin. Die Soldaten setzten sich rechts und links von ihr hin. Die Fremde hingegen nahm genau gegenüber Platz, schnallte sich an und schloss die Augen. Ist das die französische Agentin, die mich zur *black site* bringen soll?, fragte Luisa sich beklommen. Ob sie es ist, die mich dort foltern wird? Sie war groß und blond und ziemlich attraktiv, mit sehr ebenmäßigen Gesichtszügen, die fast so aussahen, als ob ein Schönheitschirurg nachgeholfen hatte. Sie mochte Mitte bis Ende dreißig sein und trug ein dunkelblaues Business-Kostüm mit langer Hose, passendem Blazer und weißem Shirt, auf dem Luisa kleine Flecken zu erkennen glaubte. Vielleicht von meinem Blut?, fragte sich Luisa. Wieso hat sie mich genau auf diese Art gefoltert? Und warum hat sie keine Fragen gestellt?

Der Brustkorb der Fremden hob und senkte sich gleichmäßig, sie schien bereits zu schlafen.

Das Flugzeug bebte, setzte sich langsam in Bewegung und erhob sich wenig später in die Lüfte. Luisa starrte zu dem kleinen Fenster links von den Sitzreihen. Es war noch dunkel draußen. Sie hatte Angst vor dem, was sie erwarten würde.

Sie erwachte davon, dass die Soldaten sie von den Gurten befreiten. Sie war tatsächlich eingeschlafen. Wie weit waren sie nur geflogen? Die Wunde an ihrem Rücken brachte sich schmerzhaft in Erinnerung, dazu fühlte sie sich wie erschlagen. Müde starrte sie zu dem kleinen Fenster hin. Es war noch immer dunkel draußen. Wie weit war Ägypten entfernt?

Einer der Soldaten zog ihr erneut eine Kapuze über den Kopf. Sie taumelte neben ihm her, aus dem Flugzeug. Es war nicht sonderlich warm, fand sie. Nun ja, in Ägypten gab es ja auch Wüsten, und da war es nachts deutlich kälter als am Tag. Irgendetwas gab ihr allerdings das Gefühl, nicht in Ägypten zu sein. Hätte die Luft dafür nicht deutlich trockener sein müssen?

Unter sich spürte sie harten Untergrund, sicher Asphalt oder Beton. Schon wurde sie in einen Wagen gedrückt und angeschnallt. Sie konnte nicht sagen, wie lange die Fahrt dauerte, sie kam ihr endlos vor, bis zu dem Moment, an dem der Wagen hielt, sich die Tür öffnete und sie hinausgezogen und vorwärtsgezerrt wurde. Es regnete, stellte sie fest. Ziemlich stark sogar. Dazu war es deutlich kühler als in Marseille. Das konnte unmöglich Ägypten sein.

Schon bald befanden sie sich im Trockenen, sie stapften durch endlose Flure, einmal nahmen sie auch einen Aufzug. Die Soldaten schwiegen, sie glaubte allerdings, dass das Klacken hoher Absätze sie erneut begleitete.

Endlich blieben sie stehen und ihr wurde die Kapuze vom Kopf gezogen. Luisa blinzelte. Es war hell hier. „Versuch erst gar nicht, Widerstand zu leisten", sagte die blonde Frau. „Setz dich auf das Bett."

Ein Bett! Das klang vielversprechend. Luisa setzte sich und die Soldaten machten sich daran, ihre Fesseln zu lösen. Alle Fesseln. Sie rieb sich die wunden Handgelenke.

„Ihr könnt gehen", sagte die Fremde.

„Ist das klug?", wandte einer der Soldaten ein. „Sie ist gefährlich."

Ein kalter Blick der Frau ließ ihn verstummen, hastig begaben sich die beiden nach draußen.

„Wer bist du?", fragte Luisa heiser. Sie hatte noch immer Durst.

„Für dich Ms. Smith", gab sie zur Antwort. „Du findest hier alles, was du brauchst. Da ist etwas zu essen." Sie deutete auf den Tisch, auf dem neben einer großen Flasche Wasser ein paar traurige Sandwiches mit welkem Salat lagen. Luisa griff sich die Flasche und trank gierig.

Smith wartete, bis sie fertig war. „Da links hinter der Tür ist das Badezimmer", fuhr sie fort.

Ein Badezimmer? Vermutlich eine Toilette mit Waschbecken, überlegte Luisa. Allerdings ... Das Zimmer, in dem sie sich befand, war überraschend geräumig und fast schon ... gemütlich. Es mochte vielleicht zwanzig Quadratmeter groß sein und wirkte viel mehr wie ein noch nie benutztes Hotelzimmer als eine Gefängniszelle. Die Wände und die Decke schienen erst vor kurzem gestrichen worden zu sein. Allerdings gab es keine Fenster.

Die Matratze des Bettes war angenehm weich und mit sauberem weißem Bettzeug bezogen. In einer Ecke stand ein Sessel, auf der linken Seite befanden sich der Tisch mit zwei Stühlen und neben der Tür zum Badezimmer stand ein Schrank mit einem Spiegel. Es war viel besser als alles, was sie erwartet hatte.

„Im Schrank findest du alles Nötige zum Anziehen. Solltest du versuchen, dich Anweisungen egal welcher

Art zu widersetzen, wird dir das Privileg dieses Zimmers ganz schnell entzogen. Es gibt deutlich unangenehmere Unterkünfte hier."

Luisa nickte.

„Ach, und du solltest darauf achten, dass das Pflaster an deinem Rücken nicht nass wird. Ich werde es morgen entfernen."

„Was hast du da mit mir gemacht?", fragte Luisa, doch Smith wandte sich wortlos zur Tür, die von selbst aufschwang und sich auch wieder hinter ihr schloss. Keine Türklinke, stellte Luisa fest. Ächzend stand sie auf und bewegte sich auf die Tür zu, die geschlossen blieb. Sie hatte nichts anderes erwartet. Vermutlich gab es Kameras, vermutlich wurde sie rund um die Uhr in diesem Raum überwacht. Sie schleppte sich weiter in das Badezimmer und stellte fest, dass es genauso neu und modern wie das Schlafzimmer wirkte, mit einer gläsernen Duschkabine und einem riesigen Duschkopf. Ihr Gastgeber oder Gefängniswärter oder wer auch immer wollte ihr wohl tatsächlich zumindest etwas Komfort gönnen.

Sie atmete tief durch und blickte sich um. Ob hier Kameras versteckt waren? Vielleicht in der Lampe? Oder dort, am Lüftungsgitter? Doch dann war es ihr gleichgültig, sie zog sich aus und stellte sich unter die Dusche, wobei sie sich bemühte, das Pflaster nicht nass zu machen, was ihr jedoch nicht ganz gelang. Egal, dachte sie und verrenkte sich nach der Dusche den Hals, um es zu betrachten. Es war etwa zehn mal zehn Zentimeter lag, stellte sie fest. Was zum Teufel hatte Smith da gemacht? Bald darauf fiel ihr ein, dass sie vermutlich Zuschauer hatte. Hastig wickelte sie sich in den Bademantel und schlurfte zurück in das Schlafzimmer, wo sie aus der Flasche trank und in ein Sandwich biss. Sie lehnte sich langsam zurück und fuhr zusammen, als ihr verletzter Rücken die Stuhllehne berührte.

Ich wünsche mir mal wieder eine Zeit, in der mir nichts wehtut, dachte sie müde. In den letzten Wochen war immer irgendetwas gewesen. Seit dem Libanon ... Dann fiel ihr ein, dass sie sich vermutlich in einem Foltergefängnis befand, auch wenn es vielleicht nicht direkt danach aussah, und dass es wohl eher unwahrscheinlich war, dass sie es unbeschadet überstehen würde. Plötzlich hatte sie keinen Hunger mehr. Sie warf sich auf das Bett und betätigte den Schalter am Kopfende. Das Licht ging tatsächlich aus, nur eine kleine Leuchte über der Tür sorgte weiterhin für einen schwachen Schein. Sie schloss die Augen, und es dauerte, bis sie einschlief, und dann träumte sie wirres Zeug von Mike, der sie folterte, und der blonden Fremden, die interessiert zusah und Anweisungen gab, wie er ihr noch mehr weh tun konnte.

Als Mike wieder zu sich kam, lag er in einem hellen und freundlichen Zimmer, in dem es verdammt warm war und in das die Sonne hineinschien. In seinem Arm steckte eine Kanüle. Ich muss im Krankenhaus sein, stellte er verwirrt fest, und dann erinnerte er sich an Hassan und Aziza. Sein Magen krampfte sich zusammen. Wie hatte er nur so unfassbar dumm sein können.

„Hey." Danny saß neben ihm. „Wie geht es dir?"

„Durst", krächzte Mike und sein Freund reichte ihm ein Glas Wasser.

Er wollte sich aufsetzen, sofort durchfuhr ihn ein heftiger Schmerz, den er nicht genau lokalisieren konnte. „Verdammte Axt." Er biss die Zähne zusammen. „Was ist alles kaputt?"

„Mehrere Rippen sind angeknackst und du hast eine mittelschwere Gehirnerschütterung."

Er dachte an die Peitsche. „Das kann nicht alles sein."

Danny seufzte. „Da wären noch die Striemen auf deinem Rücken und ein paar weitere Kleinigkeiten."

Wie ausgedrückte Zigaretten, dachte Mike.

„Nun ja. Wenn du dich ein paar Wochen schonst, bist du wieder wie neu."

Mike schnitt eine Grimasse. „Hoffentlich." Er reichte Danny das Glas zurück. „Ihr habt mich gerettet, oder? Woher wusstet ihr, dass ich in Gefahr war?"

„Gabrielle ... Sie hat uns Bescheid gegeben."

Er nickte. Gott sei Dank. „Hoffentlich ist niemand verletzt?"

„Nein."

Da war noch mehr gewesen ... „Luisa hat mich gerettet", fiel ihm ein. „Oder war das ein Traum?" Konnte das wirklich passiert sein? In seiner Erinnerung hatte sie Hassan erschossen und ihn nach draußen gezerrt ...

„Sie war da, sie hat dir geholfen."

Dannys Blick gefiel ihm nicht. „Ist sie verletzt?", fragte er besorgt.

„Nicht wirklich ... Sie ist ... nun ja."

Mike seufzte schwer. Sicher war sie schwer traumatisiert. „Passt gut auf sie auf, ja. Vermutlich kann sie mich nicht besuchen? Ist sie noch in der Villa? Und was ist mit Sarah?"

„Mike, du musst dich erst einmal ausruhen", seufzte Danny. „Ich erzähle dir alles, wenn es dir besser geht. Erhol dich erst einmal gut, okay? Wir kümmern uns um Luisa."

Mike nickte. „Sag ihr nur, dass es mir leidtut und dass sie recht hatte mit Aziza. Und ... Und dass ich ihr dankbar bin. Und ..."

„Ich sage es ihr." Danny drückte seine Hand.

Die nächsten zwei Tage verbrachte Mike mit Schlafen, Dösen und Essen, in dieser Reihenfolge. Danny war hin und wieder bei ihm, er redete nicht viel. Vermutlich will er mich schonen, wegen der Gehirnerschütterung, überlegte Mike. Er bemühte sich, nicht an Hassan, Aziza und die Folter zu denken. Und er musste sich persönlich bei Luisa entschuldigen. Immerhin hatte sie ihn gewarnt. Ich werde mich ihr gegenüber immer schuldig fühlen, dachte er beklommen und stellte fest, dass er ein bisschen Angst davor hatte, sie wiederzusehen.

Endlich ging es ihm etwas besser, er fühlte sich relativ wach und sogar das Essen hatte geschmeckt. Vielleicht kann ich bald aufstehen, ich muss schließlich wieder zu Kräften kommen, überlegte er, als die Tür aufging.

„Frances." Er lächelte sie an. „Wie geht es dir?" Sie hatte er noch überhaupt nicht gesehen, vermutlich ebenfalls, weil Danny jegliche Aufregung von ihm fernhalten wollte ...

„Nicht sonderlich gut", sagte Frances.

Er runzelte die Stirn. „Was ist passiert?"

„Danny hat mich gebeten, dich zu schonen, aber ich finde, du hast ein Recht darauf, zu erfahren, was passiert ist."

„Was denn?"

„Luisa ist weg. Wir wissen nicht, wo sie ist."

„Was?" Ihre Worte trafen ihn wie ein Schlag in den Magen. „Das kann nicht sein. Sie hat mich gerettet!" Er erinnerte sich, wie sie ihn aus dem Zimmer geschleift hatte. Gabrielle war da gewesen und Sarah ... „Nein", sagte er tonlos.

„Genau." Frances nickte grimmig. „Sie hat dich gerettet und dann ist sie verschwunden. Mehr wissen wir nicht."

„Aber ..." Seine Gedanken rasten. „Wir konntet ihr sie nur allein lassen?"

„Wie wir sie allein lassen konnten?", rief Frances. „Das fragst ausgerechnet du?"

Mike zuckte zusammen.

„Wir haben eine Nachricht von dir bekommen, dass du mit uns essen gehen wolltest."

„Was?", fragte Mike. „Ich habe nicht ..."

„Genau." Sie nickte grimmig. „Das angebliche Restaurant war voller schwer bewaffneter Männer, die uns in einen Keller gesperrt haben. Gabrielle hat uns schließlich befreit und uns gesagt, dass du im Krankenhaus bist und Luisa dich gerettet hat. Ich wollte sie schlagen, aber Danny hat mich nicht gelassen."

„Wo ist Luisa?", fragte Mike heiser.

„Keine Ahnung. Gabrielle wollte nichts sagen."

„Nein." Mike war bleich geworden. „Nein. Das kann nicht sein." Er erinnerte sich wieder, Gabrielle hatte befohlen, ihn ... Und Luisa war ihr nach draußen gefolgt ... Er richtete sich auf. „Der Sender. Wir ..."

„Harvey ist verschwunden", rief Frances. „Mit der App. Nachdem er versucht hat, Luisa zu vergewaltigen."

„Was? Nein." Das konnte nicht sein. Nicht das. Nicht auch noch das.

Die Tür ging auf, Danny trat herein und runzelte die Stirn. „Frances. Was ... Er ist ja kreidebleich, was hast du ihm erzählt?"

„Alles", sagte Frances. „Alles. Er hat alles verbockt, also hat er auch ein Recht darauf, zu erfahren, was er alles verbockt hat."

„Er soll sich schonen, verdammt", fuhr Danny sie an. „Er hat eine Gehirnerschütterung. Unter anderem. Es ist noch zu früh ..."

„Hat Harvey ... Luisa verletzt?", fragte Mike tonlos.

Danny rollte mit den Augen. „Frances ..."

„Er hat sie nicht verletzt", knurrte diese. „Er hat sich wohl im letzten Moment besonnen, das sagte Luisa zumindest, aber sie war voll fertig, richtig durch den Wind und wir haben zumindest kein Blut gesehen, auch nicht an ihrer Wäsche. Das war übrigens am Tag deiner Hochzeit. Während wir schön gefeiert haben ..."

Mike blickte Danny an. Sag mir, dass das nicht wahr ist, dachte er.

Der schüttelte nur leicht den Kopf.

Mike schlug sich mit der Faust gegen die Stirn. Es tat weh. Er wollte, dass es weh tat.

„Niemand konnte absehen, dass das passieren würde", sagte Danny leise.

„Luisa hat mich vor Aziza gewarnt", krächzte Mike rau. „Sie sagte, dass sie einen Freund hat und mich nur benutzt ... Es war mir egal, ich dachte, ich tue Aziza etwas Gutes ... Ich ... ich wollte ihr helfen, ich dachte, wenn sie mich nicht liebt, kann ich ihr trotzdem helfen, in Freiheit zu leben ..."

„Aziza ist eine Schlampe und wenn ich sie erwische ...", grollte Frances.

„Luisa hat sie am Leben gelassen", sagte Mike. „Sie hat alle erschossen bis auf sie. Und ... Aziza wusste nicht, was Hassan mir antun würde, und sie hat geholfen, mich zu foltern, aber nur, weil sie Angst vor ihm hatte. Lass sie in Ruhe. Ich glaube, sie leidet genug." Dann dachte er wieder an Luisa und er fühlte eine Mutlosigkeit in sich und eine Verzweiflung, schlimmer als alles, was er die letzten Jahre gespürt hatte.

Kapitel 4

Luisa wusste nicht, wie viel Zeit vergangen war, bis Ms. Smith wiederkam. Unvermittelt ging die Tür auf, sie trat ein und stellte ein Tablett mit einem deftigen Eintopf vor sie hin. In dem Moment erschien Sarah in der Tür.

Luisas Herz setzte einen Moment lang aus. Sarah. Also doch Sarah. Sie bemerkte, dass sich Ms. Smith hinter ihr positionierte, offensichtlich bereit, einzugreifen, falls sie eine Attacke wagen sollte. Sie verzichtete auf einen Versuch. Sie ahnte, dass sie nicht weit kommen würde. Stattdessen zog sie die Suppe zu sich heran und begann zu essen. Der Eintopf war nur lauwarm, stellte sie fest. Vielleicht hatte Sarah Angst gehabt, dass ich versuchen könnte, sie zu verbrühen, überlegte sie und einen Moment lang geriet sie tatsächlich in Versuchung, ihr die Schüssel an den Kopf zu werfen, aber sie verwarf den Gedanken gleich wieder, erst einmal musste sie wissen, was als Nächstes passieren würde.

„Endlich." Sarahs Grinsen gefiel Luisa überhaupt nicht. „Endlich haben wir wieder die Gelegenheit, uns zu unterhalten."

„Hm", machte Luisa, löffelte weiter und versuchte, möglichst unbeeindruckt dreinzusehen.

„Ich muss sagen, ich bin ziemlich erleichtert darüber, dass du die Schule im Libanon nicht in die Luft gejagt hast. Aber warum hast du dafür das Hochhaus gesprengt?"

„Ich ... Äh ..." Moment. „Aber ich dachte, du wolltest die Schule ..." Überrascht rieb sie sich die Stirn.

„Haben Mike und Danny dir das erzählt? Was für ein Unsinn, warum hätte ich das anordnen sollen? Nein, Abu Yusef hat das ganz allein geplant. Es ist gut, dass er tot ist. Allerdings hast du viele Unschuldige getötet. Warum seid ihr nicht zu mir gekommen und habt mich um Hilfe gebeten?"

„Ich ... Äh ..." Sarahs Worte verwirrten sie. „Abu Yusef hat mich unter Drogen gesetzt. Ich konnte nicht klar denken, sonst hätte ich mich ins Meer gestürzt."

„Ach ja?", fragte Sarah spöttisch.

„Ja, das kannst du mir ruhig glauben. Ich wollte niemanden umbringen, erst recht keine Zivilisten." Sie hatte sich wieder gefangen und war fest entschlossen, sich ihre Angst und Irritation nicht anmerken zu lassen. Da fiel ihr etwas ein. „Du hast uns allerdings diese ekligen Typen in Albanien auf den Hals gehetzt."

„Ich hatte gerade kein besseres Team zur Hand und ich war sauer wegen der Libanon-Geschichte. Man bekommt eben das, was man verdient."

„Hm", machte Luisa. „Ich denke, kein Mensch hat es verdient, vergewaltigt zu werden, egal, was er getan hat."

„Sagt die Terroristin."

„Und sicher auch die Menschenrechtscharta."

„Oh, so schlagfertig." Sarah grinste kalt. „Das hilft dir aber nichts. Für mich hat jeder Terrorist das Recht auf eine faire Behandlung verwirkt."

„Das sehe ich anders", gab Luisa zurück.

„Mag sein, dass du das so siehst. Es ist mir egal. Ich werde jedenfalls dafür Sorge tragen, dass sich so etwas wie im Libanon nicht mehr wiederholt."

„Ich habe auch nicht vor, so etwas noch einmal zu machen", sagte Luisa.

„Das werden wir sehen."

„Ich werde nicht noch einmal so einen Anschlag begehen."

Sarah lächelte kalt. „Oh, du wirst auf jeden Fall tun, was ich dir sage, schließlich habe ich das passende Druckmittel."

Luisa runzelte die Stirn.

„Was du in Marseille getan hast ... Special-Forces-Kräfte, die ein fremdes Haus stürmen wollen, bereiten sich darauf vor. Sie studieren den Grundriss, bauen ihn nach und trainieren die Aktion, indem sie die Abläufe möglichst oft durchspielen. Sie sind gepanzert und bewaffnet und niemals allein. Und das ist gefährlich genug. Das wusstest du sicher. Trotzdem bist du einfach in dieses Haus marschiert, mit einer stinknormalen Pistole, ohne kugelsichere Weste, und hast mit gezielten Schüssen kaltblütig fünf Terroristen ausgeschaltet."

„Hm", machte Luisa. Sie wusste noch nicht genau, auf was Sarah hinauswollte.

„Wenn du das mit Mike und Danny versucht hättest ... Aber Hassan Moha hat zum Glück für dich lediglich ein paar Schläger um sich gescharrt, von denen nur einer überhaupt in Syrien gekämpft hat. Und das war der, den du zuerst erledigt hast. Nichts desto trotz. Mike hat dir in den Highlands ein paar Tricks gezeigt und mit diesem Halbwissen knallst su kaltblütig ein paar Männer ab. Worauf ich eigentlich hinaus möchte: Mike war nie sonderlich nett zu dir, doch als du glaubst, dass er in Gefahr schwebt, schleichst du dich mit einer Erbsenkanone in sein Haus und erschießt kaltblütig jeden, der sich dir in den Weg stellt - auf den bloßen Verdacht hin. Daraus schließe ich, dass du alles tun wirst, was ich von dir verlange, um deinen Mike nicht zu quälen. Ist doch so, oder? Damit du weißt, von was wir hier sprechen ... Ich habe hier ein kleines Video für dich."

Sie legte Luisa ein Tablet hin und ließ ein Überwachungsvideo laufen, das vor drei Jahren aufgenommen worden war. Es schien Nacht zu sein, mehrere Fußgänger gingen vorüber. Ich will das nicht sehen, dachte sie, das kann nichts Gutes bedeuten. Aber sie konnte auch nicht wegsehen. Plötzlich erschienen zwei Männer im Bild, einer davon prügelte auf den anderen ein, der vergeblich versuchte, sich zu wehren. Mehrere Männer eilten herbei und versuchten, den Angreifer festzuhalten und von seinem Opfer wegzuziehen. Einen davon erkannte sie sofort – Danny. Der Angreifer wandte sich um und ging auf die neu hinzugekommen los und sie sah, dass es sich um Mike handelte, aber sie hatte es bereits geahnt. Es tat weh, ihn so zu sehen. Verdammt weh.

Sarah stoppte das Video. „Du kannst es dir denken, oder? Nach Isabellas Tod war Mike völlig außer sich und betrunken, danach hat er ein paar Monate in der Psychiatrie verbracht. Zu allem Überfluss leidet er auch noch an einer posttraumatischen Belastungsstörung. Das hat er von einem Einsatz in Afghanistan, als er tagelang eingekeilt zwischen den Leichen seiner Kameraden in einem völlig zerstörten Außenposten lag. Das heißt, er mag keine engen Räume und laute Geräusche, beides kann einen Anfall auslösen. Er ist ein Wrack, er ist unberechenbar und gefährlich, und er befindet sich bereits jetzt in einem emotionalen Ausnahmezustand, weil du verschwunden bist. Stell dir vor, wenn er in diesem Zustand erfährt, dass dir etwas zugestoßen ist, dass du zum Beispiel wegen ihm in einer *black site* gefoltert wirst ... Es muss ja nicht einmal stimmen. Du verstehst mich, oder?"

Luisa musste schlucken. Sie verstand zu gut.

„Also wirst du alles tun, was ich dir sage, damit dein Mike nicht noch mehr leiden muss oder gar endgültig in der Psychiatrie landet. Vielleicht darfst du ihm hin und wieder schreiben, dass es dir gut geht."

„Was denn? Briefe, die du ihm dann aber nicht zukommen lässt?", gab Luisa zurück und dachte an die Briefe, die sie in den Highlands verfasst hatte und die nie einen Briefkasten von innen gesehen hatten.

Sarah grinste kalt. „Vielleicht schon. Natürlich könnte ich aber auch falsche Nachrichten erstellen und sie ihm schicken ... Nun ja. Oh, das alles läuft viel besser, als ich es zu hoffen wagte."

Luisa überlegte. „Du wusstest nicht, dass ich Mike retten würde. Das heißt, du warst bereit, ihn sterben zu lassen?"

„Was? Nein!", rief sie entrüstet. „Wofür hältst du mich? Mike und ich, wir sind alte Bekannte, warum sollte ich das tun? Nein, die verdammten Franzosen sind schuld, die hielten diesen Hassan für einen Top-Terroristen. Völlig unberechtigterweise, eigentlich war er nur ein äußerst trübes Licht. Aber sie haben ihn beobachtet und wollten seine nächsten Schritte verfolgen und hofften, dass er sie zu seinen Hintermännern führen würde."

„Und sie waren bereit, Mike dafür zu opfern?", fragte Luisa tonlos.

„Nicht nur das. Wenn Hassan Mike ermordet hätte, könnten sie ihn jederzeit dafür ins Gefängnis bringen.

Du hast ihnen allerdings die Tour vermasselt und ich bin verdammt stolz auf dich."

„Hm." Irgendwie konnte Luisa ihr das nicht so ganz glauben. Gabrielle hat mir geholfen, überlegte sie. Sie hat mir die Nachricht geschickt, sie muss gewusst haben, dass ich handeln würde. Oder war diese Nachricht etwa von Sarah gekommen?

„Die Franzosen sind auf jeden Fall ziemlich sauer, weil du ihre Pläne zerstört hast. Sie wollten dich in eine *black site* schaffen, um dich zu verhören, vermutlich nach Libyen, aber dieser Yanis hat mir geholfen, dich nach England zu bringen. Für Geld tun diese Froschfresser ja alles. Deswegen bist du also hier. Und deswegen wirst du alles tun, was ich dir sage."

Luisa atmete tief durch. Sie fühlte sich müde. „Was soll ich für dich tun, Sarah?"

Sie lächelte. „Oh, ich habe große Pläne für dich. Dein Talent als Killerin wird mir ungemein nützen."

„Ich bin keine Killerin", rief Luisa.

„Ach nein?" Sie lachte erneut. „Zunächst dachte ich das auch. Mike hat mir mehrmals erzählt, du wärst schwach und hilflos und würdest immer über deine eigenen Füße stolpern. Doch entweder hat er dich völlig falsch eingeschätzt oder ganz bewusst untertrieben. Ich weiß mittlerweile, dass du in Dubai ganz allein drei Männer ausgeschaltet und in München einen Drogenkrieg ausgelöst hast."

„Ich ... Was? Drogenkrieg?", fragte Luisa verblüfft.

„Hast du nicht in den Parks von München Dealer um ihr Geld gebracht?"

„Äh ..."

„Die überfallenen Dealer konnten doch nicht zugeben, dass sie von einer kleinen, scheinbar schwachen Frau überfallen wurden. Also faseln sie stattdessen was von großen, bösen Kerlen, gegen die sie keine Chance gehabt hätten ... Die Drogengangs verdächtigten sich daraufhin gegenseitig, es kam zu mehreren Schießereien. Dabei sind auch Unschuldige gestorben."

„Hm", machte Luisa. Sarahs Worte trafen sie wie ein Faustschlag in den Magen. Das hatte sie überhaupt nicht richtig mitbekommen …

„Diesen Mist von den großen starken Helfern haben mir übrigens auch meine Leute in Dubai aufgetischt", fuhr Sarah fort. „Ich habe einige Zeit gebraucht, um zu verstehen, dass du das ganz allein warst. Männer und ihre Ehre … Zum Kotzen. Dein Glanzstück hast du aber zuletzt in Marseille abgeliefert. Wie du in dieses Haus marschiert bist und alle abgeknallt hast … Du kannst nicht leugnen, dass du eine kaltblütige Mörderin bist, Luisa. Und das werde ich nutzen. Du kennst doch sicher die Sängerin No Savior. Es soll im November nun doch wieder ein Konzert mit ihr geben, und zwar in London. Sie hat so viel Mist erzählt, da wäre es doch nicht verwunderlich, wenn sie einem terroristischen Anschlag zum Opfer fällt …"

Luisa schnappte nach Luft. Sie sollte No Savior …?

„Und natürlich wäre das für einen guten Zweck. Diese Frau ist eine Plage. Vielleicht finde ich aber auch noch etwas anderes für dich. Du hörst von mir."

Sie verschwand, Smith blieb jedoch und befahl Luisa, das Shirt auszuziehen. Sie war froh, dass sie einen BH angezogen hatte, obwohl der Träger über ihre Wunde scheuerte, wenn sie nicht aufpasste. Sie biss die Zähne zusammen und wappnete sich und Smith riss ihr mit einem kräftigen Ruck das Pflaster ab.

Luisa stiegen die Tränen in die Augen, aber sie schaffte es diesmal, nicht zu weinen.

„Die Wunde soll nicht nass werden", warnte Smith erneut. „Lass sie ruhig offen, damit sie trocknen kann, pass aber auf, nicht daran zu reiben. Heute Abend werde ich dir ein neues Pflaster geben."

Kaum war sie gegangen, begutachtete Luisa die Stelle im Badezimmerspiegel. Die Verletzung bestand aus zwei tiefen Schnitten und einem Loch dort, wo sich die beiden Schnitte trafen.

Was hat sie denn da nur gemacht?, dachte Luisa beunruhigt. Doch das war längst nicht das einzige, was sie quälte. Sie war gefangen und wusste nicht, wo sie sich befand und was aus ihr werden sollte. Es würde unerfreulich werden, so viel stand fest. Und gefährlich. Sarah hatte ihr gedroht, Mike zu quälen. Mike ... Sie schüttelte müde den Kopf. Sie kannte Mike. Sarah hatte es doch selbst gesagt. Er hatte sie in die Highlands verschleppt, aber nicht, um sie zu beschützen, sondern vor allem, um Royce zu stellen und zu töten. Nach dem Überfall in München hatte er ihr empfohlen, eine Therapeutin aufzusuchen, und danach hatte er nicht versucht, sie zu finden. Im Libanon hatte er ihr zwar geholfen, aber da waren auch Danny und Frances gewesen. Ob sie ihn überredet hatten, zu kommen? Auch in den Calanques hatte er überhaupt kein Interesse gezeigt ... Halt. Doch. Einmal kurz, als sie im Sturm verschwunden war. Aber er war in der Villa geblieben, während Frances und die anderen mit einem Boot hinausfahren wollten, um sie zu suchen ...

Und Sarah wollte sie ernsthaft glauben machen, dass Mike sich um sie sorgte? Vielleicht schon, ein bisschen, sicher auch angestachelt durch Frances, aber sie konnte sich nicht vorstellen, dass er durchdrehen würde wie in dem Video, das Sarah ihr gezeigt hatte. Das war damals wegen seiner großen Liebe Isabella gewesen. Ihr gegenüber war er stattdessen nur kalt und gefasst ... Nein. Undenkbar. Allerdings war er auch nicht das einzige Druckmittel, das Sarah hatte.

Sie kann noch immer versuchen, meine Eltern oder auch Martin und Jonas in die Sache hineinzuziehen, dachte Luisa beklommen. Und natürlich kann sie mich foltern und vergewaltigen lassen ... Ich muss ich ihr zu verstehen geben, dass ich mich umbringen werde, wenn sie mir wirklich etwas antut. Dann kann sie sich ihre Pläne mit mir abschminken. Es hilft nichts, ich muss zumindest so tun, als würde ich ihr gehorchen wollen. Und wenn sie mich dann tatsächlich auf ihre Mission schickt, werde ich versuchen, abzuhauen. Aber sie könnte trotzdem Mike und Frances quälen ... Was für ein Mist.

Sie rieb sich frustriert die Stirn.

Später kam Smith wieder. Sie klebte Luisa ein neues Pflaster auf den Rücken und startete ein Verhör. Sie wusste bereits viel und stellte sehr gezielte Fragen wie: „Woher wusstest du, dass Mike in Gefahr war?" und „Wie hast du al-Qasimi wiedererkannt?" und „Schläfst du mit Mike?"

„Was?" Die Frage traf Luisa völlig unvorbereitet. „Nein." Sie spürte, wie sie rot wurde.

„Und mit Harvey?"

Sie zuckte leicht zusammen und ärgerte sich darüber. Das wurde ja immer schöner. „Nein, und mit Frances und Danny auch nicht."

„Sicher?"

Was für eine Frage. „Da läuft nichts", sagte sie. „Wir sind Freunde. Das ist alles. Und das reicht auch."

Ms. Smith nickte wissend und stellte noch viele weitere Fragen und Luisa war heilfroh, als sie nach endloser Zeit ging, allerdings mit der Drohung, bald wiederzukommen, was sie leider viel zu schnell wahrmachte.

„Es tut mir unendlich leid", sagte Mohammed mit grauem Gesicht.

„Schon gut", krächzte Mike. „Setz dich doch." Er wies auf den Stuhl neben seinem Bett.

Mohammed blieb stehen. „Ich kann das nicht wiedergutmachen. Ich ..."

„Dich trifft keine Schuld, Mohammed", zwang Mike sich zu sagen. „Es war allein Hassan. Deine Tochter war in ihn verliebt und sie wusste offensichtlich nicht, zu was er fähig war. Sie hatte wohl gehofft, dass sie mit ihm zusammen weggehen kann, und war entsetzt, als sie feststellen musste, dass er mich umbringen wollte ..."

„Du bist ... zu mitfühlend", sagte Mohammed heiser. „Ich stehe tief in deiner Schuld. Wenn es etwas gibt, was ich für dich tun kann ..."

Mike schüttelte müde den Kopf. „Gerade wüsste ich nichts." Er dachte an Luisa, aber wie sollte Mohammed helfen, sie wiederzufinden? Dazu hatte Danny ihm versichert, dass sie bereits eine Spur hatten und sie sicher bald finden würden. Es blieb ihm nichts anderes übrig, als seinem Freund zu vertrauen.

„Ich ... Ich werde Aziza mit zu mir nehmen, wenn du gestattest", sagte Mohammed. „Ich bringe sie zurück nach Dubai. Sie wird das Haus nicht mehr verlassen. Nie mehr. Und sie wird nicht noch einmal heiraten. Sie wird nie wieder einen Mann auch nur ansehen."

Mike seufzte gequält. „Wenn du sie nicht eingesperrt hättest, dann hätte sie mich wohl nicht geheiratet."

Mohammed zuckte zusammen.

„Ich ... Sie ist frei, sie kann von mir aus tun und lassen, was sie möchte", bekräftigte Mike. „Ich habe drei Mal die Scheidungsformel gesprochen." Hassan hatte ihn dazu gezwungen, während der Folter, und er hatte es mehr als drei Mal gesagt, aber das spielte keine große Rolle mehr. Sie hatten nur religiös geheiratet, nicht offiziell nach französischem Gesetz, sodass sie sich zu nichts verpflichtet hatten. Er würde sie nie wieder sehen müssen.

Mohammed verabschiedete sich bald darauf und Mike spürte fast etwas wie Erleichterung. Er kannte Mohammed gut genug, der Verrat seiner Tochter hatte ihn schwer getroffen. Eine solche Ehrverletzung war für ihn sicher nur mit Blut zu sühnen. Vielleicht würde er sie dennoch verschonen, weil sie seine einzige Tochter war, die er liebte – und weil es hoffentlich niemand je erfahren würde. Außer denen, die es sowieso schon wussten. Vielleicht sollte ich sicherstellen, dass sie zumindest am Leben bleibt, überlegte er sich. Und doch ... Eigentlich war es ihm egal. Ihm war alles egal. Vielleicht lag das an den Pillen, die er nahm. Mit ihnen war sogar der Gedanke an Luisa halbwegs erträglich.

Frances saß auf dem Bett ihres Hotelzimmers und starrte nach draußen. Von hier aus konnte sie das Krankenhaus sehen, in dem Mike lag. Sie hasste ihn aus tiefstem Herzen. Er war schuld an all der Scheiße, die passiert war. Wo Luisa wohl steckte? Sie wussten überhaupt nichts. Gabrielle hatte sie irgendwann aus dem Keller gelassen und ihnen geraten, nicht in die Villa zurückzukehren und sich vor allem nicht mit Charles anzulegen. Sie hatte Gabrielle und Yanis und Charles umbringen wollen und Danny hatte seine ganze Kraft und Überredungskunst gebraucht, um sie zu überzeugen, nicht in die Calanques zu marschieren und ein paar Ärsche aufzureißen, verdammte Scheiße.

Es klopfte leise, Danny öffnete die Tür und Gabrielle trat ein.

„Du!" Frances sprang auf und wollte auf sie losgehen, doch Danny hielt sie zurück. Sie wehrte sich heftig. „Lass mich los. Ich werde die Schlampe ..."

„Frances. Hören wir uns an, was sie zu sagen hat", bat Danny.

„Es tut mir leid", sagte Gabrielle kurz. „Ich wollte euch nur sagen ... Luisa ist bei Sarah."

Frances' Herz setzte einen Moment aus. Danny hielt sie fest. Sie spürte, wie diese Nachricht auch ihn traf. „Wie konntest du nur?", fragte er mit rauer Stimme.

Frances versuchte, seinen Armen zu entschlüpfen, sie wollte Gabrielle bluten sehen, doch Danny hielt sie weiter fest.

„Charles hat mich hintergangen", sagte die Französin. „Er hat hinter meinem Rücken einen Deal mit Sarah eingefädelt. Sarah hat uns einen angeblichen Top-Terroristen untergejubelt, einen Mohammed Hassan al-Qasimi. Ich habe mir seine Akte angesehen. Laut den Unterlagen hat er alle wichtigen Terroristen gekannt – von Osama bin Laden bis zu Abu Bakr al-Baghdadi vom sogenannten Islamischen Staat. Wieso waren wir nie zuvor auf ihn gestoßen? Das war so beeindruckend, dass ich es nicht glauben konnte. Charles aber schon. Er sicherte Sarah zu, Luisa auszuliefern. Also hat er euch eine falsche Nachricht geschickt, ihr musstet glauben, dass diese von Mike kam. Charles hat euch damit nach Marseille gelockt und euch festgesetzt und zeitgleich Yanis und mir eröffnet, dass wir Hassan gewähren lassen sollen. Dann könnten wir seine Schritte weiterverfolgen und an seine Hintermänner kommen. Ich wusste, dass al-Qasimi Mike töten würde und dass Charles das wusste und dass es ihm egal war. Zeitgleich sollte ein Team Luisa holen und an Sarah übergeben. Ich musste eine Entscheidung treffen. Niemand konnte Mike helfen außer Luisa. Also habe ich der Presse einen Tipp gegeben und den Beitrag an Luisa geschickt, in der Hoffnung, sie würde Hassan Moha erkennen. Sie hatte mir gesagt, dass sie bei Aziza in Dubai ein Bild von ihm gesehen hat."

„Wie konntest du nur!", brüllte Frances. „Luisa hätte sterben können – und Schlimmeres."

„Yanis war sich sicher, dass sie es schaffen würde, die mutmaßlichen Terroristen zu stoppen. Sie war die einzige Chance, die Mike hatte."

„Trotzdem." Frances konnte sich nicht beruhigen. „Du hast sie in Gefahr gebracht."

„Ich hatte noch Hoffnung, dass Charles sehen würde, dass Sarah ein falsches Spiel spielt und dass al-Qasimi wertlos war, weil er nichts wusste und Sarah ihn zum Top-Terroristen aufgeblasen hatte. Doch

Charles wollte es nicht verstehen, er hat sich geweigert, die Operation abzubrechen. Er hat ganz bewusst in Kauf genommen, dass Luisa und Mike sterben würden. Das war Sarah nicht recht, sie wollte zumindest Luisa lebend und unversehrt und nicht tot oder gefangen und gefoltert, aber Charles hatte das Sagen und wir konnten nichts anderes tun als zuzusehen. Immerhin hat Luisa tatsächlich Hassan und seine Leute niedergestreckt und Charles' Operation vereitelt. Er war dementsprechend sauer und wollte Luisa außer Landes bringen und sie notfalls foltern, um ihre Hintermänner aufzudecken. Er wollte mir einfach nicht glauben, dass das alles von Sarah eingefädelt war. Luisa wäre nie wieder freigekommen und ihr hättet nicht den Hauch einer Chance gehabt, sie zu retten."

„Deswegen hast du sie Sarah ausgeliefert?", fragte Danny.

„Sarah weiß zumindest, dass Luisa keine richtige Terroristin ist. Sie wird sie nicht foltern müssen."

„Höchstens zum Spaß", sagte Frances tonlos.

„Und um sie zu benutzen für Gott weiß was", sagte Danny.

„Luisa ist Sarah schon einmal entkommen", meinte Gabrielle. „Und sie ist vermutlich noch in England. Das ist auf jeden Fall besser als in einem *prison secrète* in Libyen oder Ägypten eingesperrt zu sein."

„Sie ist bei Sarah!", brüllte Frances. Sie wollte Blut sehen. Gabrielles Blut, wenn die schon einmal da war.

Danny atmete tief durch. „Gabrielle hat getan, was sie konnte", sagte er tonlos. „Und sie hat Mike das Leben gerettet. Im Zweifelsfall ist Sarah für Luisa tatsächlich besser als eine *black site*."

Frances atmete tief durch. Danny ließ sie los und sie blieb sitzen. Er hatte recht. Er hatte immer recht. Sie hasste Sarah und sie hasste Gabrielle und sie hasste Mike dafür, dass Luisa ihn hatte retten müssen, aber ...

Trotz allem war Mike ihr Freund und er hätte ohne Zögern für sie getan, was Luisa für ihn getan hatte. Und Danny würde traurig sein, wenn Mike tot wäre. Und sie verdammt noch mal ebenfalls. „Was können wir tun?", fragte sie.

Gabrielle zuckte die Achseln. „Sarah hat Luisa nach England geschafft. Sie sind auf einem Militärstützpunkt bei Birmingham gelandet, ich habe die Flugbahn verfolgen lassen. Aber wer weiß, wo sie jetzt ist? Offiziell haben wir Luisa nie gehabt, offiziell befindet sich Luisa deswegen auch nicht in Gewahrsam der Briten, sondern gilt noch immer als flüchtig. Ich halte die Augen offen, aber ich fürchte, Sarah wird mit Luisa unter dem Radar bleiben und es wird schwer, mehr zu erfahren. Wir müssen wohl vor allem hoffen, dass Luisa sich selbst helfen kann."

„Was ist mit Charles?", fragte Danny. „Wie konntest du Luisa überhaupt an Sarah übergeben?"

Gabrielle schnitt eine Grimasse. „Yanis hat sich dumm gestellt und ihm gesagt, dass er dachte, dass der Deal mit Sarah noch gilt. Ich bin mir nicht sicher, ob Charles mittlerweile verstanden hat, dass Hassan ein Fake war. Er ist jedenfalls wütend nach Paris abgereist."

„Wird er dir Ärger machen?"

„Ach was." Sie winkte ab. „Er weiß, dass er mich braucht und dass nur ich seinen Arsch retten kann angesichts dieses Desasters. Ich könnte ihn wirklich übel reinreiten."

„Wahre Liebe klingt anders", ätzte Frances.

„Warum hast du uns geholfen?", fragte Danny. „Du hättest uns alle an Charles übergeben können. Oder an Sarah."

Gabrielle musterte ihn ruhig. „Sagen wir es so: ich kann Sarah nicht ausstehen und ich halte ihre Pläne für gefährlich." Sie blickte aus dem Fenster. „Und sie hat mit Charles geschlafen."

„Was?", rief Frances überrascht.

„Er ist wirklich unfassbar dumm. Er denkt, dass er sie um den Finger gewickelt hat. Es macht mich wütend, dass er nicht versteht, dass sie ihn manipuliert." Sie sagte es in einem gefährlich ruhigen Tonfall.

Danny schwieg einen Moment, Frances sah, dass es in ihm arbeitete. „Ich verstehe. Bekommt Yanis Ärger?"

Gabrielle zuckte die Schultern. „Wenn ich die Schuld auf mich nehme ..."

Frances stutzte. „Das ist die wahre Liebe, oder? Du und Yanis. Weiß Charles davon?"

„Es kann ihm egal sein, bei all dem Mist, den er verzapft hat. Ich sage euch Bescheid, sobald es etwas Neues gibt." Gabrielle nickte ihnen zu und ging hinaus.

Frances sprang auf und tigerte nervös im Raum umher. „Das ist übel. Was wird Sarah wohl mit ihr machen? Luisa hat ihren Plan vereitelt, sicher ist sie angepisst und hat sich was ganz besonders Fieses für sie überlegt."

Danny seufzte. „Sicher lässt Sarah uns beobachten, und sicher lässt sich Luisa hervorragend mit uns erpressen. Wenn Sarah droht, dass sie Mike etwas antut oder uns ..."

„Verdammt. Mir wäre es lieber, sie hätte uns auch einkassiert, statt uns so hängen zu lassen."

Danny nickte stumm.

„Wir werden Sarah zur Strecke bringen", sagte Frances kalt. „Sie wird dafür bezahlen. Und wir werden Luisa retten."

Danny nickte düster. „Wir müssen es zumindest versuchen."

„Sei nicht so pessimistisch", fuhr France auf.

Danny nahm sie schweigend in die Arme. „In Ordnung. Wir werden sie finden."

Doch dass er nicht so recht daran zu glauben schien, jagte ihr eine Heidenangst ein.

Sie hatten es so lange wie möglich herausgezögert und unzählige Male gelogen, aber sie wussten, dass sie es nicht länger vor Mike verheimlichen konnten. Frances setzte sich neben die Tür, Danny nahm auf dem Bett Platz. Die Ärzte und Krankenschwestern hatten sie bereits informiert, und sie hofften beide, dass sie in der Lage sein würden, Mike im schlimmsten Fall daran zu hindern, jemanden ernsthaft zu verletzen. Noch wusste er von nichts. Er saß auf einem Stuhl am Fenster und blickte nach draußen.

Es gab keine schonende Möglichkeit, es ihm zu sagen. Danny machte es kurz. „Mike, ich muss dir etwas sagen." Mike sah ihn an. „Luisa ist bei Sarah."

Mike saß einen Moment lang völlig reglos da, dann nickte er knapp und blickte mit völlig ausdruckslosem Gesicht weiter aus dem Fenster.

Frances unterdrückte den Drang, nervös auf ihrem Stuhl herumzurutschen. Sie hatte mit allem gerechnet, aber nicht mit dieser Nicht-Reaktion. Hatte er überhaupt verstanden, was Danny gesagt hatte? Die Ärzte hatten doch gesagt, dass sie die Medikamente reduzieren wollten. Sie wollte zu ihm gehen und ihn packen und schütteln und ihn anschreien.

„Wo genau ist sie?", fragte Mike mit ruhiger Stimme.

„Wir vermuten, in England."

„Der Sender?"

„Wir haben keinen Zugriff mehr, seit Harvey ... Wir werden versuchen, den Jungen aufzuspüren, der die App programmiert hat."

„Wann fliegen wir?"

„Sobald ... sobald du bereit bist."

Mike nickte knapp, stand auf und marschierte zur Tür.

Frances blickte fragend zu Danny. Der zuckte leicht die Achseln.

Mike riss die Tür auf und marschierte auf den Flur, Frances folgte ihm vorsichtig.

Eine Krankenschwester sah ihn und blickte ziemlich ängstlich drein, Danny hatte alle auf das Schlimmste vorbereitet.

Mike sprach die junge Frau auf Französisch an.

Sie blickte zu Danny hin, der langsam nickte, dann gab sie Mike eine Antwort und eilte davon.

„Was hat er gesagt?", fragte Frances leise.

„Dass er sofort entlassen werden möchte."

„Glaubst du, dass das eine gute Idee ist?"

Danny seufzte. „Wir können ihn wohl kaum hier festhalten. Ich hoffe nur ..."

„Das hoffe ich auch."

Auf dem Weg zum Flughafen setzte Danny Mike so gut es ging ins Bild. Yanis fuhr sie mit Gabrielles Wagen, für den Fall der Fälle.

Mike hörte sich alles ruhig an, stellte ein paar Fragen und schwieg den Rest des Weges. Als sie am Flughafen angekommen waren, drückte er Yanis stumm die Hand und marschierte schweigend durch die Sicherheitskontrolle und zum Gate, und er schwieg auch, während sie auf das Flugzeug warteten.

„Was machen wir in London?", fragte Frances.

„Ich schlage vor, wir fahren zu Rick", meinte Danny.

Mike antwortete nicht. Eisern schwieg er weiter, und auch während des Fluges gab er keinen Ton von sich und starrte nur unentwegt aus dem Fenster.

Am Flughafen Heathrow angekommen, stapfte Mike direkt zum Taxistand. „Westbourne", sagte er dem Fahrer.

Danny und Frances tauschten einen Blick.

„Mike", sagte Danny halblaut.

Der Blick, den Mike ihm zuwarf, duldete keinen Widerspruch.

„Verdammte Scheiße", sagte Frances. Sie wusste nur zu gut, was das bedeutete.

Etwa eine Dreiviertelstunde später hielten sie an der U-Bahn-Station Westbourne Park. Mike sprang sofort aus dem Wagen, noch bevor Danny dem Fahrer seine Kreditkarte geben konnte.

Hastig eilten Frances und Danny hinter Mike her, der bereits auf sein Ziel zusteuerte und darin verschwand. Frances riss die Tür des Pubs auf. Im Fernsehen lief ein Hunderennen, doch die drei älteren Herren, die davorsaßen, starrten Mike an wie eine Fata Morgana.

„Hey." Brian stand mit gerunzelter Stirn hinter dem Tresen und warf Danny einen fragenden Blick zu. Der hob nur hilflos die Schultern.

„Mike …" Brian runzelte sorgenvoll die Stirn. „Ich weiß nicht, was passiert ist, aber …"

„Bitte", sagte Mike leise.

Brians Frau Amy kam aus der Küche. Als sie Mike sah, blieb sie abrupt stehen.

„Mike", beschwor Brian ihn. „Du weißt, dass das keine gute Idee ist. Du …"

„Wenn du mir nichts gibst, hole ich es mir woanders", sagte Mike mit brüchiger Stimme. „Und dann garantiere ich für nichts. Ich bin kurz davor …"

Brian seufzte, wechselte einen Blick mit Danny und nahm eine Flasche Whisky aus dem Regal.

„Whisky", sagte Mike.

Brian schüttelte den Kopf. „Du hattest genug."

Mike warf ihm einen Blick zu, der Frances frösteln ließ.

„Whisky."

„Hat er heute überhaupt etwas gegessen?", wandte sich Brian an Danny.

„Nicht seit heute Morgen."

„Gleich zertrümmert er uns die Bar", schnaubte Amy. Sie polierte seit zehn Minuten an einem Glas herum und ließ Mike keine Sekunde aus den Augen.

„Gib mir den verdammten Whisky", lallte Mike.

„Du wirst dich zu Tode trinken", sagte Brian.

Mike gab keine Antwort.

Das ist wohl Sinn des Ganzen, dachte Frances frustriert. Sie machte sich auch Sorgen um Luisa, große sogar, aber noch war nicht alles verloren. Mike hingegen hatte bereits aufgegeben. Wie damals, ganz genau wie damals, nur dass Isabella wirklich tot gewesen war.

„Ihr müsst ihn hier wegbringen. Er vergrault die Gäste", sagte Amy.

„Er ist ein Freund", fuhr Brian sie an.

Ihm geht Mikes Schmerz genauso an die Nieren wie uns, dachte Frances und widerstand dem Drang, nach der Flasche zu greifen und selbst daraus zu trinken.

Mikes Hand schoss nach vorne, er umklammerte Brians Arm. „Whisky, verdammt", fluchte er.

Frances spannte sich, mit einem überaus unguten Gefühl.

„Verdammter Mist", fluchte Brian. „Warum habe ich nicht nein gesagt? Warum habt ihr ihn nicht in die Psychiatrie gesteckt?"

„Weil er dort so schnell nicht wieder rauskommt", gab Danny leise zurück. Frances sah ihm an, wie sehr ihn Mikes Verzweiflung schmerzte, und das tat noch mehr weh als alles andere.

„Und was ist mit diesem Arzt, den ihr kennt?", fragte Amy. „Kann der ihm keine Tabletten geben?"

„Das ist nicht so einfach, dann könnten wir ihn gleich in die Psychiatrie bringen. Außerdem ist Rick ein Freund, es würde ihm sehr nahe gehen, ihn noch einmal so zu erleben ... Und letztendlich ist es Mikes Entscheidung. Gebt ihm den billigsten Fusel, den ihr habt und setzt ihn von mir aus in den Nebenraum, aber lasst ihn hier im Pub, wenn er es so will. Er fühlt sich sicher hier."

„Ja, sicher, dass er genug Nachschub bekommt", sagte Amy.

„Wenn wir versuchen, ihn hier rauszuschaffen, kann ich für nichts garantieren", sagte Danny. „Solange er etwas zu trinken bekommt, gibt er hoffentlich Ruhe. Natürlich könnten wir ihm auch irgendwelche Antidepressiva geben, aber ich bin nicht sicher, ob er nicht trotzdem trinken würde. Das würde ich erst als allerletztes Mittel versuchen. Okay? Und ich bezahle natürlich für den Whisky."

Amy schüttelte den Kopf. „Kommt nicht in Frage. Dann soll er sich eben umbringen." Sie wandte sich ab und wischte weiter an ihrem Glas herum.

Brian drückte wortlos ihren Arm und seufzte, dann griff er resigniert nach der Flasche, füllte ein Glas und stellte es auf die Theke.

Mike trank es in einem Zug aus. Bald darauf legte er die Arme auf die Holzplatte, vergrub den Kopf darin und blieb so liegen, ohne sich zu rühren.

Die Zeit in Gefangenschaft verging quälend langsam. Ab und zu bekam Luisa etwas zu essen, meist von Ms. Smith, die dann gleichzeitig nach ihrer Wunde sah. Immerhin versuchte sie nicht, Luisa noch einmal zu foltern. Gott sei Dank, dachte sie. Sarah machte sich rar. Auch das war für sie in Ordnung. Allerdings hatte sie nicht viel zu tun als zu schlafen, zu dösen oder grübelnd an die Decke zu starren und fragte sich wieder einmal, ob auch dies eine Art Folter sein konnte.

Deswegen versuchte sie, sich mit Liegestützen und Klimmzügen am Badezimmertürrahmen fitzuhalten und nach einigen Tagen durfte sie unter Ms. Smiths Aufsicht ihr Zimmer verlassen und einen Trainingsraum aufsuchen, wo sie verschiedene Geräte und ein Laufband zur Verfügung hatte. Sie wollen sicher, dass ich einsatzfähig bleibe, dachte Luisa säuerlich. Doch mit dem Training verging zumindest die Zeit.

Als Sarah Luisa schließlich wieder aufsuchte, kam sie nicht allein, sondern in Begleitung eines fremden

Mannes. Lässig warf er einen Ordner auf das Bett und baute sich neben der Tür auf, leicht breitbeinig, die Arme vor der Brust verschränkt. Sie musterte ihn. Er war ziemlich groß, breitschultrig und nicht unattraktiv mit seinen markanten Gesichtszügen, dunklen Haaren und braunen Augen. Allerdings gefiel ihr überhaupt nicht, wie er sie anstarrte und seine Blicke über ihren Körper wandern ließ.

„Nun, Luisa?", fragte Sarah. „Hast du dir Gedanken gemacht?"

Luisa nickte ergeben. „Ich werde tun, was du willst." Vorerst zumindest.

Sarah grinste. „Das habe ich mir gedacht. Gut. Das hier ist Farid. Du wirst mit ihm zusammen nach Libyen gehen."

Ihr Magen krampfte sich zusammen. Libyen. Das war schlecht. Die Sicherheitslage dort musste, nach allem, was sie darüber wusste, furchtbar sein und wenn sie versuchte, zu verschwinden, konnte sie sehr leicht in Lebensgefahr geraten. Sie hatte genug über Warlords gehört und über Bandenkriege und die Gefängnisse, in denen Flüchtlinge aus Zentralafrika interniert wurden ... Und wenn sie dort als Weiße auf der Flucht war ...

„Als Farids Ehefrau", unterbrach Sarah ihre Gedanken.

Luisa biss sich auf die Lippe. Sie sollte doch hoffentlich nicht mit ihm ...

„Es soll natürlich echt aussehen, deswegen gebe ich euch die Zeit, euch möglichst gut kennenzulernen. Du erzählst ihm alles Wichtige von dir, er dir alles von sich. Ich gebe euch Tarnidentitäten, die ihr auswendig lernen werdet. Und ... Natürlich erwarte ich, dass ihr es miteinander treibt."

Das kann doch nicht wahr sein, dachte Luisa entsetzt.

169

Farid lächelte fröhlich. Sie wollte ihm ins Gesicht schlagen.

„Hast du verstanden, Luisa?", fragte Sarah kalt. „Es muss nicht sofort sein und du wirst die ersten Schritte machen, aber es sollte innerhalb der nächsten drei Tage geschehen, als kleines Zeichen deines guten Willens und deiner Aufgeschlossenheit meinen Unternehmungen gegenüber. Wenn du es nicht über dich bringen solltest, dann bekommt dein Mike ein paar unschöne Bilder von dir, auf denen zu sehen ist, dass du Schmerzen hast, und sie werden nicht gestellt sein."

Sie wandte sich zur Tür, die von selbst aufschwang, und stöckelte davon.

Farid blieb stehen, wo er stand. „Hey Süße", meinte er lässig. „Wollen wir gleich?"

„Nein", sagte Luisa klar und deutlich.

Er zuckte die Achseln. „Wie du willst. Aber du hast Sarah gehört. Du hast keine Wahl. Aber keine Sorge, ich werde sanft sein. Es wird dir gefallen."

Luisa verschränkte die Arme vor der Brust. Mit so etwas hatte sie nicht gerechnet. Und jetzt? Sie fühlte sich überrumpelt und ausgeliefert. Ich kann das nicht tun, dachte sie. Ich werde mich weigern. Ich werde ihr zu verstehen geben, dass ich mir lieber bei der nächsten Gelegenheit eine Kugel in den Kopf jage als das hier. Aber was würde dann aus Mike? Sicher würde es ihn treffen, wenn Sarah ihm ein Folterfoto schickte. Sie hatte gesehen, dass er durchgedreht war. Doch das war wegen Isabella gewesen, die er geliebt hatte ...

„Komm, lass uns anfangen", unterbrach Farid ihre Gedanken.

„Nein!", fauchte sie.

„Ich meine mit der Mission", sagte er milde. „Es steht alles in dem Ordner da. Wir haben am dritten Juni diesen Jahres geheiratet, nach deinem Anschlag im Libanon. Ich habe in Syrien und im Irak gekämpft und mich um den wahren Glauben verdient gemacht und dadurch deine Hochachtung gewonnen."

Luisa nahm den Ordner zur Hand, der zwei detaillierte Lebensläufe voller Bilder und eine Reihe von ausgedruckten Nachrichten enthielt. Kein Tablet, dachte sie säuerlich. Haben sie Angst, ich könnte geheime Botschaften an Frances schicken? Sie versuchte zu lesen, kam aber nicht über die erste Zeile hinaus. Ihre Gedanken kreisten unaufhörlich um das, was sie tun sollte, während er ihr von seinem falschen Leben erzählte.

Nach vielleicht zwei Stunden hielt sie es nicht mehr aus und sie fuhr ihn an: „Musst du die ganze Zeit hier herumhängen oder kannst du auch rausgehen und jemand anderen nerven?"

Er grinste und ging tatsächlich, aber mit einem wölfischen Grinsen auf dem Gesicht, das ihr in die Träume folgen sollte.

Am nächsten Tag war er wieder da und brachte ihr Frühstück und einen weiteren Ordner mit ausgedruckten Nachrichten, dazu stellte er eine Tube Gleitgel und eine Schachtel Kondome auf den Nachttisch. Luisa warf ihm einen kalten Blick zu, der hoffentlich all ihre Verachtung ausdrückte. Sie warf das Gel und die Schachtel in die Schublade, nahm den Ordner zur Hand und überflog den ersten Artikel. Der sogenannte Islamische Staat hatte mal wieder ein Dorf in Syrien überfallen, Frauen und Kinder verschleppt und die meisten Männer getötet, nur einen Jungen oder Mann pro Haus hatten sie am Leben gelassen, damit diese von den Schandtaten des IS erzählen konnten.

„Es ist so widerlich!" Sie warf den Ordner wütend auf den Boden.

Farid hob ihn auf und strich das Papier sorgfältig wieder glatt. „Deswegen ist es ja so wichtig, dass wir etwas gegen den IS unternehmen. Und das werden wir, in Form von Sabotageaktionen, die ihn noch paranoider machen als er sowieso schon ist. Er soll sein wahres Gesicht zeigen, das Gesicht der Furcht, er soll zeigen, dass er nicht nur Furcht verbreiten kann, sondern auch, dass er selbst Angst hat. Er soll sich selbst vernichten und an seiner eigenen Furcht zugrunde gehen."

„Das will Sarah, ja?", fragte Luisa gehässig. „Warum hat sie dann versucht, diese Schule im Libanon in die Luft zu jagen, wenn sie stets nur gute Absichten verfolgt?"

„Soweit ich weiß, war das keine Aktion von Sarah, sondern eine von Abu Yusef."

Das hatte Sarah auch behauptet, aber sie mochte es nicht so recht glauben. „Sie ist eine fiese Schlampe. Ich traue ihr alles zu."

Farid nickte. „Es ist sehr gut möglich, dass sie Dinge plant, die auf uns barbarisch wirken mögen. Fakt ist jedoch, sie gehört zum britischen Geheimdienst, und sie wird alles tun, um den Briten eine gute Vormachtstellung zu verschaffen. Sie und viele andere westliche Kräfte haben kein Interesse daran, dass im Nahen Osten Frieden und Stabilität einkehrt. Ein durch Kriege geschwächter Naher Osten reibt alle auf, den Iran, Saudi-Arabien, die Türkei und viele mehr, und macht es einfacher, Einfluss in diesen Ländern zu nehmen. Aber niemand hat Interesse an einer kompletten Eskalation. Mein Vater stammt aus dem Irak, und es tut mir auch weh, was sein Land alles durchgemacht hat. Aber ... Es ist nicht mein Land, weißt du. Es ist ein in sich zerstrittenes, korruptes Gebilde, dessen Grenzen vom Westen willkürlich mit einem Lineal gezogen wurden. Viele Menschen sind rückständig und ungebildet, in Mossul zum Beispiel gab es zahlreiche Islamisten, die den IS eingeladen und ihm den Weg bereitet haben. Und auch wenn der IS offiziell besiegt zu sein scheint, sind doch viele Kämpfer überall zerstreut. Und es ist ja nicht nur der IS, im Raum Idlib herrschen ja nach wie vor die Kämpfer der Nusra-Front, auch wenn sie sich jetzt anders nennen, und das war nichts anderes als der syrische Ableger von al-Qaida, so wie der IS der irakische Ableger von al-Qaida war. Egal, wie sie heißen und woher sie kommen, sie sind Terroristen, sie sind gefährlich und wir müssen sie ausrotten. Dabei werden auch Unschuldige sterben, aber das ist trotzdem besser, als nichts zu unternehmen."

Sie schwieg.

„Was denkst du?"

„Ich?" Luisa sah ihn überrascht an. Sie hatte seinem Monolog gelauscht und nicht im Traum daran gedacht, etwas einzuwerfen. Es hatte nichts gebracht, mit Abu Yusef zu diskutieren, und sie würde auch nicht mit Farid diskutieren.

„Ja, du", lächelte er.

„Interessiert dich das wirklich?", schnaubte sie.

„Ja, das tut es."

Sie stellte fest, dass sie ihm glaubte. Sie überlegte kurz, was sie antworten sollte. „Ich habe ein verdammtes Hotel in die Luft gejagt und ich denke, jeder tote Unschuldige ist ein Unschuldiger zu viel, wenn ich ihn auf dem Gewissen habe. Ich kann jedoch selbst nicht sagen, ab wann man ein Soldat und ab wann man ein Terrorist ist, welche Opfer gerechtfertigt sind und welche nicht und ich will nicht mehr darüber nachdenken."

„Aber du willst doch sicher, dass zum Beispiel die IS-Kämpfer sterben, die dieses Dorf in Syrien überfallen haben?"

Darüber musste sie nicht nachdenken. „Das will ich. Und ich bin dazu bereit, sie allesamt höchstpersönlich zu erschießen."

„Das geht mir auch so", nickte er. „Die Mission, die Sarah vorschwebt, dient dazu, den IS zu schwächen. Wenn wir uns auf dieses Ziel konzentrieren, dann sind wir doch auf der richtigen Seite."

„Weiß nicht. Es kann trotzdem viel schiefgehen", meinte Luisa.

„Das kann es immer. Aber wir sind gut ausgebildet, sowohl ich als auch du, was ich so gehört habe. Und ich denke, gemeinsam können wir wirklich etwas bewirken."

Das sagst du doch nur, um dich bei mir einzuschleimen, dachte Luisa, musste aber feststellen, dass seine Worte sie tatsächlich gnädiger stimmten. Er schien zumindest ein nicht ganz so großes Arschloch zu sein, wie sie erst gedacht hatte. Unter Umständen hätte sie sogar ganz gut mit ihm zusammenarbeiten können ...

Er ruinierte den Moment. „Sarah möchte, dass wir das erste Mal innerhalb der nächsten ..." Er blickte auf seine Armbanduhr, „sechsunddreißig Stunden miteinander schlafen. Aber das reicht natürlich nicht. Wir sind seit mehreren Monaten miteinander verheiratet, da ist es natürlich wichtig, dass wir uns gut kennenlernen." Mit diesen Worten streifte er sein T-Shirt ab. Natürlich war er muskulös, deutlich mehr noch als Mike oder Danny. Sicher betrieb er Bodybuilding. Sie sah sofort die Narbe an seiner Schulter. „Hab ich mir in Syrien geholt", sagte er. „In einem Gefecht gegen die syrische Regierung."

„Auf Seiten des IS?", fragte sie bissig.

Er zuckte nur die Schulter.

Sie fragte sich, was er wohl vor diesem ... Arrangement gewesen sein mochte. Vielleicht ein übergelaufener Terrorist? Oder ein Soldat der britischen Streitkräfte, wie Mike, aus irgendeiner Eliteeinheit? Nun, er würde es ihr wohl nicht erzählen. Es war sicher genug für sie, seine Tarnidentität zu kennen. Für den Fall, dass sie in Libyen geschnappt und gefoltert würde, könnte sie so nicht allzu viel verraten ... Bei diesem Gedanken wurde ihr schlecht.

„Willst du mir nicht etwas mehr von dir zeigen?", fragte er. „Ich werde es sowieso zu sehen bekommen.

Sarah meinte, dass du verletzt bist. Soll ich mir die Wunde einmal ansehen?"

„Nein", fauchte Luisa und er zuckte die Achseln.

„Whisky", lallte Mike und Brian schenkte ihm das nächste Glas ein.

Mittlerweile saß er nicht mehr auf einem Barhocker, sondern in der hintersten Ecke von Brians Pub, vermutlich, um die Gäste nicht zu verschrecken. Amy hatte die Glühbirne herausgeschraubt und niemandem wäre es eingefallen, sich zu ihm in das Halbdunkel zu setzen. Außer Danny und Frances. Die beiden unterhielten sich über Belangloses, doch das war in Ordnung. Alles war in Ordnung, wenn sie ihren Namen nicht erwähnten und ihn nur trinken ließen. Hin und wieder stellte Brian ihm etwas zu essen hin, meist nahm er jedoch höchstens ein paar Bissen zu sich.

Seine linke Hand war verbunden, stellte er fest, und einen Moment lang wusste er nicht, wieso, dann erinnerte er sich daran, dass er mit der Faust auf den Tisch geschlagen hatte, um ein neues Glas zu ordern und statt dem Tisch ein leeres Whiskyglas erwischt und zerschmettert hatte. Es hatte ordentlich geblutet und Danny hatte ihn todtraurig angesehen und er hatte aus der Flasche getrunken, bis zur Bewusstlosigkeit. Wo Luisa jetzt wohl war? Was Sarah ihr wohl antat? „Whisky", lallte er.

Danny fischte die Flasche von der Theke und goss ein, ohne ihn anzusehen. „Ich werde Sir George persönlich aufsuchen", sagte er stattdessen zu Brian.

„Du hast doch schon mit ihm telefoniert. Ich dachte, was er zu dir gesagt hat, klang wenig vielversprechend?"

„Nun ja, er hat mich angebrüllt, dass ich Luisa gefälligst an Sarah ausliefern soll", sagte Danny. „Und er hat mich einen Verräter genannt. Aber das war noch in Frankreich. Jetzt ..."

„Er wird nicht auf dich hören."

„Er muss wissen, was Sarah alles treibt."

„Er wird dir nicht glauben, ohne Beweise."

„Ich werde ihn dazu bringen, mich anzuhören", sagte Danny grimmig. „Ich habe herausgefunden, wo er wohnt."

„Du kannst ihn nicht einfach zu Hause aufsuchen. Er wird sich bedroht fühlen und dir einen seiner Killer auf den Hals hetzen. Das ist Irrsinn", rief Brian entsetzt.

„Was bleibt uns denn sonst noch?", fuhr Danny auf. „Wir versuchen auch verzweifelt, den Jungen aufzuspüren, der die App programmiert hat, mit der Harvey Luisa orten konnte, aber da haben wir überhaupt keine Anhaltspunkte. Ich habe dazu mit nahezu jedem gesprochen, der auch nur von Harvey gehört hat, aber er ist wirklich vollkommen abgetaucht. Ich glaube langsam, dass er sich von den Klippen gestürzt hat."

„Das wäre besser für ihn", knurrte Frances.

Noch eine Sache, an der er die Schuld trug. Mike griff nach seinem Whiskyglas, um so lange zu trinken, bis er erneut in die sanften Arme einer gnädigen Bewusstlosigkeit sinken würde.

Farid verbrachte die Nacht außerhalb von Luisas Zimmers, doch als er am nächsten Morgen das Frühstück brachte, warf er sich lässig auf das Bett und meinte: „In Zukunft werde ich hier schlafen. Nur, dass du es weißt. Ich freue mich auf dich."

Sie warf ihm einen bitterbösen Blick zu.

„Wir können auch jetzt gleich ..."

„Vergiss es", unterbrach sie ihn kalt.

„Willst du lieber ein paar Telefonnummern auswendig lernen?"

„Ja, bitte", fauchte sie.

„Wir sollten auch die wichtigsten Koranverse wiederholen und gemeinsam beten, damit sie uns unsere Rollen auch wirklich abnehmen."

Sie nickte knapp.

Sie hatten viel zu tun und die Zeit verging viel zu schnell.

Am Abend stellte er sich unter die Dusche und ließ die Tür offen und als er zurück in das Zimmer kam, war er vollkommen nackt, vom Handtuch abgesehen, das über seiner Schulter hing. Natürlich präsentierte er sich dabei von seiner besten Seite. Sie tat ihm den Gefallen, ihn kurz anzusehen, und blickte dann wieder konzentriert in ihren Ordner. Langsam zog er seine Boxershorts an. Kommt er sich nicht komisch vor dabei?, dachte Luisa irritiert. Sie schwankte zwischen Abscheu und einem hysterischen Lachkrampf.

Er sah wirklich nicht allzu furchtbar aus, ganz im Gegenteil, und er gab sich ja tatsächlich Mühe, einen sympathischen Eindruck zu machen. Sarah hatte ganz offensichtlich kein Interesse daran, sie komplett zu traumatisieren, sonst hätte sie auch einen ganz anderen Kerl vorbeischicken können. Aber sie wollte verdammt noch mal nicht mit ihm schlafen, vor allem nicht, da sie dazu gezwungen werden sollte.

Farid sah auf seine Armbanduhr. „Noch zwölf Stunden." Er seufzte schwer. „Jetzt komm schon, so schlimm wird es wirklich nicht werden."

Sie verspürte das Bedürfnis, ihn ordentlich zu verprügeln.

„Du weißt, was passiert, wenn du nicht ..."

„Nein, weiß ich nicht", sagte sie.

„Das wäre weder gut für deine Freunde noch für dich. Bitte Luisa, ich möchte nicht, dass sie dir das antun."

„Dass sie mir was antun?"

In dem Moment schwang die Tür auf und ein schwarzgekleideter Mann mit Sturmhaube trat ein. Er reichte Farid einen batteriebetriebenen Wecker mit roten Leuchtziffern, auf dem ein Timer rückwärts lief. Noch elf Stunden, fünfundfünfzig Minuten und 10 Sekunden. Neun Sekunden. Acht Sekunden. Der Mann musterte Luisa von oben bis unten und verschwand. War das Sarahs Art von Humor? Sollte die Sturmhaube sie verunsichern?

„Luisa", unterbrach Farid ihre Gedanken. „Tun wir es einfach, dann hast du es hinter dir."

Sie schüttelte den Kopf.

Er seufzte. „Du hast diesen Kerl grade gesehen. Er ist dran, wenn du dich weigerst."

Sie konnte sich nicht mehr zusammenreißen und prustete los. „Mein Gott, dieser Müll, den ihr da verzapft ... ich kann nicht mehr." Wieder sah sie den nackten Farid vor sich, Lachtränen rannen über ihre Wangen.

Farid runzelte verwirrt die Stirn.

Vielleicht war es auch nicht die richtige Zeit für einen Lachkrampf, aber sie brauchte einen Moment, um sich wieder zu beruhigen.

„Geht's wieder?", fragte er säuerlich.

„O Mann." Sie atmete tief durch. „Ihr bringt mich um."

„Du verstehst schon den Ernst der Lage, oder?", fragte er mit hochgezogenen Augenbrauen. „Stell dir vor, wie es wäre, wenn der Kerl und du ... Du weißt schon ... Sarah hat mir gesagt, dass dein Mike jetzt schon völlig am Boden zerstört ist. Jeden Tag schmiedet er neue Pläne, wie er dich retten soll, doch natürlich vergeblich, er wird dich niemals finden. Und jetzt stell dir vor, er sieht ein Video, auf dem du von diesem Kerl ..."

Luisa rollte mit den Augen. „Okay, ich habe es verstanden. Sei einfach still. Wir haben noch immer zwölf Stunden, und ich will in dieser Zeit keinen Ton von dir hören."

Farid schlief in dieser Nacht in ihrem Zimmer, wie er es angekündigt hatte. Luisa setzte sich in den Sessel, zog die Knie an die Brust und lauschte seinen gleichmäßigen Atemzügen. Die Zeit verging quälend langsam und gleichzeitig viel zu schnell. Ihr war nicht mehr nach Lachen zumute. Ich will nicht, dachte sie. Ich könnte ihn niederschlagen und versuchen, abzuhauen. Doch sie war allein, in einem fremden Gebäude, ohne Waffe, und sicher rechnete Sarah mit dieser Option. Sie wird mich foltern und wenn sie Mike davon tatsächlich ein Video schickt ... Sie sah ihn vor sich, wie er das Handy wieder zur Seite legte, seufzte, den Kopf schüttelte, ein Stück von seinem Steak absäbelte und es sich in den Mund schob. Wieso ein Steak, fragte sie sich erschöpft. Ich habe ihn nie ein Steak essen sehen. Nein, sicher würde es ihn treffen, wenn er sehen musste, wie sie gefoltert wurde, aber was würde er tun? Die Stirn runzeln und die Faust ballen. Frances hingegen ... Das wollte sie sich nicht vorstellen.

Noch sechs Stunden, sagte der Timer.

Mit Jonas hatte sie es ab und zu auch dann getan, wenn sie keine Lust gehabt hatte. Die Gedanken an Mike hatten es dabei dann doch durchaus erträglich gemacht. Etwas Ähnliches würde sie vielleicht auch mit Farid zustandebringen ... Hm. Natürlich könnte sie auch tote Frau spielen, sich hinlegen und einfach überhaupt nicht reagieren, das würde ihn hoffentlich maximal frustrieren. Oder sie könnte tatsächlich versuchen, das Bestmögliche aus der Situation zu machen.

Der Timer zeigte nur noch zwei Stunden an, als Farid erwachte. Er öffnete die Augen, sah sie an und lächelte. Langsam setzte er sich auf und reckte und streckte sich dabei. Sie hatte nicht geschlafen und sie wusste noch immer nicht, was sie tun sollte.

Es klopfte, ein Mann mit Sturmhaube stellte ein Tablett mit einer Kanne Tee und Frühstück für zwei Personen auf den Tisch und verschwand wieder. Farid sah auf die Anzeige und seufzte. „Du willst es wirklich bis zur letzten Minute hinauszögern, was?"

Sie biss sich auf die Lippe.

„Worauf wartest du noch? Mike wird nicht kommen und dich retten."

Sicher nicht. Sie musste schlucken.

„Komm. Lass uns anfangen, ganz in Ruhe. Sarah wird nicht dazwischengrätschen, wenn es absehbar ist, dass wir ..."

Sie warf ihm einen bösen Blick zu.

Er seufzte. „Ist die Vorstellung denn so abwegig für dich? Findest du mich so abstoßend?"

Hör auf mit diesem Gelaber, dachte sie verächtlich. Glaubst du, das macht es besser? Zum tausendsten Mal sah sie sich im Raum um. Ob Sarah ihnen gerade zusah? Sicher tat sie das.

„Ist es einfacher für dich, wenn ich die Initiative ergreife?"

Sie zuckte die Schultern.

Er interpretierte das offensichtlich als Zustimmung, denn er stand auf, trat auf sie zu und nahm ihre Hand. Sie erlaubte ihm, ihr aufzuhelfen. Er zog sie zum Bett und drückte sie sanft darauf, dann küsste er sie behutsam auf die Lippen. Luisa saß da wie erstarrt. Ich muss es tun, dachte sie bitter. Es bleibt mir wohl nichts anderes übrig. Er legte eine Hand auf ihr T-Shirt und knetete ihre Brust durch den Stoff. Es war ihr zutiefst zuwider, sie musste sich zwingen, ruhig sitzenzubleiben und ihn nicht zurückzustoßen.

„Schhh", machte er. „Ganz ruhig. Genieße es einfach. Ich will dich, Baby." Er legte seine Lippen erneut auf die ihren.

Ach so?, dachte sie sarkastisch. Du tust es also nicht nur, weil Sarah es so will? Oder macht es dich erst so richtig geil, weil ihr mich dazu zwingt? Zornig krallte sie ihre Finger in seine Arme, sie wollte ihm weh tun.

Er lachte. „So temperamentvoll auf einmal? Wird doch langsam." Er schob ihr die Zunge in den Mund.

Eine Welle heißer Wut stieg in ihr auf. Ich hasse dich, dachte sie, warum muss ich das tun, verdammt, warum? Sie wollte, dass er dafür bezahlte, dass er ihr das antat. Ihre Zähne gruben sich in seine Zunge, es fühlte sich widerlich an, wie ein Stück Knorpel. Blut füllte ihren Mund, eine ungeheure Menge Blut. Er kreischte schrill und sie fuhr zurück. Aus weit aufgerissenen Augen starrte er sie an, Blut strömte über sein Kinn, er stieß ein gurgelndes Geräusch aus. Sie schmeckte Metall in ihrem Mund, spie aus und versprühte rote Tröpfchen auf sein Gesicht und auf das Bett. Es erinnerte sie an den Mann, den sie im Libanon gebissen hatte, und sie spürte eine unglaubliche Wut und Verachtung für alle Männer, die je versucht hatten, sich ihr aufzuzwingen.

Die Tür ging auf, vier Männer stürmten herein, die ersten beiden gingen direkt auf Luisa los. Sie sprang auf, packte das Tablett mit dem Frühstück und schleuderte es ihnen entgegen. Tassen, Teller, Gläser und Teekanne flogen durch die Luft und trafen die Angreifer, die aufschrien und nach hinten stolperten, als sie Porzellan, Rühreier, Brot und heißes Teewasser ins Gesicht bekamen. Luisa setzte ihnen nach, mit voller Wucht schlug und trat sie auf die beiden ein und sie gingen zu Boden.

Die anderen beiden Männer schleppten währenddessen Farid nach draußen, eine Blutspur zog sich über das Bett und den Fußboden und über die Türschwelle. Einen Moment tat er ihr leid, vielleicht hätte sie irgendwie anders ... Aber sie hatte nicht mit ihm schlafen wollen und sie hasste ihn dafür, dass er darauf bestanden hatte, und sie hasste Sarah, die sie dazu zwingen wollte, und der Hass fühlte sich gut an, er machte sie stark. Die beiden Männer zu ihren Füßen rappelten sich langsam auf. Luisa ließ ihnen keine Chance, sondern trat beiden heftig gegen den Kopf, stieg über sie hinweg und lief zur Tür.

In dem Moment stürmten zwei weitere Männer zu ihr hinein und stürzten sich auf sie. Ihr Körper reagierte instinktiv und sie gab sich ganz ihrem Zorn hin, sie wollte zerstören und zerschmettern und vernichten und sie teilte kräftig aus und spürte zwar die Schläge, die auf sie niederprasselten, nicht aber den Schmerz. Plötzlich erschien eine fremde Frau vor ihr, mit raspelkurzen Haaren und einem mordlustigen Funkeln in den Augen. Die beiden Männer wichen ein Stück zurück, als ob sie Angst vor ihr hatten, und die Fremde ging auf Luisa los. Die parierte den ersten Schlag, der auf ihr Gesicht zielte, mit dem Unterarm, gleichzeitig drehte sie sich und trat nach der Angreiferin, die dem Tritt, der ihrem Unterleib galt, jedoch ausweichen konnte und dafür selbst versuchte, einen Treffer zu landen. Luisa wich aus, schlug zu, erwischte die Fremde im Gesicht und knallte dazu ihren Hinterkopf gegen die Wand. Die Frau ließ sich davon nicht beirren, ihre Hände legten sich um Luisas Hals. Sie fielen beide zu Boden, die Fremde lag auf dem Rücken und ächzte. Luisa stieß ihr das Knie in den Unterleib und schlug ihr noch einmal ins Gesicht. Aus den Augenwinkeln sah sie, dass sich zwei weitere Männer und Ms. Smith näherten, ein Schlagstock sauste auf sie nieder, sie duckte sich weg, sodass der harte Schlag nur ihre Schulter traf, allerdings aber ihren Arm taub werden ließ. Die Hände der kahlköpfigen Frau zerrten an ihr und lenkten sie ab und als der Stock erneut auf sie niederfuhr, traf er ihren Hinterkopf und sie verlor das Bewusstsein.

Als sie erwachte, waren ihre Hände und Füße mit Ketten an ein Bettgestell gefesselt. In ihrem Arm steckte eine Kanüle und sie stellte fest, dass sie an einem Tropf hing. Um sie herum war ein weißer Vorhang gezogen, der wohl für Privatsphäre sorgen sollte, und sie hörte mehrere Menschen erregt miteinander sprechen. Ein Krankenhaus, dachte sie benommen und dämmerte fast sofort wieder weg.

Als sie das zweite Mal erwachte, schaffte sie es, wach zu bleiben. Bald darauf wurde der Vorhang ein Stück zur Seite gezogen, ein schwarz gekleideter Mann erschien und starrte sie an.

„Ich müsste mal auf die Toilette", meinte Luisa und lächelte freundlich.

Er verschwand und rief etwas Unverständliches und wenig später hörte sie Schritte und eine kräftig wirkende Frau um die Vierzig in einem weißen Kittel erschien, vermutlich eine Krankenschwester. „Mund auf", befahl sie.

Luisa gehorchte benommen und die Frau stopfte ihr einen Knebel in den Mund, drückte ihr eine Maske auf das Gesicht und befestigte sie an ihrem Hinterkopf. Ein Mann in schwarzer Kleidung tauchte neben ihr auf, er schloss die Fesseln an ihren Handgelenken auf und band sie ihr auf den Rücken, dann zog er sie brutal aus dem Bett. Luisa stelle dabei erleichtert fest, dass sie eine Art kurzärmligen grauen Schlafanzug trug. Der Mann schlang neue Ketten um ihre Fußgelenke, steckte ihre Füße in weiße, klobige Pantoffeln und führte sie wie die Gefährlichste aller Psychopathen zu einer Toilette, was Luisa völlig übertrieben fand, da ihr Kopf schmerzte wie die Hölle und sie sich absolut nicht dazu in der Lage fühlte, Widerstand zu leisten. Aber vielleicht war das auch Sarahs Vorstellung geschuldet, sie zu demütigen. Der Mann jedenfalls wirkte so, als ob er sich massiv vor ihr ekelte und die Frau musste ihr die graue Hose herunterziehen. Dennoch war sie froh, dass sie keine Bettpfanne benutzen musste.

Bald darauf lag Luisa wieder erschöpft im Bett, noch immer mit dem Knebel im Mund, und fragte sich beklommen, was nun aus ihr werden sollte. Farid hatte ihr gesagt, was passieren würde, wenn sie sich weigerte. Würde Sarah ihre Drohung nun wahr machen? Ich habe mich komplett von meinem Zorn leiten lassen, dachte sie. Ich habe einfach reagiert ... Verdammt, warum habe ich nicht noch einmal darüber nachgedacht? Was, wenn sie mich jetzt wirklich vergewaltigen lässt und Mike und Frances das sehen müssen ... Aber es wäre auch Folter gewesen, mit Farid zu schlafen. Es war so widerlich, ich habe mich nur verteidigt. Sarah ist selbst schuld. Damit hätte sie eben rechnen müssen. Trotzdem ... Was, wenn Mike ... Ihre Gedanken drehten sich unablässig im Kreis. Ihr Kopf schmerzte wie die Hölle.

Irgendwann erschien Sarah. In ihren Augen blitzte nackte Wut. „Ich mach dich fertig", zischte sie. „Bist du so dumm, dass du nicht verstanden hast, was ich dir alles antun kann?" Sie zog Luisa den Knebel aus dem Mund. „Du wirst leiden, das schwöre ich dir, so leiden ..."

Warum ist sie so wütend?, fragte Luisa sich einen Moment. Vielleicht, weil ich tatsächlich ihren schönen Plan ruiniert habe? Wenn das so ist ... „Du hast nicht verstanden, Sarah. Natürlich kannst du mich brechen, daran habe ich keinen Zweifel, aber eigentlich brauchst du mich bei klarem Verstand. Du wirst dir jedoch nie sicher sein können, dass ich deinen Wünschen wirklich Folge leisten werde, wenn du so einen Mist von mir verlangst wie das mit Farid."

„Ich hätte dich noch ganz anderen Kerlen ausliefern können!", wütete Sarah. „Er fand dich sogar sympathisch! Und du hast ihm beinahe die Zunge abgebissen! Er wird vielleicht nie wieder richtig sprechen können! Warum hast du ihm nicht einfach in die Eier getreten, verdammt?"

Warum eigentlich nicht? „Sein Pech", fuhr Luisa auf und bemühte sich nach Kräften, ihre aufkommenden Scham- und Schuldgefühle zu unterdrücken. „Seine Zunge war eben das erste, das mir in die Quere kam."

„Dafür werdet ihr alle büßen", rief Sarah wütend. „Du und deine Freunde. Ich werde euch fertig machen ... Ihr werdet leiden wie nie zuvor in eurem Leben." Sie riss heftig am Vorhang und stampfte davon.

„Bravo, Sarah!", rief eine kehlige Frauenstimme irgendwo hinter dem Vorhang. Sie troff vor Spott. „Der Fotze hast du es aber gegeben."

„Du solltest ganz ruhig sein", gab Sarah zur Antwort. „Ich habe dir befohlen, dich nicht einzumischen. Du wirst das ebenfalls bereuen."

Die Fremde lachte meckernd. „Die Schlampe da drüben hat völlig recht. Du kannst mir genauso wenig tun wie ihr. Du brauchst mich, Sarah."

„Du solltest endlich wissen, wann du zu weit gegangen bist", schnaubte Sarah. Ihre Schritte verklangen.

„Hey, Schlampe!"

Luisa runzelte die Stirn. Sprach die Fremde mit ihr?

„Du da, Terrortussi. Wie war es, Farid die Zunge abzubeißen? So etwas hab ich bisher noch nicht probiert. Er hat wirklich viel geblutet, was?"

„Wie ein Schwein." Luisa sah wieder die Blutspur vor sich. Vielleicht war es zu hart gewesen. Aber sie hatte wirklich nicht darüber nachgedacht, was sie ihm damit antat.

„Die *knobheads* haben jetzt jedenfalls Angst vor dir", sagte die Frau mit deutlicher Genugtuung in der Stimme. „Die würden dich nicht mit der Kneifzange anfassen, selbst wenn Sarah es ihnen befielt."

„Maximale Abschreckung", sagte Luisa knapp. Frances hatte ihr das beigebracht, in den Highlands. Mach was Krasses, womit keiner rechnet, hatte sie gesagt. Und das ohne Vorwarnung. Schneide deinem

Gegner das Ohr oder die Nase ab. Schmeiß mit Handgranaten. Schlitze dem ersten, der dir blöd kommt, den Arm auf. Oder stich ihm in die Augen. Das macht dich nicht sonderlich beliebt, aber verschafft dir Respekt. Frances. Was sie jetzt wohl tat?

„Kein schlechtes Prinzip", meinte die Fremde anerkennend. „Werde ich mir merken."

„Ich bin übrigens Luisa." Wenn sie schon eine Art Zimmernachbarn waren, konnte es nicht schaden, sich vorzustellen.

„Ich weiß, wer du bist. Sarah hat ordentlich mit ihrer zahmen Terroristin angegeben. Du kannst mich Lena nennen."

„Okay", sagte Luisa. Es war tröstlich, nicht allein zu sein, und die Fremde erinnerte sie ein bisschen an Frances, wenn diese auch deutlich mehr fluchte. „Und was machst du hier?"

„Ich bin neulich geringfügig eskaliert."

Damit konnte Luisa in dem Moment eher wenig anfangen. Ihr Kopf schmerzte immer mehr, sie wollte schlafen, doch die Fremde redete erst ununterbrochen und dann begann sie auch noch zu singen, und zwar ausgerechnet *Time to Kill*. Sie sang überhaupt nicht schlecht, stellte Luisa überrascht fest, diese Lena hatte tatsächlich eine kräftige Stimme und klang fast noch besser als das Original. Doch als sie nicht mehr aufhören wollte zu singen und den Song in Endlosschleife wiederholte, begann Luisa zu argwöhnen, dass es sich um eine weitere Folter handelte, die sich Sarah für sie ausgedacht hatte.

Endlich verstummte Lena und Luisa atmete erleichtert auf.

„Na, Nemesis?", fragte Lena mit spöttischem Unterton.

„Nenn mich nicht so", sagte unverkennbar Ms. Smith.

„Wieso besuchst du mich, Nemesis? Hier in diesem beschissenen … Was soll das sein? Eine Krankenstation?"

„So etwas in der Art."

„Die kleine Schlampe von da drüben hat ziemlich gewütet, was? Gut, dass ich da mitgemischt habe, ihr hättet sie ja fast entwischen lassen."

Luisa dachte an die Frau mit den kurzgeschorenen Haaren, mit der sie sich geprügelt hatte. Ihre Bettnachbarin war also ihre Kontrahentin gewesen. Sie hätte es sich denken können.

„Sarah hat dir verboten, dich einzumischen. Du hättest ernsthaft verletzt werden können."

Lena lachte meckernd. „Rührend, wie besorgt sie um mich ist."

„Sie ist verdammt wütend auf dich."

„Pah, die Alte kann mir nichts. Die Terrortussi hat es verstanden. Sarah braucht mich genauso wie sie und zwar bei klarem Verstand."

„Bei klarem Verstand?", gab Smith trocken zurück. „Das meinst du doch nicht ernst. Und ich fürchte, du hast es nicht verstanden. Du hast deinen Zweck bereits erfüllt."

„Ach was. Ich kann noch so viele Dinge für sie tun …"

„Ja, du hast ihr ungemein genützt, aber du bist auch ein unberechenbares Risiko. Du solltest dich vorsehen, Lena. Was glaubst du wohl, warum ich es bin, die ein Auge auf dich hat?"

Schweigen.

Worum es da wohl geht?, fragte Luisa sich kurz. Doch eigentlich war sie zu müde und zu erschöpft, als dass es sie wirklich interessiert hätte.

Kapitel 5

Danny, Brian und die anderen debattierten heftig. Mike rieb sich den Kopf, der sich anfühlte, als ob er gleich explodieren würde. Er wusste nicht, welchen Tag sie hatten und wie spät es war. Es war ihm egal. Alle Tage flossen träge ineinander, bestanden überwiegend aus endlosem Dämmerzustand, gnädiger Bewusstlosigkeit und kurzen Wachphasen, die er nutzte, um so viel Whisky wie möglich in sich hineinzuschütten, um wieder in den wohligen Dämmerzustand und in die Bewusstlosigkeit abzudriften.

„Whisky", murmelte Mike, musste jedoch feststellen, dass Danny und Frances und Brian und sogar Amy nicht weiter auf ihn achteten, sondern stattdessen auf das Handy starrten, das vor ihnen auf dem Tisch lag, und auf dessen Display ein kleiner, roter Punkt leuchtete. Er fuhr zusammen. Das konnte doch nicht wahr sein. Luisa. Sie hatten den Sender! Er versuchte, sich aufzurichten. Es wollte nicht so recht funktionieren. Er versuchte, Brian zuzuhören. Das klappte etwas besser.

„Es war in meinem Postkasten", sagte er gerade. „Jeder hätte das Handy dort hineinstecken können. Das ..." Mike hatte Schwierigkeiten, ihm zu folgen. Das Handy stammte aus Brians Postkasten ... Harvey musste es hineingesteckt haben, der alte Bastard, der Luisa ...

„Ich kenne das Gelände", sagte Danny. „Die Special Operations haben es als Trainingsstätte für Anti-Terror-Einsätze genutzt. Wir werden es uns ansehen."

Mike fing seinen Blick auf. Ich komme mit, wollte er sagen, brachte jedoch nur ein Krächzen hervor.

„Haltet ihn auf, solange es geht", sagte Danny rau und Amy, Brian und Frances blickten Mike an. Er sah die Sorgen in ihren Augen und es tat weh.

Danny stand auf, steckte das Handy ein und ging zusammen mit Frances nach draußen.

Mike atmete tief durch, dann blickte er zu Brian hoch. Bitte, dachte er.

„Komm, alter Junge", sagte dieser, half Mike tatsächlich auf die Beine und führte ihn die Treppe nach oben in das Badezimmer im ersten Stock.

Nach etwa einer halben Stunde polterte Mike langsam die Treppe wieder nach unten, wobei er sich dabei schwer auf das Geländer stützte. Er hatte sich mehrfach übergeben und minutenlang mit eiskaltem Wasser geduscht und war dann in seine alte Jeans sowie ein frisches Shirt und einen sauberen Pullover geschlüpft. Die Kleidungsstücke waren ihm etwas zu groß, sicher gehörten sie Brian. Sie rochen nach Weichspüler und Lavendel. Wie lange hatte er keine frisch gewaschene Wäsche mehr getragen?

Brian stand zusammen mit Amy in der leeren Gaststube, offenbar hatten sie geschlossen. Es musste mitten in der Nacht sein. „Versucht nicht, mich aufzuhalten", knurrte Mike.

„Ganz sicher nicht", gab Brian zurück. „Setz dich." Er deutete auf einen Teller mit einer dampfenden Portion Eintopf.

„Kaffee", sagte Mike. Er hatte keine Zeit, um zu essen.

„Du hast tagelang nichts Vernünftiges im Magen gehabt", erwiderte Brian streng. „Iss das. Danach bekommst du deinen Kaffee."

Mike atmete tief durch, dann setzte er sich und begann zu essen. Es fiel ihm schwer, doch Brian hatte recht. Er brauchte Kraft für das, was ihm bevorstand.

Sie hatten eine neue Spur. Sie hatten eine Chance, Luisa zu retten. Hoffentlich war noch etwas von ihr übrig.

Er hatte das Gefühl, sich übergeben zu müssen, doch er zwang sich, weiter zu essen und einen Nachschlag zu akzeptieren. Danny und Frances waren vor Ort, sie würden zunächst das Gelände erkunden. Er würde ihnen schnellstmöglich folgen, aber er durfte nichts übereilen. Er musste fit sein, wenn er ihnen helfen wollte. So fit wie möglich. Hoffentlich konnte er laufen. Verdammter Mist.

Brian stellte ihm eine große Tasse Kaffee hin und Mike trank die bittere Brühe. Brian musste ihm wohl mindestens fünf Espressi hineingeschüttet haben. Er spülte mit einem halben Liter Wasser nach und stand auf. Es würde gehen, beschloss er und ignorierte den schwankenden Untergrund. „Gib mir den Autoschlüssel", forderte er.

„Ich fahre dich", sagte Brian.

„Ich gehe allein." Er würde seinen Freund nicht mit hineinziehen.

„Das kannst du vergessen."

„Versuch nicht, mich zu verarschen", grollte Mike. Wenn er etwa versuchen würde, ihn in die falsche Richtung zu fahren …

„Das würde ich nicht wagen", gab Brian zurück. „Ich weiß, dass du das tun musst. Ich würde es auch tun, wenn es um Amy ginge. Deswegen begleite ich dich.."

Mike schüttelte unwillig den Kopf. „Ich habe vor, ein paar Menschen zu töten, Brian, und ich fühle mich dazu durchaus in der Lage. Da sollte ich wohl auch fahren können."

„Ich will aber nicht, dass du sie alkoholisiert mit meinem Wagen niedermähst", erwiderte Brian. „Das gibt nur unschöne Dellen."

Mike stutzte.

Brian seufzte. „Wir werden über drei Stunden brauchen, um dort hinzukommen, du kannst die Zeit nutzen und dich ausruhen. Und du stinkst noch immer wie ein Schnapsladen. Wenn die Bullen dich anhalten ... Willst du dir dann den Weg freischießen? ... Keine Widerrede, ich fahre dich."

Mike wandte sich an Amy, die schnell auf ihn zutrat und ihn umarmte. „Lass dich nicht umbringen, Mike." Sie drückte ihn fest.

Mike nickte, dann folgte er Brian zum Wagen.

Er versuchte zu schlafen, doch er konnte nicht, obwohl er müde war und sich sein Körper anfühlte wie in Beton gegossen. Luisa. Was würde ihn wohl erwarten? Würden sie es schaffen, sie zu befreien? Was, wenn Harvey sie schon befreit hatte? Was, wenn ... Nicht daran denken, sagte er sich. Lass es auf dich zukommen. Sieh zu, dass du sie rettest oder befreist oder was auch immer. Das ist die Hauptsache.

Brian stoppte den Wagen. „Es ist nicht mehr weit. Machen wir uns fertig."

Mike fiel auf, dass sein Freund komplett schwarz gekleidet war. „Ich will nicht, dass du kämpfst", sagte er.

„Es kann aber trotzdem nicht schaden, euch den Rücken freizuhalten", meinte Brian gleichmütig, öffnete den Kofferraum und zog ein Jagdgewehr hervor. „Das nutze ich sowieso viel zu selten. Da. Ich habe eine kugelsichere Weste für dich, die kannst du anziehen. Und hier, eine Sig Sauer. Die Munition sollte reichen. In der Tasche ist Werkzeug, falls du Schlösser knacken musst oder so, und eine Stirnlampe."

Mike nickte knapp. Ihm war schwindelig und er hatte das Gefühl, sich übergeben zu müssen, aber er würde es sich verkneifen, wenn es nur irgendwie ging, solange Brian hier war, nicht, dass er doch noch versuchen sollte, ihn aufzuhalten.

„Hier." Brian drückte ihm ein Handy in die Hand.

Wenig später hörte er Dannys Stimme. „Das Tor ist geöffnet, ich sehe niemanden, aber wir versuchen es auf sechs Uhr."

„Ich komme von Osten, Brian hält mir den Rücken frei", gab Mike durch.

„Gut." Schon unterbrach Danny wieder das Gespräch.

Etwa dreißig Minuten später schlingerte Mike über das Gelände. Alles war still, wie Danny es gesagt hatte. Aber das musste nichts heißen. Er erinnerte sich an die Trainingseinsätze, die sie hier absolviert hatten. Stundenlang waren sie auf dem Gelände herumgekrochen, in schmale Schächte gekrabbelt und hatten sich Gefechte mit anderen Teams geliefert. Doch vor ein paar Jahren war die Anlage geschlossen worden, es hatte zu viele Unfälle gegeben und der Staat ein modernes Trainingszentrum gesponsert. Es konnte kein Zufall sein, dass sie jetzt hier waren. Entweder hatte Sarah sie in die Falle gelockt oder Harvey. So oder so, er würde es bald herausfinden.

Seine Beine waren schwer wie Blei. Er hatte seit Ewigkeiten nicht mehr trainiert, dazu fühlte er sich schwach und zittrig. Er sollte besser nicht versuchen zu schießen, wenn Danny, Frances oder Luisa in der Nähe waren. Luisa. Ich werde ihr helfen, dachte er. Und ich trinke nie wieder auch nur einen Tropfen Alkohol.

Das Handy vibrierte in seiner Hosentasche.

„Alles ruhig hier", drang Dannys Stimme leise an sein Ohr. „Aber die Anlage ist nicht so verlassen, wie sie sein sollte. Hier liegen überall Zigarettenstummel und Fast-Food-Abfälle herum, die zum Teil ziemlich frisch aussehen."

„Seid vorsichtig", knirschte Mike. „Ich gehe jetzt rein."

Die Tür war nicht verschlossen. Er lauschte. Sein Schädel pochte dumpf. Er wagte es nicht, die Stirnlampe anzuschalten. Leise arbeitete er sich eine Treppe nach unten, tappte dann durch den stockdunklen Gang und tastete sich an der Wand entlang.

Er schwitzte mehr als er sollte, sein Herz klopfte viel zu schnell und laut und langsam machten sich seine Kopfschmerzen wieder bemerkbar. Das ist der Alkohol, sagte er sich. Das ist nur der Alkohol. Das liegt nicht daran, dass ich enge, dunkle Orte hasse. Und es spielt auch keine Rolle. Ich bin hier, um Luisa zu retten. Und das ziehe ich verdammt noch mal durch.

Er blieb stehen und sah sie vor sich, bleich und nackt und blutend, im Badezimmer in Albanien, auf dem Boden in Gabrielles Verhörraum, er sah sie auf seinem Sofa in seiner Wohnung liegen, wie Isabella damals, mit zerstörtem Körper, blutend, mit unendlich traurigem Blick ... Nein, reiß dich zusammen. Er kniff sich in den Arm. Das hilft jetzt nicht weiter. Du musst dich auf deine Aufgabe fokussieren. Du warst hier schon einmal. Du kennst diesen Ort und du wirst sie retten.

Er atmete bewusst ein und aus. Er erinnerte sich noch an dieses Kellerlabyrinth. Irgendwo da vorne musste der Hauptgang sein. Er folgte dem Gang um eine Biegung und sah in einiger Entfernung kaltes weißes Licht. Leise ging er darauf zu. Nichts war zu hören. Vorsichtig spähte er um die Ecke. Es war tatsächlich der Hauptgang, seine Erinnerung hatte ihn nicht getrogen. Niemand zu sehen.

Leise schritt er durch den erleuchteten Gang, von dem Türen abzweigten, die jedoch alle verschlossen waren. nach wie vor nichts zu sehen. Er blieb stehen, lauschte, erstarrte. Da sang jemand. Eine Frau.

You cannot hide from me
your face is all I see
so clear in front of me!

Ausgerechnet dieser verdammten Song *Time to Kill*. Er schlich weiter.

Dort hinten war eine Tür, die offen stand. Daher musste der Gesang kommen. Langsam schritt er darauf zu und hoffte das Beste.

No need to chill.
I feel the thrill.

Bald darauf spähte er in den überraschend großen Raum. Er wirkte wie eine Krankenstation, mit einem Schrank voller Medikamente und einer Liege. Weiße, zurückgezogene Vorhänge gaben den Blick auf mehrere Betten frei, die alle unberührt waren. Der Vorhang ganz in der Ecke war zugezogen.

It's time to kill
so let it spill!

Langsam arbeitete er sich vor. Das nächste Bett war ebenfalls leer.

No need to chill.
I feel the thrill.

Jemand nieste.

„Gesundheit!", krähte die Frau, die sang. Sie musste ganz in der Nähe sein! Er sah einen Fuß, der sich bewegte und packte seine Waffe fester. Die Frau fuhr fort zu singen: „*It's time to ...*" Sie verstummte abrupt, als sie ihn sah. Ihr linker Arm steckte in einer Schlinge und ihre rechte Gesichtshälfte war geschwollen, eine Handschelle an ihrem linken Handgelenk fesselte sie an das Bett. „Hey", sagte sie gedehnt. „Wer bist du denn?"

Mike legte einen Finger auf die Lippen und zog den geschlossenen Vorhang zurück.

Eine Welle der Erleichterung durchströmte ihn. Luisa sah blass aus, um ihren Kopf war ein Verband gewickelt, ähnlich einem Turban, Ketten fesselten sowohl ihre Hand- als auch ihre Fußgelenke an das Bettgestell, aber sie lebte und sie sah nicht so schlimm aus wie er befürchtet hatte.

„Gott sei Dank." Er steckte die Waffe in sein Halfter und trat hastig zu ihrem Bett. Er zog einen Draht aus Brians Werkzeugen hervor und machte sich an ihren Ketten zu schaffen.

Sie sah ihn aus großen Augen an. „Was machst du hier?", krächzte sie heiser.

„Ich rette dich, was sonst?" Er löste die letzte Fessel. Nur nicht emotional werden. Er musste konzentriert bleiben. Er war viel zu einfach hineingekommen, sicher würde es wesentlich schwieriger sein, wieder hinauszugelangen.

Sie krabbelte aus dem Bett und er legte einen Arm um sie und drückte sie einen Moment fest an sich. Er hatte sie gefunden. Sie lebte noch. Jetzt musste er sie noch irgendwie hier herausschaffen. Er war sich sicher, dass es eine Art von Falle war. Aber wohl eher von Sarah als von Harvey, so schien es ihm. Egal.

„Was treibt ihr da?", kam es von der Frau hinter dem Vorhang.

Mike sah Luisa fragend an.

„Ich will auch befreit werden", rief die Fremde. „Sonst schreie ich das ganze Haus zusammen."

„Soll ich?", fragte Mike leise.

Luisa zuckte die Achseln.

Warum nicht? Immerhin war sie auch gefesselt ... Er zog den Vorhang zur Seite, trat zu der Frau und löste ihre Handschellen.

„Vorsicht!", rief Luisa und Mike bemerkte im gleichen Moment, dass die Fremde nach seiner Waffe griff.

„Ich warne dich", rief er.

Die Fremde grinste frech und stieg aus dem Bett. Mike überlegte kurz, sie aufzuhalten, und warf Luisa einen Blick zu. Sie sagte jedoch nichts und die Fremde eilte überraschend leichtfüßig davon. Mike sah ihr nach, um sicherzugehen, dass sie auch wirklich verschwand, dann wandte er sich wieder Luisa zu.

Sie war aufgestanden und hielt sich am Bettgestell fest, ihr Gesicht hatte jedoch alle Farbe verloren und sie schwankte leicht. Sofort trat er zu ihr hin. Sein Blick fiel auf die blauen Flecken auf ihren nackten Armen und Beinen. Er wollte sich nicht vorstellen, was sie ihr angetan hatten. Sie zitterte. Es ist kalt hier, dachte er. „Setz dich einen Moment", befahl er und sie gehorchte ihm.

Er zog ihr die Sandalen an, die neben dem Bett standen, und die ihr mindestens zwei Nummern zu groß waren, dann streifte er seinen Pullover ab und half ihr, hineinzuschlüpfen. Natürlich war auch er ihr zu groß, aber er krempelte die Ärmel um und reichte ihr anschließend die Wasserflasche. Prüfend sah er sie an, während sie trank. Er war sich nicht sicher, ob sie laufen konnte. Einen Moment lang überlegte er, sie zu tragen, aber er wusste auch, dass ihn das im Falle eines Angriffs behindern würde. Also half er ihr aufzustehen und legte einen Arm um sie. „Geht es?", fragte er besorgt.

„Wird schon", sagte sie schwach. „Wo sind die anderen?"

„In der Nähe", gab er leise zurück. „Lass uns verschwinden."

Luisa konnte es kaum glauben. Mike war da, er hatte ihre Fesseln gelöst und jetzt stützte er sie und führte sie zur Tür. Das war doch kein Traum, oder? Er zog seine Waffe und spähte höchst wachsam und konzentriert nach allen Seiten, dann schob er sie auf den Gang hinaus. Offenbar hatte er in einen ihr bislang unbekannten Bodyguardmodus geschaltet, den sie irritierend, gleichzeitig aber auch überaus beruhigend empfand. Ihre nackten Zehen in den Sandalen waren eiskalt und ihr war noch immer schwindelig. Ohne ihn würde ich es nicht schaffen, stellte sie beklommen fest. Verstohlen blickte sie zu ihm hoch. Er wirkte nicht sonderlich fit. Um seine Augen lagen dunkle Ringe, und konnte es sein, dass er abgenommen hatte? Er hatte sicher längere Zeit im Krankenhaus gelegen, fiel ihr ein. Nach Aziza ... Sie sah Narben auf seinem Arm, die noch nicht sehr alt sein konnten, und er hatte eine Schnittverletzung an der linken Hand, die gerade erst verheilt war. Am meisten irritierte sie jedoch sein Geruch. Sie identifizierte Schweiß und Deo und noch etwas anderes, ziemlich Dominierendes, sie hätte schwören können, dass es Alkohol war. Doch das konnte nicht sein, Mike trank ja nicht. Wonach auch immer er roch, es benebelte ihre Sinne. Sie steckte die Nase unter den Pullover, doch der roch fast noch intensiver, allerdings nach etwas anderem, Duschgel vielleicht, mit ... Lavendel? Das ist nicht wichtig, dachte sie. Mike ist hier. Irgendwie ist er hierhergekommen und er hat seinen Arm um mich gelegt und er wirkt so, als ob es ihm wirklich wichtig ist, mich zu retten.

„Warst du immer allein hier?", unterbrach er ihre Gedanken. „Von deiner irren Bettnachbarin einmal abgesehen."

„Nein", sagte Luisa. „Da gab es eine Art Krankenschwester und ziemlich viel Wachpersonal. Wieso?"

„Ich bin bisher niemandem begegnet", gab Mike leise zurück. „Und das gefällt mir nicht."

„Wo sind die anderen, Mike?" Sie zuckte heftig zusammen, als sie Schüsse und Schreie hörte. „War das Frances?", fragte sie entsetzt.

„Ich glaube nicht. Ich ..." Rasch schubste er Luisa in einen Türrahmen und stellte sich vor sie. Fast zeitgleich krachte ein Schuss und schlug über ihr in der Tür ein, lautes Lachen ertönte. „Hier sind sie, deine Flüchtigen, Sarah", brüllte Lena. „Ich habe sie gestellt! Komm und hole sie dir!"

Es war ein Fehler, sie zu befreien, dachte Luisa erschrocken, während Mike zwei Schüsse in Lenas Richtung abgab, Luisa am Arm packte und vorwärts zerrte.

Sie stolperte hinter ihm her, während Übelkeit in ihr aufstieg. Ich will mich nicht übergeben, dachte sie erschrocken. Ich darf jetzt nicht schwach sein, wie sollen wir sonst von hier wegkommen? Sie bogen in einen neuen Gang ein, der zunächst im Dunkeln lag, doch kaum hatten sie ein paar Schritte gemacht, ging abschnittsweise das Licht an. Sie eilten weiter, bis zu einem Treppenhaus. Mike führte sie nach oben und öffnete eine alte, rostige Eisentür. Sie fanden sich am Rande einer großen, sicher zwanzig Meter hohen Halle wieder, in der eine Vielzahl großer, alter Kessel und Förderbänder standen, die teilweise mit Rohren verbunden waren. Der Boden war zum Glück halbwegs sauber, von mehreren Fast-Food-Verpackungen und Zigarettenstummeln einmal abgesehen.

Wieder ertönten Schüsse hinter ihnen und Mike drängte Luisa in den Schatten hinter einen besonders großen Kessel. Das war eine Falle, dachte Luisa entsetzt. Mike sollte nicht hier sein. Wir sollten alle nicht hier sein. Erneut krachten Schüsse und dann liefen Danny und Frances an der Wand entlang, nur ein paar Meter von ihnen entfernt.

Mike richtete sich auf. Danny und Frances sahen sie, nickten und gingen gegenüber von ihnen in Deckung, hinter einem weiteren Kessel. Frances grinste und winkte enthusiastisch und Luisa lächelte zurück. Es fühlte sich so gut an, nicht mehr allein zu sein.

„Nun, schön, dass ihr es einrichten konntet." Sarahs Stimme erfüllte die Halle. Luisa sah sie, nicht weit entfernt, im ersten Stock hinter einer Glasscheibe stehen.

Frances hob ihre Pistole, doch Danny zischte ihr etwas zu und sie senkte sie wieder.

„Ihr braucht nicht versuchen, auf mich zu schießen", lachte Sarah. „Das hier vor mir ist Panzerglas. Aber das wisst ihr ja, Danny und Mike, ihr zumindest. Sicher erinnert ihr euch noch an eure alte Ausbildungsstätte. Schade, dass sie nicht mehr genutzt wird. Ich fand es immer sehr interessant hier, mit all den Möglichkeiten, die sie bot. Nach der Schließung wollten sie ein Museum daraus machen, aber so etwas dauert, und deswegen habe ich angefangen, es mir hier häuslich einzurichten. Nun ja. Ihr könnt euch mittlerweile sicher denken, dass ich euch erlaubt habe, hier einzudringen. Die Türen sind verschlossen und ihr könnt nicht entkommen, ihr seid hier eingesperrt, wie Mäuse im Labyrinth. Das ist es auch, was ihr für mich seid. Ihr könnt euer Schicksal vielleicht noch etwas hinauszögern, aber irgendwann werdet ihr Durst bekommen und Hunger, während ich warten kann, bis ihr angekrochen kommt und euch ergebt. Es ist übrigens Luisas Schuld. Wenn sie sich mir nicht widersetzt hätte ...«

Mike legte einen Arm um sie und drückte sie kurz an sich. »Hör nicht auf sie. Wir wären so oder so gekommen. Wir haben geahnt, dass es eine Falle sein wird. Wir kennen das Gelände, wir kommen hier raus.«

Sie nickte tapfer und lehnte sich an ihn.

»Ich werde euch dafür bestrafen«, lachte Sarah. »Ich weiß noch nicht genau, wie. Luisa ... Keine Angst, ich werde dich nicht anrühren. Aber deiner Frances könnte vielleicht etwas zustoßen, wenn du dich noch einmal weigerst, meine Befehle auszuführen. Ich habe noch einen vielversprechenden Kandidaten. Nicht so nett wie Farid, das kannst du mir glauben. Wirst du mit ihm schlafen, wenn ich sonst deine Frances foltere und dich zusehen lasse?«

Frances zischte und versuchte, unter dem Kessel hindurchzukriechen, Danny hielt sie fest und redete leise auf sie ein.

»Ich weiß noch nicht genau, was ihr für mich tun werdet, aber mir wird schon etwas einfallen«, rief Sarah. »Es könnte zum Beispiel eine neue Serie von Terroranschlägen geben, die sich auf euch zurückführen lässt.«

„Wir werden das verhindern." Dannys Stimme schallte deutlich durch die Halle.

Sarah lachte kalt. „Ich bin euch immer einen Schritt voraus. Ihr könnt tun, was ihr wollt. Es gibt so viele Möglichkeiten ... Ja, vielleicht schafft ihr es, einen Anschlag zu verhindern, aber die Geheimdienste werden euch jagen und es werden Menschen sterben. Es werden auf jeden Fall Menschen sterben. Luisa wollte keine Schule sprengen und hat dafür ein Hotel in die Luft gejagt. Sie brauchte Geld und hat deswegen einen Drogenkrieg in München angezettelt. Und so wird es immer weiter und weiter gehen, bis der Nahe Osten in Flammen aufgeht, und nicht nur der."

Luisa schmiegte sich eng an Mike, der noch immer einen Arm um sie gelegt hatte. Das war alles ein einziger Albtraum. Jetzt waren auch noch Danny und Frances hier und Sarah war sauer und es war ihre Schuld. Warum hatte sie nicht einfach mit Farid ...

„Was willst du damit erreichen, Sarah?", rief Danny. „Das wird Krieg geben. Einen Krieg, wie ihn die Welt noch nicht gesehen hat."

„Wie dramatisch", tönte Sarah. „Und völlig übertrieben. Den Amerikanern traue ich zwar zu, dass sie dumm genug sind, den dritten Weltkrieg zu provozieren, aber die Russen haben kein Interesse daran, ich halte sie für besonnen genug, um das Schlimmste zu verhindern. Das ist das allerdings einzig Positive, was man über sie sagen kann. Nein, ich denke, die Auseinandersetzungen werden hauptsächlich im Nahen Osten, in Südamerika, in Asien, in Osteuropa und natürlich in Afrika stattfinden."

„Also überall", stellte Danny fest.

„Na und? Du klingst so geschockt. Das ist doch nichts Neues. Kriege hat es schon immer gegeben und es wird sie auch weiterhin geben, und viele davon haben wir hier im moralisch überlegenen Westen angezettelt. Ich führe nur die Tradition fort."

„Dir ist es also egal, dass so viele Menschen sterben?", rief Danny.

„Nein, das ist es nicht, ganz im Gegenteil. Ich will, dass möglichst viele sterben." Sarah lachte schallend. „Sollen sich die Kanaken doch gegenseitig auslöschen. Ist das nicht auch hilfreich, um den Klimawandel zu verhindern? Aber darum geht es mir natürlich nicht."

„Um was geht es dir dann? Du wirst Chaos auslösen, das du nicht mehr beherrschen kannst."

Ihr Lachen gellte durch die Halle. „Ich will das Chaos. Und da ich die Einzige bin, die zumindest annähernd einschätzen kann, was passiert, werden sie angekrochen kommen und mich um Rat fragen."

„Du willst also Geheimdienstchefin werden? Darum geht es dir?" Danny klang völlig fassungslos.

„Möglicherweise, aber nicht zwingend. Ich werde das sein, was sie mir anbieten. Vielleicht Geheimdienstchefin, vielleicht auch Premierministerin. Wir werden sehen. Und ich werde so viel Einfluss haben wie kein anderer."

„Du wirst es nicht schaffen", sagte Danny fest. „Wir werden das verhindern."

Sarah lachte wieder. „O Danny, du und deine maßlose Selbstüberschätzung. Natürlich werde ich es schaffen. Es ist so einfach, für Chaos zu sorgen. Man braucht keine Superwaffe dafür, man muss nur auf die Dummheit und die Gier der Menschen vertrauen. Die ursprünglich geplante Operation im Libanon hat nicht funktioniert, aber der Anschlag auf das Hotel hat trotzdem einiges bewirkt, noch ein paar mehr solche Nadelstiche, dann wird das Chaos regieren und ich werde es beherrschen."

„Das werden wir nicht zulassen."

„Nein? Was wollt ihr denn tun? Noch einmal zu Sir George rennen? Denkst du wirklich, er wird dir glauben? Ihr versucht schließlich verzweifelt, eine bekannte Terroristin zu beschützen. Mir vertraut er blind.

Und ..." Sie redete weiter, doch Luisa hörte ihr nicht mehr zu, denn Mike raunte ihr ins Ohr: „Wir müssen zu Danny. Du folgst mir. Bleib in Deckung." Er half ihr auf die Füße, dann schlichen sie gebückt an den Kesseln vorbei bis zu ihren Freunden, ohne dass jemand versucht hätte, sie aufzuhalten.

„Wir müssen sofort verschwinden", sagte Mike leise. „Ich erinnere mich an eine Tür, die in die alten Keller führt."

„Ich finde, wir sollten Sarah erschießen", sagte Frances.

„Frances hat recht", nickte Danny. „Du hast Sarah gehört. Wir müssen sie aufhalten."

Mike schüttelte ungeduldig den Kopf. „Sie will, dass wir sie angreifen, deswegen erzählt sie uns das alles. Ich glaube nicht, dass sie wirklich einen Flächenbrand entfachen will. Vielleicht ein paar gezielte Aktionen, aber sicher nicht mehr. Schlimm genug, aber wir dürfen nicht darauf eingehen."

„Sie wird uns immer weiterverfolgen, wenn wir sie nicht stoppen." Frances kroch vorwärts, Mike packte sie an der Schulter. „Nein", zischte er.

Sie fuhr herum und funkelte ihn wütend an. „Fass mich nicht noch einmal an. Und ..."

„Ich fürchte, Mike hat recht", sagte Danny langsam. „Sarah hätte mich fast gehabt. Aber das wäre ein Fehler. Sarah kontrolliert diesen Ort, sie will, dass wir sie hier attackieren. Wenn wir sie erledigen wollen, müssen wir sie irgendwo hinlocken, wo wir uns auskennen."

„Das hat ja schon in den Highlands nicht so toll geklappt", knirschte Frances.

„Das stimmt, aber diesmal sollten wir vor allem dafür Sorge tragen, Luisa in Sicherheit zu bringen. Das ist doch das Wichtigste. Und Sarah wird sicher nicht da-

mit rechnen, dass wir versuchen werden, zu fliehen." Danny nickte Mike zu. „Ich weiß, welche Tür du
meinst. Ich gehe vor."

„Du sagst ja gar nichts mehr, Danny?", säuselte Sarah.

„Da gibt es nichts zu sagen!", rief er. „Wir werden
dich aufhalten."

Er nickte, langsam setzten sie sich in Bewegung.

Sarah lachte erneut. „Ihr seid törichte Narren. Ich
freue mich schon darauf, euch in die Mangel zu nehmen. Und ... Ach, welch unerfreuliche Überraschung." Ihre Stimme klang dumpfer als zuvor, vielleicht sprach sie nicht mehr direkt in das Mikrofon?
„Was soll das werden, bitte? Casey ..."

Ein Schuss krachte, Luisa und Mike schraken beide
heftig zusammen.

„Bist du völlig übergeschnappt?" Sarahs Stimme
klang entsetzt. „Nimm die Waffe runter! Tu doch was,
Me..."

Weitere Schüsse ertönten und die Glasscheibe, hinter der Sarah stand, färbte sich rot.

„Tschüss, du Fotze!", brüllte eine Stimme, die Luisa
nur zu gut kannte – das war Lena! Was ist denn jetzt
los?, fragte sie sich überrascht, da wurde sie auch schon
von Mike und Danny gepackt und mitgezogen. Sie eilten zu einer großen, zweiflügeligen Tür, die mit einer
Kette gesichert war. Danny zielte mit seiner Pistole auf
das Schloss, die Kette zersprang, er schob die Tür auf
und sie quetschten sich hindurch und gelangten in eine
kleinere Fabrikhalle, die ebenfalls mit alten Maschinen
vollgestopft war.

Schüsse krachten, eine Kugel sirrte dicht an Luisas
Ohr vorbei, jemand schoss auf sie! Mike drückte Luisa
nach unten, in den Schatten eines weiteren Kessels,
während Danny und Frances das Feuer erwiderten,
dann wurde Luisa auch schon weitergerissen, bevor sie
auch nur ansatzweise Zeit fand, um sich zu orientieren.

Ihr Kopf schmerzte wie die Hölle, die Schüsse verstörten sie und sie wusste nicht, was sie getan hätte, wenn Mike ihr irgendeine Chance gelassen hätte, vielleicht wäre sie einfach in sich zusammengesunken, hätte sich klein gemacht und geweint, doch Mike trieb sie vorwärts, nach wie vor in seinem Bodyguardmodus. Ihre Schwäche machte sich bemerkbar, ihre Lunge brannte, doch er ließ ihr keinen Moment, um nach Luft zu schnappen, und so stolperte sie einfach benommen vor, neben und hinter ihm her, einmal stieß er sie auch zu Boden, um sie danach sofort wieder hochzuziehen und weiterzuzerren.

Mike war auf Autopilot, er funktionierte und reagierte, wie es nötig war, ohne groß nachzudenken, Luisa rauszubringen war alles, was zählte. Mehrere Männer schossen auf sie, er hangelte sich von Deckung zu Deckung. Luisa wirkte völlig verwirrt, nur allzu verständlich in dieser Situation. Er hielt ihren Arm umklammert, fest entschlossen, sie auf keinen Fall loszulassen und alles zu tun, was er konnte, um sie aus der Schusslinie zu halten. Mike war bei zweihundert Prozent. Er war in seinem Element.

Danny gab das Zeichen, er schoss und Frances lief nach vorne. Schüsse krachten, sie schrie auf und taumelte gegen einen Kessel neben ihr, von dem weitere Kugeln abprallten, sie stürzte zu Boden und kroch in Deckung, eine Blutspur hinter sich herziehend.

Nein, dachte Mike entsetzt. Er hatte ihr folgen wollen, aber das ging jetzt nicht mehr, er blieb weiter in der Deckung, drückte Luisa fest an sich und schoss, um Feuerschutz zu geben, während Danny zu seiner Freundin robbte. Hoffentlich war sie nicht zu schlimm verletzt.

Luisa starrte entsetzt auf Danny und Frances, während Mike neben ihr schoss. Jedes Mal, wenn es krachte, zuckte sie zusammen, jeder Knall fühlte sich an wie eine glühende Nadel, die ihr ins Gehirn gebohrt wurde.

„Achtung, ihr Trottel", tönte eine Frauenstimme. „Kleine Erinnerung: Sarah will sie lebend." Ms. Smith, dachte Luisa überrascht. War Sarah also doch nicht tot? Von wem war dann das Blut an der Scheibe gewesen?

Sie sah Mike an, der mit ausdruckslosem Gesicht neben ihr kauerte, die Pistole fest in der Hand. „Wer war das?", fragte er, doch als sie ihm antworten wollte, winkte Danny ihnen zu, Mike schoss weiter, während er hinter dem Kessel hervorkam und Frances ihm folgte. Luisa sah Blut an ihrer Jacke, doch sie konnte nicht darüber nachdenken, denn schon rannte Mike mit ihr weiter, während Danny Feuerschutz gab.

Die Schüsse wurden jedoch nur vereinzelt erwidert, vermutlich, weil die Schützen ja Anweisung bekommen hatten, sie am Leben zu lassen. Luisa sah eine Tür in der Wand, zu der Danny lief, sie quetschten sich an einem der Kessel vorbei und hielten darauf zu, als zwei große Schatten mit Baseball-Schlägern in den Händen aus dem Nichts auftauchten und sich auf Danny und Frances stürzten.

Mike stieß Luisa hart in die Seite. „In Deckung", knurrt er.

Sie stolperte in ihren viel zu großen Schuhen und stürzte zu Boden und sah, dass ein dritter Schatten aufgetaucht war, der auf Mike losging. Luisa rappelte sich auf. Frances schoss wild um sich, eine Kugel prallte am Kessel ab und flog haarscharf an Luisa vorbei, sie spürte den Luftzug an ihrer Wange. Mike hatte seinen Angreifer zu Boden gerungen, schon packte er Luisa wieder am Arm. Danny und Frances hatten ihre Angreifer ebenfalls niedergerungen. Danny öffnete die Tür, Frances taumelte hindurch, Mike zerrte Luisa hinter sich her, drückte sich an die Wand und ließ sie vorbei. Der Gang war schmal und stockdunkel. Danny eilte voraus, in der Hand eine Taschenlampe, mit der er den Weg ausleuchtete. Frances folgte, Mike bildete hinter Luisa das Schlusslicht. Sie kamen nicht so schnell voran wie zuvor, der Gang war eng, der Boden schlüpfrig und es stank, fand Luisa. Erneut stieg Übelkeit in ihr auf und sie wollte sich nicht vorstellen, aus was der Schlamm bestand, durch den sie hindurchwateten und der sich zäh auf ihre nackten Zehen legte, aber vermutlich sollte sie dankbar sein, dass sie zumindest Sandalen trug und nicht barfuß gehen musste. Hin und wieder führten auch schlüpfrige Metallstufen weiter nach unten, sie musste sich am Geländer festhalten, um nicht zu stürzen.

„Was zum Teufel ist da vorhin passiert?", kam es von Frances.

„Wer war die Frau, Luisa?", fragte Mike. „Die gesagt hat, dass Sarah uns lebend will."

„Ms. Smith", gab sie zur Antwort. „Ich weiß nicht viel über sie. Sie hat mich in Frankreich abgeholt."

„Die mit der schrillen Stimme?", fragte Frances. Sie klang anders als sonst, wegen dem Gang oder weil sie verletzt war und Schmerzen hatte.

„Die andere", sagten Mike und Luisa gleichzeitig.

„Und lebt Sarah noch?", fragte Frances.

„Keine Ahnung", sagte Mike. „Wobei sie anscheinend nicht die Erste wäre, die von den Toten auferstanden ist."

„Was?", fragte Frances.

„Stopp!" Danny hob die Taschenlampe. Rechts von ihnen befand sich ein schmaler, senkrechter Schacht mit einer rostigen Leiter. „Wir müssen da hoch. Frances ..."

„Geht schon", schnaufte sie.

Danny begann, hinaufzuklettern.

Frances wandte sich zu Mike um. „Was hast du gemeint?"

„Egal jetzt. Los, rauf mit dir."

Frances schwang sich ebenfalls auf die Leiter, Luisa kletterte hinterher und spürte Mike dicht hinter sich. Sie war langsamer als die anderen, ihre Hände zitterten, ihr Kopf schmerzte und das Metall fühlte sich kalt und fremd an unter ihren Füßen. Endlich steckte sie den Kopf durch die Luke und stoppte abrupt. Rechts befand sich eine gewaltige Fabrikhalle, ein Stück links vor ihr parkte ein schwarzer Wagen und davor standen Danny und Frances, die Hände hinter dem Kopf verschränkt, ihre Waffen lagen auf dem Boden. Hinter ihnen standen zwei Männer mit Sturmhauben und Maschinenpistolen sowie Ms. Smith mit einer Pistole in der Hand.

„Schön langsam herauskommen, Luisa", befahl Smith. „Stell dich neben Frances. Und sag Mike, er soll keine Dummheiten versuchen und seine Waffen auf den Boden legen."

„Was ist los?", kam es dumpf von unten.

„Ms. Smith hat uns abgefangen. Du sollst keine Dummheiten machen. Du sollst deine Waffe auf den Boden legen." Luisa krabbelte mit weichen Knien aus dem Schacht und stellte sich neben Frances. Kurz darauf folgte Mike. Er legte seine Waffe hin, richtete sich langsam auf und starrte Ms. Smith an wie eine Fata Morgana.

„Was wird das jetzt?", fragte Frances. „Was willst du? Wer bist du?"

„Das ist Melanie", krächzte Mike.

„Welche Melanie?", fragte Frances.

„DIE Melanie?", kam es von Danny.

Luisa überlegte angestrengt. Sie kannte keine Melanie. Jedenfalls keine, der sie zutraute, mit einer Pistole umzugehen.

Smith lachte leise. „Ich war mir nicht sicher, ob du mich erkennst, Mike. Es ist schon ein paar Jahre her."

Er schwieg.

„Wie hast du uns gefunden?", fragte Danny.

„Luisa hat einen Sender."

Sie zuckte zusammen.

„Ist in dein Shirt eingenäht", fuhr Smith fort. „Genug davon, treibt sie in die Halle. " Die beiden Männer mit den Maschinenpistolen gingen auf sie zu, da schoss Smith ihnen direkt nacheinander in den Hinterkopf. Beide brachen zusammen.

„Hoppla", rief Frances.

„Ihr tut jetzt, was ich sage", sagte Smith. „Lasst die Waffen liegen und steigt in den Wagen. Ich ..."

„Nichts werden wir tun", schnaubte Frances. „Du wirst uns erst einmal ein paar Fragen beantworten."

„Dafür bleibt keine Zeit", donnerte Smith.

„Warum hast du die erschossen?" Unbeeindruckt trat Frances einen der beiden toten Männern mit dem Fuß in die Seite.

Smith rollte die Augen. „Vertrauensbildende Maßnahme. Okay? Lasst uns hier verschwinden!"

„Und was ist mit Sarah?"

„Sie ist tot. Sag bloß, das hast du nicht mitbekommen."

„Aber du hast doch gesagt ..."

In dem Moment schrie jemand auf. „Da sind sie! Nemesis ist bei ihnen!"

„Nemesis?", fragte Frances.

„Rein da, sofort!" Mike packte Luisa erneut am Arm.

Smith stürzte zur Fahrerseite, Frances riss die Beifahrertür auf, Mike kletterte auf die Rückbank und zog Luisa hinter sich her, Danny folgte und Smith jagte los, noch bevor er die Tür geschlossen hatte.

Luisa richtete sich benommen auf und blickte nach vorne. Da war ein geschlossenes Tor und Smith hielt genau darauf zu. Ein Mann vor ihnen hob sein Maschinengewehr und legte an, Smith gab Gas, er sprang zur Seite. Schüsse ertönten und Luisa hörte, wie sie seitlich am Wagen abprallten, Danny drückte Luisa auf den Sitz und beugte sich über sie, und in dem Moment traf ein gewaltiger Schlag hart den Wagen von vorne. Das Tor!, dachte Luisa entsetzt, doch der Wagen schoss weiter vorwärts, als wäre nichts gewesen.

„Puh", machte Smith und nahm mit quietschenden Reifen die nächste Kurve. „Das Schlimmste sollten wir überstanden haben. Und der Wagen ist gepanzert, da kommt keine Kugel durch."

Danny ließ Luisa los und half ihr, sich aufzusetzen. „Frances?", fragte er dann besorgt.

„Geht schon", keuchte sie.

„Sonst noch jemand verletzt?", fragte Smith.

Schweigen.

„Hinten ist ein Verbandskasten", meinte Smith. „Steckt in der Tür auf deiner Seite, Mike."

Mike reichte Danny die Tasche, der sich vorbeugte und erst mit einem Messer Frances' Jacke aufschnitt und dann ihre Schulter verband.

„Eine Fleischwunde. Glatter Durchschuss. Nicht schlimm", keuchte Frances.

„Tut nur höllisch weh", gab Danny zurück. „Du musst uns nichts vormachen."

„Ich hoffe, ich habe den kleinen Scheißer getroffen", knurrte Frances. „So. Mördertussi. Wo fahren wir jetzt hin?"

„Mördertussi?" Smith lachte.

„Sie haben dich Nemesis genannt."

„Das ist nur ein alberner Codename."

„Für die Killerin des SIS", sagte Frances. „Ich kenne die Gerüchte."

„Ich dachte, das ist nur ein Mythos", stellte Danny fest.

„Das ist es auch", schnaubte Smith.

„Du hast uns noch nicht verraten, wo es hingeht, Killerbarbie?", fragte Frances weiter.

„Zu einem sicheren Haus. Ein alter Bauernhof am Ende der Welt, wenn ihr es genau wissen wollt. Dort könnt ihr euch ausruhen."

„Ich traue dir nicht einmal so weit, wie ich spucken kann", rief Frances. „Nur wegen Mike ziehe ich es überhaupt in Erwägung."

Luisa blickte zu Mike hin. Er hatte schon länger nichts mehr gesagt. Sein Kopf lehnte an der Scheibe, er hatte die Augen geschlossen, seine Brust hob und senkte sich gleichmäßig. „Mike?", fragte sie zaghaft und legte ihre Hand auf die seine. Er rührte sich nicht.

„Danny! Er ist verletzt", rief Luisa entsetzt.

„Siehst du Blut?" Danny beugte sich besorgt vor und zuckte kurz zusammen. Er hatte Schmerzen!

„Was? Nein, aber ...", stammelte sie.

Danny fing sich fast sofort wieder, runzelte die Stirn, griff nach Mikes Hand und fühlte seinen Puls.

Das darf doch nicht wahr sein, dachte Luisa verzweifelt. Frances und Danny waren verletzt und Mike auch und es war ihre Schuld, wegen ihr waren sie überhaupt erst ...

„Keine Sorge, Mike geht es gut", unterbrach Danny ihre Gedanken und lehnte sich langsam zurück. „Er schläft nur. Lass ihn."

„Er schläft? Nach all der Aufregung? Wie kann er da schlafen?", fragte sie fassungslos.

„Er hat ein paar harte Tage hinter sich, da sei es ihm gegönnt."

„Tage? Wochen!", schnaubte Frances.

„Was hat er denn gemacht?", fragte Luisa ungläubig.

Danny sah sie an und sie konnte seinen Blick nicht ganz deuten, er wirkte traurig und nachdenklich zugleich, mit einer Prise ... Mitleid? „Nicht so wichtig."

„Und Danny ... Du ... du bist ...", fiel ihr ein.

Er legte den Zeigefinger auf die Lippen und machte mit dem Kopf eine leichte Bewegung Richtung Frances. Sie soll es nicht erfahren, dachte Luisa verwirrt. Aber warum? „Danny ...“

„Lass gut sein“, sagte er. „Das wird schon.“

„Mike ist zäh“, kam es von vorne, nur wusste Luisa, dass Danny nicht Mike meinte und das machte es nicht besser. „Was ist mit dir passiert?“, drehte er den Spieß um. „Warum trägst du diesen Turban?“

„Ich ... Äh ...“ Farid fiel ihr ein und das Blut und die Krankenstation.

„Ich bringe ihn um, Luisa, wer auch immer es war“, kam es betont fröhlich von Frances.

Danny legte seufzend einen Arm um Luisa und sie sah ihm an, dass es ihm weh und zugleich leid tat, dass er gefragt hatte.

„Danny“, sagte sie beschwörend.

„Sorry, ich ...“ Er schüttelte leicht den Kopf. „Vielleicht solltest du auch versuchen, zu schlafen, hm? Frances und ich, wir regeln das hier.“

In dem Moment klingelte ein Mobiltelefon.

„Sir“, hörte Luisa Smith mit eindringlicher Stimme sagen. „Das stand alles in meiner Nachricht. Sarah ist tot. Und ...“ Sie lauschte kurz. „Sie hat es provoziert und war selbst schuld daran. Finden Sie Lena, so schnell wie möglich. Nein, vergessen Sie diesen Brian. Er ist Soldat, er hat eine Frau und einen Pub in Westbourne, er wird kooperieren. Lena hingegen ist eine verdammte Irre. Mit Verlaub Sir, Sie sollten mir vertrauen, ich rette gerade Ihren Arsch!“ Sie schwieg einen Moment. „Mike und die anderen sind bei mir. Ja, auch die Terroristin.“

Luisa zuckte zusammen, Danny drückte sanft ihre Hand.

„Ich bringe sie zum Hof. Frances und Luisa sind verletzt, aber nicht allzu schwer. Nein, Sir. Sie werden alle kooperieren. Ja, Sir.“ Sie reichte ihr Handy nach hinten. „Sir George will dich sprechen, Danny.“

Danny nahm das Gerät entgegen.

„Ich erwarte, dass ihr Melanies Anweisungen folgt", hörte Luisa eine fremde, harte Männerstimme durch das Telefon. „Sonst jage ich euch mit allen Mitteln, die mir zur Verfügung stehen. Ich habe ein paar Fragen und wehe, die Antworten gefallen mir nicht."

„Ja, Sir", gab Danny zackig von sich und die Verbindung war tot.

„Das gefällt mir nicht, Danny", meinte Frances. „Du hast doch schon versucht, ihn in Frankreich zu kontaktieren."

„Sarah hat alles abgeblockt", sagte Smith. „Sir George hat nicht die geringste Ahnung, was sich alles unter seiner Nase abgespielt hat. Das Ganze wird ein ziemlicher Schock für ihn sein."

„Wir sollten verschwinden", sagte Frances.

„Mach keine Dummheiten, Schätzchen", schnaubte Smith. „Sarah hatte nur einen Bruchteil der Dienste zur Verfügung, die Sir George aktivieren kann. Sie haben schon längst den Wagen hier geortet und sie würden nicht davor zurückschrecken, ihn in die Luft zu jagen, wenn ..."

„Wenn du nicht hier wärst", vervollständigte Danny ihren Satz.

„Nemesis, hä?"

Luisa glaubte, etwas wie Respekt herauszuhören.

„Warum hilfst du uns, Nemesis?"

„Ich ... Ich schulde Mike noch etwas. Unter anderem. Aber am besten besprechen wir das, wenn alle wieder fit sind."

Sie schwiegen eine Weile und Luisa spürte, dass sie langsam müde wurde.

Sie erwachte davon, dass Danny sie sanft an der Schulter rüttelte. „Wir sind da."

Luisa blinzelte. Der Wagen stand auf einem Hof, vor ihnen sah sie ein hell erleuchtetes, durchaus ansehnliches Haus mit efeubewachsener Fassade und großen Fenstern, das rechts und links von weiteren kleineren Gebäuden flankiert war. Laternen zur Linken und zur Rechten ließen den ganzen Hof in kaltem, weißem Licht erstrahlen.

Luisa blieb sitzen und sah mit großen Augen zu, wie Danny die hintere Tür aufmachte, Mike auffing, der, noch immer schlafend, beinahe aus dem Wagen gefallen wäre, ihn sich auf die Schultern lud und mit ihm Richtung Haus schritt.

„Komm", meinte Frances und öffnete schwerfällig die Beifahrertür. „Folgen wir ihnen. Merkwürdig." Sie kniff die Augen zusammen. „Danny hinkt doch, oder? Er ist doch hoffentlich nicht verletzt? Wehe."

Luisa hatte eine dunkle Ahnung, warum Danny nicht gewollt hatte, dass Frances über seinen Zustand Bescheid wusste. Sie kletterte aus dem Wagen, ging zu Frances und half ihr aus dem Wagen. Gemeinsam folgten sie Danny und Frances zum Haus, Smith schritt hinter ihnen her.

Die Tür ging auf, ein Mann erschien im Eingang. Er mochte fünfzig Jahre oder älter sein und runzelte unzufrieden die Stirn, machte aber Platz für Danny. „Nach oben mit ihm", sagte er. „Ist er verletzt?"

„Er schläft nur", meinte Danny leichthin, aber Luisa sah, dass ihm der Schweiß auf der Stirn stand.

Sie schwitzte ebenfalls. Frances stützte sich schwer auf sie, sie war schon fast außer Puste und beäugte mit mulmigem Gefühl die Treppe.

„Sie kommen mit mir mit, Frau Marcovic", bestimmte Sir George.

Smith hakte sich bei Frances unter. „Ich helfe dir."

„Macht keinen Scheiß mit Luisa", zischte Frances, ließ sich dann aber von Smith helfen, während Luisa Sir George folgte. Wenig später fand sie sich auf einem nicht unbequemen Sessel wieder, während ihr eine Lampe hell ins Gesicht schien. Sie wusste, was sie erwartete, und seufzte tief, noch bevor Sir George begann, ihr Fragen zu stellen. Neu war, dass es zunächst um ihren Gesundheitszustand ging. Daraufhin erschien Smith und die beiden tauschten einen ernsten Blick.

Warum muss ich immer verletzt oder in einem Schockzustand sein, wenn ich verhört werde, dachte Luisa erschöpft. Immerhin hatte sie mittlerweile etwas Übung. Sie richtete sich darauf ein, wieder einmal ihre gesamte Lebensgeschichte herunterzubeten, doch Sir George reichte ihr zuallererst eine Decke, die sie über ihre kalten Beine und Füße legen konnte, bevor er fragte: „Also, Frau Marcovic. Was zum Teufel ist heute Abend passiert?"

Luisa erzählte es ihm.

Anschließend setzte Smith ihn knapp über Gabrielle und Südfrankreich ins Bild und Luisa bewunderte ihre geschliffene und präzise Ausdrucksweise. Kein Wort zu viel, keins zu wenig.

Danach hatte Sir George wieder einen Haufen Fragen an sie, die sie so gut wie möglich beantwortete, aber natürlich nicht so knapp wie Smith, stattdessen verzettelte sie sich in immer mehr Details und als sie sich schließlich überhaupt nicht mehr konzentrieren konnte und nur noch unzusammenhängendes Zeug stammelte, sagte Sir George: „Genug für heute" und verschwand. Luisa starrte ihm verblüfft hinterher und Smith brachte sie daraufhin in ein Badezimmer, wo sie sich waschen durfte, und dann in ein Zimmer mit einem Bett, und Luisa legte sich darauf und war bereits eingeschlafen, bevor sie sich zugedeckt hatte.

Kapitel 6

Mike saß im Sessel neben dem Bett und blickte auf die schlafende Luisa herunter. Sie hatten sie gerettet. Gott sei Dank. Aber sie war verletzt, und er hatte Angst zu erfahren, was Sarah alles mit ihr angestellt hatte. Er war fest entschlossen, sie nicht aus den Augen zu lassen, bis sie wussten, was als nächstes passieren würde. Sie hatten bereits überlegt zu verschwinden, doch sie waren alle angeschlagen. Er fühlte sich durchaus besser als in den letzten Tagen, wurde aber von grauenhaften Kopfschmerzen gequält, die ihm den Schlaf raubten und gegen die auch keine Tabletten helfen wollten. Frances hatte viel Blut verloren und Dannys Hüfte schillerte nach dem Schlag mit der Eisenstange in den schönsten Farben, von grün bis lila, und er konnte froh sein, dass sie nicht gebrochen war. Die beiden schliefen zusammengekuschelt auf dem Sofa. Es sah nicht sonderlich bequem aus, aber sie hatten Luisa nicht stören wollen.

Er streckte sich. Besser, wenn er wach blieb. Auch wenn Sarah tot war – sie schwebten noch immer in Gefahr und konnten nach wie vor niemandem trauen.

Es klopfte, die Tür schwang auf, bevor jemand reagierte und Melanie trat ein, gefolgt von Sir George.

Frances und Danny fuhren hoch.

„Entschuldigt die Störung", sagte Sir George. Es klang nicht sonderlich aufrichtig.

Mike warf einen Blick auf Luisa. Sie schlief weiter. Das war sicher besser so.

Sir George lehnte sich an die Tür. „Eine unglaubliche Geschichte, die ihr mir da erzählt habt. Sarah ... Nun, ich wusste, dass sie machtbesessen war, aber dass sie ihre eigene Organisation aufgebaut hat und nicht davor zurückgeschreckt ist, den Nahen Osten in ein Pulver-fass zu verwandeln, mehr als sowieso schon ... Als ob der amerikanische Präsident nicht schon genug herum-zündelt." Er schüttelte den Kopf. „Ich würde es nicht glauben, doch Melanie hat leider ein paar ihrer Telefo-nate mitgeschnitten ... Nun ja. Was mache ich denn jetzt mit euch?"

„Wir stehen Ihnen zur Verfügung, Sir", sagte Danny zackig.

„Ach wirklich. Da freue ich mich aber", ätzte Sir George. „Eine undisziplinierte, hochgradig aggressive Scharfschützin, eine Terroristin, die ein Hotel in die Luft gejagt hat, ein Ex-Special-Forces-Soldat mit diver-sen Traumata und ein weiterer, den ich ursprünglich für vertrauenswürdig hielt, der es aber vorzog, unzäh-lige Befehle zu missachten, um besagte Terroristin zu retten."

Mike sah zu Danny hinüber. Dieser blickte völlig ausdruckslos drein. Sicher trafen ihn die Worte von Sir George. Sie hatten immer nur das Beste gewollt, aber leider nicht immer so gehandelt. Seitdem haben wir nicht nur unzählige Straftaten verübt, sondern eigent-lich auch Hochverrat begangen, dachte Mike müde. Gut, offiziell gehören wir weder zur Armee noch zum Geheimdienst, aber sicher wird er nicht so ohne weite-res vergessen, dass wir uns bei Gabrielle versteckt ha-ben. Eigentlich muss Sir George ... Ja. Was? Uns in eine *black site* sperren und den Schlüssel wegwerfen? Oder uns gleich exekutieren?

„Und ich", sagte Melanie ruhig. „Ich stehe Ihnen ebenfalls zur Verfügung."

„Das freut mich aber." Er warf ihr einen giftigen Blick zu. „Okay, hört zu. Gegen euch drei liegt offiziell nichts vor, keine Ahnung, wie ihr das geschafft habt. Natürlich könnte ich euch jederzeit für diverse Verge-hen einbuchten, aber, wie gesagt, noch ist nichts offizi-ell. Aber eure kleine Freundin da drüben ... Ich kann sie unmöglich rehabilitieren. Niemand darf von diesem Schlamassel hier je erfahren."

„Sie werden Luisa nicht in ein Foltergefängnis sperren, verdammt noch mal", rief Frances, die offensichtlich in eine ähnliche Richtung gedacht hatte wie er selbst.

„Das werde ich sicher nicht tun. Ich kann wohl kaum riskieren, dass sie diese absurde Geschichte ausplaudert", polterte Sir George.

Frances runzelte die Stirn. „Und wenn Sie sie töten wollen, dann ..."

„Und wenn du mich endlich aussprechen lässt, Frances ..."

Sie verstummte tatsächlich.

„Gut. Mir wäre es am liebsten, wenn diese ganze Geschichte nie passiert wäre. Ich kann mir zwei Möglichkeiten vorstellen. Entweder, ihr verkriecht euch und ich will nie wieder etwas von euch hören. Nie wieder. Ich biete euch diese Option nur an, weil ich weiß, was ihr alles geleistet habt. Aber ich warne euch. Solltet ihr euch dafür entscheiden und sollte ich trotzdem je wieder auch nur das kleinste Lebenszeichen von euch mitbekommen, hetze ich Melanie auf euch. Und glaubt mir, das werdet ihr nicht überleben." Er schwieg einen Moment. „Oder aber ..." Er schwieg und machte keine Anstalten, weiterzusprechen.

Frances rutschte nervös hin und her. „Oder was?", quetschte sie schließlich hervor.

Er warf ihr einen strafenden Blick zu. „Oder ihr helft mir, diesen Schlamassel aufzuklären. Ihr alle, und du an erster Stelle." Er sah Melanie finster an. „Ich muss wissen, was Sarah alles getan hat. Verdammt, es gibt sogar Gerüchte über Einsätze von Psychopharmaka und Giftgas! Ihr werdet herausfinden, mit wem sie Kontakt hatte und ob noch irgendwo ein ähnliches Chaos angerichtet wurde wie in Marseille und hier. Das ist dann aber keine offizielle Mission. Ich werde alles abstreiten, solltet ihr je wieder in Schwierigkeiten geraten. Und so oder so bleibt eure Terroristin auf den Fahndungslisten. Verstanden?"

„Ja, Sir", gab Danny zurück.

„Melanie, ich erwarte deinen Bericht." Er wandte sich zur Tür.

„Sir, was ist mit Brian?", fiel Mike ein. Er hasste sich dafür, ihn mit hineingezogen zu haben.

„Er wird nicht reden. Er hat genug zu verlieren." Es klang wie eine Drohung. Er schüttelte den Kopf. „Ich verstehe es nicht. Warum seid ihr nicht gleich zu mir gekommen?"

„Weil Sarah hinter uns her war?", fragte Frances.

Danny warf ihr einen beschwörenden Blick zu, den sie ignorierte.

„Und Sie waren schließlich ihr Vorgesetzter. Und ..."

„Ja?" Seine Stimme klang gefährlich leise und da schien auch Frances zu kapieren, dass sie besser nicht weitersprechen sollte.

Sir George presste die Lippen zusammen, dann stapfte er nach draußen und knallte die Tür hinter sich zu.

Mike blickte hastig zu Luisa, doch sie schlief völlig unbeeindruckt weiter, offensichtlich hatte sie genug Pillen bekommen.

„Das ging doch besser als erwartet", lächelte Melanie.

Frances grummelte etwas, das Mike nicht verstand.

„Giftgas?", fragte Danny.

„Ach was, das war nur ein Missverständnis", sagte Melanie. „Aber besser für uns, wenn wir es erst einmal nicht widerlegen."

„Warum hilfst du uns?", fragte Danny.

„Ich habe Sarah gehasst", gab sie zurück. „Und ich kenne Mike."

„Woher?", fragte Frances.

Mike blieb stumm. Er wusste nicht, wie viel er sagen durfte.

„Top Secret", sagte Melanie leichthin. „Ich müsste dich umbringen, wenn du es wüsstest. Und Mike auch, denn dann wüsste ich, dass er es dir gesagt hat." Sie warf erst Mike und dann Danny einen durchdringenden Blick zu. Gut, dass ich Danny nicht viel erzählt habe, dachte Mike. Hoffentlich war das Wenige nicht bereits zu viel gewesen ... „Hat Sarah dich damit erpresst?", fragte er laut.

„Mit den alten Geschichten?" Melanie schüttelte den Kopf. „Nein. Ich war ihr unterstellt und ich tat, was sie wollte. Erst fand ich ihre Vorgehensweise sehr interessant, doch dann wurde sie immer unberechenbarer und ihre Projekte immer gefährlicher. Doch da hatte ich schon den Punkt erreicht, an dem ich so tief drinsteckte, dass es schwer wurde, Sir George ins Vertrauen zu ziehen. Deswegen misstraut er mir genauso wie euch."

„Das sicher nicht", sagte Mike kalt.

Sie zuckte leicht die Schultern. „Ich werde auf jeden Fall nicht Mitarbeiterin des Monats."

„Und was war mit dieser Lena?", fragte Danny.

„Lena ist ein Projekt von Sarah, das schief gegangen ist. Sarah dachte, dass sie ihr nützen könnte, und sie hatte auf gewisse Weise recht – Lena hat sich allerdings als unkontrollierbar erwiesen und ist auf der Flucht. Hoffentlich schaffen wir es, sie bald aufzuspüren. Ihr ist leider alles zuzutrauen."

„Was ist mit dem Sender?", fiel Mike ein.

„Den ihr Luisa eingepflanzt habt?", fragte Melanie.

Mike nickte knapp.

„Sarah hat sich gewundert, dass ihr Luisa im Libanon finden konntet. Sie hat mit diesem General gesprochen, den ihr auch kennt, so von dem Sender erfahren und ihn Luisa entfernen lassen."

„Weiß Luisa, dass sie den Sender hatte?"

„Ich denke nicht. Ich habe ihr nichts erzählt und Sarah auch nicht."

Er nickte. „Es bleibt wohl besser dabei. Und … Harvey? Das Handy in Brians Postkasten kam nicht von ihm, oder?"

Melanie schüttelt den Kopf. „Das kam von Sarah. Sie hat den Jungen aufgetrieben, der Harvey die App programmiert hat. Sie hat die App auf ein neues Handy aufgespielt und euch damit in das Trainingscenter gelockt Den Sender hatten wir ja natürlich noch."

Mike nickte. Das hatte er sich bereits gedacht.

„Warum ist Harvey verschwunden?", fragte Melanie.

Mike, Danny und Frances blickten sich kurz an.

„Sarah hat erzählt, dass er versucht hat, sich an Luisa zu vergreifen."

Mike stellte fest, dass er die Fäuste geballt hatte. Wenn er Harvey je erwischen sollte … „Weißt du, wo er ist?"

„Nein. Sarah hat ihn auf die Fahndungsliste setzen lassen. Sobald er auf irgendeiner Überwachungskamera auftaucht oder in den Social Media, haben wir ihn. Aber bislang … Nichts. Er ist spurlos verschwunden."

„Und …" Mike wollte das nicht fragen, aber er musste. „Was habt ihr Luisa angetan?"

„Ah. Sarah wollte sie zusammen mit Farid auf eine Undercover-Mission schicken, die in Libyen ihren Anfang nehmen sollte. Du kennst ihn, glaube ich, unter dem Namen Samir Abdallah."

„Der." Mike nickte düster. Abdallah hatte in der britischen Armee gedient und war teilweise zu Undercover-Missionen herangezogen worden, genau wie er selbst, er stammte allerdings aus einer anderen Einheit.

„Sie sollten ein Ehepaar spielen."

Ihre Worte trafen Mike hart. Er wusste nur zu gut, was das heißen sollte. Abdallah hatte immer damit geprahlt, dass er jede Frau ins Bett bekam.

„Und Sarah hat Luisa befohlen, mit ihm zu schlafen", fügte Melanie hinzu.

Mike wollte es nicht wissen. Er sah, dass Frances ihre Hände zu Fäusten geballt hatte. Dannys Gesicht war vollkommen erstarrt.

„Sarah hat ihr erzählt, dass du am Boden zerstört warst, weil sie verschwunden war, und ihr ein Video von damals gezeigt. Das von der Überwachungskamera."

Mike musste schlucken. Er wusste, was sie meinte. Danach hatte er Monate in der Psychiatrie verbracht. Er konnte von Glück sagen, dass er so schnell wieder rausgekommen war.

„Er hat sie geküsst und dann ... Nun ja." Sie blickte von einem zum anderen. „Sie bedeutet euch echt viel, hm? Lasst ihr Zeit, um mit all dem klarzukommen." Sie warf einen Blick auf Luisa, die noch immer schlief, und verließ das Zimmer.

„Verdammte Scheiße", krächzte Frances.

Mike starrte stumm vor sich hin. Seine schlimmsten Befürchtungen hatten sich bestätigt. Sarah hatte Luisa mit ihm erpresst und sie zu Dingen gezwungen ... Er wollte sich nicht vorstellen, wie sie mit diesem Kerl ...

„Ich vertrete mir die Beine." Er stapfte nach draußen. Sein Kopf schmerzte noch immer wie die Hölle. Vage nahm er seine Umgebung auf. Der Hof hatte seine besten Zeiten hinter sich, die Weidezäune waren teilweise niedergetrampelt, überall lag rostiger Stacheldraht, ein ausgeweidetes Auto stand mitten auf einer Wiese. Aber das Haus war renoviert worden, offenbar hatte Sir George oder wer auch immer Geld investiert, für Zwecke wie diesen, als Versteck für gescheiterte Soldaten, auf die man ein Auge haben musste, oder als Ausgangspunkt für geheime Missionen, wie zum Beispiel die, eine Terroristin irgendwo einzuschleusen ... Er sah Luisa vor sich, wie sie mit Farid ... Ob er sie gezwungen hatte? Ob er ... Nein. Er wollte wirklich nicht darüber nachdenken.

„Hey." Danny schloss humpelnd zu ihm auf. Mike wartete auf ihn, dann stapften sie gemeinsam am Haus vorbei, über die sumpfige Wiese, auf den Wald zu. Sie waren mitten im Nirgendwo, außer dem Bauernhof war kein anderes Gebäude zu sehen und auch sonst keine Menschenseele.

„Was hältst du von Sir Georges Vorschlag?", fragte Danny.

„Er wird uns sicher nicht so einfach gehen lassen."

Danny nickte. „Wenn wir das versuchen sollten, wird er uns eliminieren. Es steht zu viel für ihn auf dem Spiel. Dementsprechend schwer wäre es, unterzutauchen."

„Schwer, aber nicht unmöglich."

Danny runzelte die Stirn. „Wir sollten tun, was er sagt. Wir sollten ihm helfen, aufzudecken, was Sarah alles getrieben hat."

„Ich traue ihm nicht und Melanie erst recht nicht."

„Das tue ich auch nicht, aber ... Irgendetwas müssen wir tun, wir können nicht lebenslänglich auf der Flucht sein, vor allem nicht mit Luisa. Vielleicht können wir ihn davon überzeugen, ihr eine neue Identität zu geben, damit sie sich wieder frei bewegen kann."

„Sie würde sich lebenslänglich den Befehlen von Sir George und seinen Nachfolgern beugen müssen."

„Besser, als in einem Gefängnis zu verrotten oder zu sterben. Wir bleiben bei ihr und beschützen sie. Wir haben ihr das eingebrockt, wir schulden ihr das."

Mike sah ihn an. Seinem Freund stand der Schweiß auf der Stirn, offenbar hatte er Schmerzen. „Geh zurück, Danny. Kuriere dich aus. Ja, du hast recht. Es gibt keine andere Möglichkeit."

Danny musterte ihn scharf, er wirkte so, als wollte er etwas erwidern, nickte dann nur und kehrte langsam zum Haus zurück.

Mike ging weiter Richtung Wald. Danny hatte durchaus recht. Vor allem Luisa schwebte in Gefahr, wenn sie sich Sir George verweigerten. Dumm nur, dass er selbst nicht in der Lage war, sie zu beschützen. Nicht nur, dass ihn seine Traumata daran hinderten, durch ihn war sie überhaupt erst in dieses Schlamassel hineingeraten. Und es würde nicht besser werden, wenn sie versuchten, als Team Sarahs Geheimnissen auf die Spur zu kommen. Es gab nur eine Möglichkeit, was er tun konnte.

Luisa saß in ihrem Zimmer auf dem Bett und grübelte. Wenn sie Danny richtig verstanden hatte, würden sie jetzt hierbleiben und für Sir George arbeiten. Aber sie würde weiterhin als Terroristin gelten und Undercover-Missionen machen müssen, und das alles zusammen mit Mike ... Er hatte sie gerettet und beschützt und dabei kaum ihren Arm losgelassen. Drei Tage waren sie jetzt hier, von denen sie die ersten beiden fast komplett verschlafen hatte, doch in diesen drei Tagen hatte er so gut wie überhaupt nicht mit ihr gesprochen, fast wie in Gabrielles Villa. Dafür ertappte sie ihn hin und wieder dabei, dass er sie anstarrte, mit ausdruckslosem Gesicht, fast so wie Harvey. Nach dem Frühstück waren Frances und Danny verschwunden, ihr Herz hatte einen kleinen Salto geschlagen, dass sie mit Mike allein war. „Wie geht es dir?", hatte sie gefragt und er hatte etwas Unverständliches geknurrt und war ebenfalls gegangen. Ich halte das nicht aus, dachte sie verzagt. Und nicht nur das, ich vermisse meine Familie so sehr ... Wenn ich wenigstens mit ihnen sprechen könnte ...

Es klopfte. Sicher Frances.

„Ja?"

Ms. Smith trat ein. Melanie. Verdammt. Sie lächelte dünn. „Du freust dich offensichtlich nicht, mich zu sehen, Luisa, und das kann ich dir nicht verdenken." Sie setzte sich auf den Stuhl neben dem Bett. „Aber ich wollte kurz mit dir reden. Du hast dich gut geschlagen, sowohl in Marseille als auch bei Sarah."

Luisa verschränkte die Arme vor der Brust. „Frances war das. Sie hat mir das mit der maximalen Abschreckung gezeigt."

„Es war auf jeden Fall sehr effektiv. Sarah war außer sich. Mit deiner Aktion hast du sie dazu gebracht, Mike, Danny und Frances eine Falle zu stellen, die nur eben nach hinten losgegangen ist." Sie grinste, wurde jedoch gleich wieder ernst. „Und was willst du jetzt tun?"

„Ich weiß nicht", seufzte Luisa. „Ich will auf jeden Fall nicht noch mehr Blut vergießen. Ich möchte einfach ein ruhiges Leben und das alles hier vergessen." Vor allem Mike, aber das konnte sie nicht sagen. „Ich ... ich würde so gerne meine Eltern besuchen, aber das geht natürlich nicht." Sie hörte, wie bitter ihre Stimme klang. „Ich ... Ich habe sie in Gefahr gebracht. Im Libanon. Ich war so benebelt ... Abu Yusef hat gedroht, sie zu töten. Er hatte Bilder von ihrem Haus. Es kam mir erst viel später. Er hätte sie töten lassen können. Er hätte seinen Leuten Anweisungen geben können, sie zu töten, wenn ihm etwas zustößt ..."

„Nein", sagte Melanie. „Erstens hat er nicht im Traum damit gerechnet, dass du versuchen könntest, dich ihm zu widersetzen oder gar ihn anzugreifen, und zweitens wusste er nicht, wo deine Familie lebt. Sarah hat ihm die Bilder gegeben, aber sie war nicht so dumm, ihm die genauen Adressen zu verraten. Dazu hätte Sarah nie Hand an deine Familie gelegt, es wäre viel zu auffällig gewesen, wenn ihnen etwas passiert wäre. Nein, das war ein Bluff."

„Wirklich?", fragte Luisa.

Melanie nickte. „Ganz sicher. Ihnen droht keine Gefahr."

Unglaubliche Erleichterung durchströmte sie. „Mir ist nur wichtig, dass jetzt alle in Sicherheit sind."

„Das sind sie. Allerdings ist es für dich nicht sicher, deine Eltern zu besuchen. Sobald du bei ihnen auftauchst, wird der deutsche Verfassungsschutz aktiv werden. Der Anschlag im Libanon ... Sie werden dich überwachen, vielleicht auch verhaften. Ausliefern wohl nicht, aber sie können dir gegebenenfalls auch in Deutschland den Prozess machen."

Luisa nickte schwach.

„Nein, Sarah hatte nicht vor, deine Familie zu behelligen. Mike allerdings hätte sie durchaus schaden können."

Luisas Magen krampfte sich zusammen.

„Sarah hat deine Freunde beobachtet, sie wusste jederzeit genau, wo sie waren und wie sie sich verhalten haben. Sie hat gedacht, allein der Gedanke an Mike würde dich dazu bringen, alles für sie zu tun. Tja, sie hätte ihn eben doch einfangen müssen. Wenn er zugesehen hätte, hättest du dich sicher anders verhalten."

„Warum hat sie nicht gleich versucht, uns alle auf einmal zu entführen?"

„Es wäre deutlich aufwändiger gewesen, euch alle zu kontrollieren. So hatte sie erst einmal nur dich, wusste aber, dass sie deine Freunde dadurch ebenfalls unter Kontrolle hatte und sie damit quälen würde ... Es gibt verschiedene Arten von Folter und Terror."

„Apropos." Luisa hatte dazu noch eine Frage. „Was hast du mit mir in Frankreich gemacht?"

„Deine Freunde haben dir einen Sender implantiert, um dich jederzeit aufspüren zu können."

„Sie ..." Einen Moment war sie sprachlos. „Was? Wann? Wer ..."

„Kurz bevor du in den Libanon gebracht wurdest, haben sie ihn dir eingesetzt. So haben sie dich dort wiedergefunden."

„Oh." Harvey fiel ihr ein. Hatte er deswegen …

„Diesen Sender habe ich dir in Frankreich entfernt."

Eine örtliche Betäubung wäre trotzdem nicht schlecht gewesen, dachte Luisa säuerlich.

„Deine Freunde haben dich ziemlich oft hintergangen, hm?"

Luisa seufzte schwer. Melanie klang wie Sarah. Aber sie hatte recht.

„Du wünschst dir ein ruhiges Leben, Luisa, aber … Ich möchte dir nichts vormachen, das wird nicht leicht. Danny, Mike, Frances … Sie werden es sicher nicht verstehen, dass du dir das wünschst. Ex-Soldaten sind oft süchtig nach Adrenalin. Frances ist ein Paradebeispiel dafür. Du aber … Du bist nicht dafür ausgebildet, und in vielen Situationen hattest du einfach Glück. Vielleicht ist es an der Zeit … Vielleicht solltest du nun die Profis ihre Arbeit tun lassen."

Luisa nickte. Melanie hatte recht. In der Fabrikhalle hatte sie sich wie ein sperriges Gepäckstück gefühlt, sie war kaum in der Lage gewesen, einen klaren Gedanken zu fassen. Dazu waren Danny, Mike und Frances seit Jahren ein Team. Sie würden gemeinsam herausfinden, was Sarah alles angestellt hatte, sie selbst würde ihnen dabei nur im Weg sein. Und Mike … Sie konnte es nicht mehr ertragen, ihn um sich zu haben. Es war schlimm gewesen, als er in Frankreich gegangen war, um Aziza zu heiraten, aber es quälte sie genauso, dass er jetzt da war, dass er sie ignorierte, dass sie ihn ständig sah, ohne ihm je wirklich nahe sein zu können. Sie musste mit all dem abschließen. „Ich … Ich würde tatsächlich am liebsten gehen. Aber Sir George …"

„Er will in erster Linie, dass nichts von all dem publik wird. Ich kann dir einen neuen Pass verschaffen und du kannst dich niederlassen, wo du willst. Es ist nicht nötig, dauerhaft ein Leben auf der Flucht zu führen."

Luisa sah sie mit großen Augen an. „Wirklich?"

Melanie nickte ernst. „Du erinnerst mich ein bisschen an mich selbst, damals. Es wäre besser gewesen, wenn ... Aber lassen wir das. Ich werde dir helfen."

„Du darfst ihnen nicht sagen, wo ich hingehe", sagte Luisa leise.

„Natürlich nicht. Ich werde gleich alles organisieren. Ich brauche ein oder zwei Tage ... Übermorgen kannst du verschwinden, wenn du möchtest. In der Nacht. Niemand muss es mitbekommen."

„Danke", sagte Luisa leise. Noch zwei Tage. So lange würde sie noch warten können.

Mike blickte aus dem Fenster. Er hatte seinen Entschluss gefasst. Er musste gehen, so schnell wie möglich. Sarah hatte Luisa mit ihm erpresst, das durfte nicht nochmal passieren. Er traute Melanie nicht über den Weg. Luisa schwebte nach wie vor in Gefahr, es war noch längst nicht vorbei, doch Danny und Frances würden besser auf sie aufpassen als er es je könnte.

Es klopfte an der Tür.

„Ja?"

Melanie trat ein. „Hey, Mike."

Sie hatte ihm gerade noch gefehlt. Müde blickte er sie an.

„Wie geht es dir?"

Er zuckte die Schultern. „Du kennst sicher meine Krankenakte, oder?"

„Die aus Marseille?"

„Zum Beispiel. Und all die anderen."

„Die dir eine posttraumatische Belastungsstörung attestieren?"

„Genau."

„Wir können wohl noch Alkoholsucht dazurechnen."

„Vielleicht." Er hob die Hände. „Seit ich hier bin, habe ich keinen Tropfen getrunken. Es fehlt mir auch nicht."

„Wenn es dir nicht fehlt, bist du vielleicht gerade noch einmal davongekommen."

Er nickte. „Das denke ich auch. Damals, nach Isabella ... Es waren drei oder vier Wochen, die ich durchgetrunken habe. Nicht mehr."

„Es hat allerdings gereicht, um ein paar schwere Körperverletzungen zu begehen."

Er seufzte. „Nun, ich bin ein Wrack, Melanie. Bei Sarah ... Das habe ich nur geschafft, weil ich Luisa unbedingt retten wollte. Bei jeder anderen Mission würde ich sicher komplett versagen. Es reicht aus, wenn ich in eine U-Bahn steigen soll. Oder vielleicht in einen Bus. Wenn neben mir etwas auf den Boden fällt. Wenn eine Autotür zuschlägt. Ich bin sofort zurück im Kriegsgebiet und das ist für alle gefährlich."

„Du kannst daran arbeiten, Mike. Du kannst eine Therapie machen. Hier, wenn du willst. Hier ist es ruhig, du bist bei deinen Freunden. Ich kann diesen Rick herholen, wenn du möchtest."

Rick hatte er ganz vergessen. Es war ewig her, über ein Jahr, dass er ihn zuletzt gesehen hatte. Da war Luisa noch in den Highlands gewesen ... Die Idee war nicht einmal so schlecht, allerdings ... „Du meinst, ich soll zusehen, wie Danny, Frances und Luisa die Drecksarbeit machen?"

„Wäre das so abwegig? Sie würden es verstehen. Keiner würde es besser verstehen als Danny."

Er nickte. Das stimmte.

„Du brauchst sie und sie brauchen dich."

„Luisa", sagte er langsam.

„Sie wird ebenfalls über alles hinwegkommen, da bin ich zuversichtlich", sagte Melanie. „Sie ist zäh. Sie braucht ein bisschen Ruhe und dann ..."

„Sie muss auf jeden Fall hierbleiben", sagte Mike. „Sie hat doch sonst niemanden mehr außer Danny und Frances."

„Und dich", nickte Melanie.

Er nickte knapp.

„Ich brauche dich hier, Mike."

Er sah sie fragend an.

„Deine Erfahrung", sagte sie langsam, doch er war sich nicht sicher, ob sie nicht andeuten wollte …

Sie atmete tief durch. „Weißt du noch, als Sarah versucht hat, dich zu verführen? Damals, in London."

Mike runzelte die Stirn. Dieser Themenwechsel überraschte ihn. Und dazu … „Woher weißt du das?"

„Ich war in ihrem Wagen und habe auf euch gewartet. Sie hat es vor allem getan, weil sie wusste, dass ich es sehen würde."

Er rieb sich die Stirn. „Warum?"

„Ich habe dich immer beobachtet, Mike. Ich wollte wissen, wie es dir geht. Ich war einfach neugierig. Und als das mit Isabella passiert ist … Es hat mir weh getan, zu sehen, wie sehr du gelitten hast."

Er presste die Lippen fest aufeinander.

„Sarah bemerkte, dass ich dich beobachtete, und deswegen war sie an dir interessiert. Sie wusste, dass es mich treffen würde, dass sie mit dir reden konnte und ich nicht."

„Wie hat sie dich dazu gebracht, für sie zu arbeiten?"

Melanie zuckte die Schultern. „Mein Vater hatte Kontakte, Sir Richard war damals der Chef des SIS. Er hat mir eine neue Identität verschafft und Sarah war meine Vorgesetzte. Ich habe schnell gemerkt, dass das, was sie tat, überaus unorthodox war, aber ich dachte, sie tut es zum Wohl unseres Landes … Als ich dann verstanden habe, wie sie wirklich tickt, war es zu spät. Ich habe ein paar Dinge getan, die Sir George wohl nicht gutgeheißen hätte, und ich konnte lange nicht nachweisen, welche Absichten Sarah wirklich verfolgte. Ich habe versucht, ihn zu warnen, doch es war schwierig, er hat Sarah tatsächlich vertraut. Zuletzt hatte ich immerhin ein paar Telefonmitschnitte. An sich hätten die vielleicht nicht gereicht, um Sir George zu alarmieren, aber jetzt weiß er ja, was passiert ist, und kann es einordnen. Und jetzt ... Jetzt sind wir beide hier. Ich will, dass es dir gut geht, nach all dieser Zeit, und das hier ist ein Ort, an dem du tatsächlich zur Ruhe kommen könntest."

„Ich ... Danke für dein Angebot", sagte er. „Mit Rick, meine ich. Ich werde es mir überlegen."

Danny und Frances hatten Spaghetti Bolognese gekocht, wie in alten Zeiten auf der Hütte ... Nach dem Essen saß Luisa in der Küche und rührte in ihrer Tasse Tee herum. Sie seufzte schwer. Sie musste gehen. Es blieb ihr überhaupt nichts anderes übrig. Gut, dass Melanie ihr helfen wollte.

„Was ist los?", fragte Frances.

Sie zuckte zusammen. Verdammt. „Nichts."

Sie sah, dass Mike und Danny ebenfalls zu ihr hinblickten. „Ich dachte nur an ... ein paar Dinge."

„Was zum Beispiel?"

„Ach, nur an das Hotel im Libanon ... Und wusstet ihr, dass ich in München einen Drogenkrieg ausgelöst habe? Sarah hat mir die Zeitungsartikel gezeigt. Zehn Menschen sind gestorben."

„Wie das?", fragte Frances interessiert.

„Ich habe ein paar kleine Dealer ausgenommen, um an Geld zu kommen. Die haben erzählt, dass sie von großen, gefährlichen Kerlen überfallen wurden, und dann nahm das Unglück seinen Lauf. Sarah meinte, es wären Unschuldige gestorben. Immerhin hatte jeder von ihnen mindestens drei Vorstrafen. Aber trotzdem ..."

„O Mann", lachte Frances. „Nun, ist doch gut, wenn sie sich gegenseitig umbringen."

Luisa schüttelte den Kopf. „Wenn ich das gewusst hätte ... Ich hätte es nicht getan. Es hätten Unschuldige sterben können. Ich weiß nicht, ich bin nicht in der Lage, Situationen richtig einzuschätzen."

„Besser zu hart als zu weich", meinte Frances.

Luisa konnte ein Seufzen nicht unterdrücken. „Da ist so viel Mist passiert ..."

„Wie mit Farid?", fragte Frances.

Luisa zuckte zusammen. „Du weißt davon?" Sie sah, wie Danny und Mike sie mit ausdruckslosen Minen ansahen. Sie haben ihn gekannt, fiel ihr ein. Verdammt. „Es tut mir leid. Ich wollte das wirklich nicht."

„Sarah hat dich dazu gezwungen", sagte Frances. „Gut, dass die Schlampe tot ist. Gut für sie."

Frances kennt ihn wohl auch, dachte Luisa beklommen. „Ich ... Ich wollte das wirklich nicht, nicht so", beteuerte sie. „Sarah hat gedroht, euch etwas anzutun ..." Ihr Blick fiel auf Mike, der den Blick senkte und auf den Boden starrte. Er kann sich denken, dass Sarah versucht hat, mich mit ihm zu erpressen, dachte sie und musste schlucken.

„Du ... Du brauchst es uns nicht erzählen, wenn du nicht möchtest", sagte Danny mit rauer Stimme.

Es hat sie alle hart getroffen, stellte Luisa erschrocken fest. Er war wohl wirklich kein so schlechter Kerl. Verdammt, warum habe ich nur ... „Es tut mir wirklich leid, ich hätte das nicht tun dürfen."

„Hör auf, dir wegen jedem Scheiß die Schuld zu geben", grollte Frances. „Wer weiß, was passiert wäre, wenn du es nicht getan hättest!"

„Ich wäre mit ihm nach Libyen gegangen", sagte Luisa düster. „O Gott. Er hat mich geküsst und ich wollte nicht ... Es war so furchtbar. Das Blut überall ..."

Luisa sah, dass Frances' Gesicht alle Farbe verlor. Was habe ich nur getan?, dachte sie verzagt. Wenn sogar sie so verstört wirkt ...

„Blut", krächzte Frances.

„Ja ..." Dieser widerliche metallische Geschmack im Mund ... Und als sie seine Zunge zwischen ihren Zähnen gespürt hatte ... Abu Yusefs Leibwächter fiel ihr ein. „Eigentlich war es im Libanon schlimmer." Ihre Stimme zitterte leicht.

„Im Libanon?", fragte Frances.

„Ja, genau. Aber da war ich betäubt, da habe ich es nicht so mitbekommen. Ich habe mich erst viel später überhaupt wieder daran erinnert, wisst ihr? Ist doch komisch." Luisa bemühte sich um einen leichten Tonfall.

Frances schüttelte stumm den Kopf, sie wirkte vollkommen fassungslos. Sie musste Farid sehr gemocht haben.

Luisa seufzte. „Es ... Ja, es war schlimm. Und es tut mir leid."

„Scheiße!", entfuhr es Frances. „Ihm soll es leidtun! Wenn ich ihn erwische, ich schwöre es dir ... Ich ... Ich weiß nicht, was ich mit ihm tun werde. Ihm die Haut abziehen, vielleicht. Und ..."

„Was? Nein ... Er ist doch gestraft genug."

„Wieso?", fragte Frances.

„Er ... Er wird vielleicht nie wieder reden können."

„Was? Warum das denn?", fragte Frances.

„Na ..." Luisa sah sie irritiert an. Sie hatte allmählich das Gefühl, etwas verpasst zu haben. „Wegen seiner Zunge."

Frances starrte sie wild an. „Was ist mit seiner Zunge? Luisa, du ..."

„Aber das wisst ihr doch, oder?", fragte Luisa vollkommen verwirrt. „Er hat mich geküsst und ..."

„Was und!", kam es ausgerechnet von Danny.

Warum wollten sie unbedingt, dass sie es aussprach? „Ich habe ihm in die Zunge gebissen. Okay? Seid ihr nun zufrieden?"

Danny, Mike und Frances starrten sie an.

„Ich sag doch, es tut mir leid. Ich hätte ihn auch einfach treten können oder so, aber … Ich weiß nicht, warum … Ich war so wütend und habe nicht nachgedacht."

„Du hast ihm in die Zunge gebissen?", rief Frances. „Du hast nicht mit ihm geschlafen?"

„Was? Nein!"

„Puh", machte Frances und atmete tief durch.

„Was ist los?", fragte Luisa aufgebracht. „Ihr wusstet von Farid, ich dachte, ihr kennt ihn …"

„Melanie hat uns nur einen Teil erzählt", sagte Danny ruhig.

„Sie ist eine manipulative Schlampe", fügte Frances hinzu.

„Also dachtet ihr …" Luisas Kopf dröhnte. Was hatten sie gedacht?

„Was ist im Libanon passiert?", fragte Frances und kniff die Augen zusammen.

„Ach …" Luisa seufzte. „Etwas Ähnliches, aber eine andere Stelle."

„Du hast ihm den Schwanz abgebissen?", brüllte Frances los.

„Nicht abgebissen. Aber … Nun ja."

„Luisa. Du machst mich fertig", seufzte Frances. „Du hast mir einen Schrecken eingejagt … Ich dachte, ich bekomme einen Herzinfarkt. Dein Gerede von dem vielen Blut … Scheiße, mach das nie wieder. Das überlebe ich kein zweites Mal."

Mike stellte fest, dass er noch immer die Fäuste geballt hatte und entspannte sich langsam. Ihm ging es wie Frances. Die ganze Zeit hatte er befürchtet … Das Blut … Also hatte sich Luisa Sarah widersetzt, obwohl Sarah gedroht hatte, ihm etwas anzutun. Gott sei Dank. Wenn Luisa seinetwegen … Er wollte es sich nicht vorstellen. Und das bedeutete umso mehr, dass er verschwinden musste, damit auch in Zukunft niemand versuchen würde, Luisa mit ihm zu erpressen.

„Da war noch mehr, oder?" Frances sah sie intensiv an.

„Nein, alles gut", sagte Luisa etwas peinlich berührt.

Frances seufzte. „Reden hilft, weißt du. Ich hab die ganze Scheiße irgendwann Danny erzählt und geheult und dann war es besser."

Luisa zuckte zusammen. Frances hatte ihr einmal in den Highlands erzählt, wie sie Danny kennengelernt hatte. Es war keine schöne Geschichte gewesen. Aber natürlich ... Sicher war da noch mehr gewesen. Sie sah zu ihm hinüber. Er redete leise mit Mike.

„Es ist nie zum Äußersten gekommen, aber es war ein paar Mal verdammt knapp", sagte Frances. „In der Armee und auch, als ich noch jünger war. Ich bin immer irgendwie weggekommen, weil ich mich gewehrt habe und mein Motto war: Lieber einmal zu viel draufhauen als einmal zu wenig."

Luisa überlegte. „Ich glaube, du weißt alles. Royce ... Und Abu Yusefs Leibwächter im Libanon ... Ich ... Ich war oft weggetreten, ich weiß nicht, ob noch mehr war, ich kann mich jedenfalls nicht erinnern. Dann Albanien ... Und Harvey." Sie musste schlucken und dachte daran, dass er vielleicht damals in München ... Doch nein. Davon wollte sie Frances nichts erzählen. Und erst recht nicht Mike und Danny, die in diesem Moment wieder zu ihnen hinübersahen.

„Und Farid", stellte Frances fest.

Luisa nickte.

„Ich hasse sie alle", grollte Frances. „Es gibt genug Männer, denen es im Traum nicht einfallen würde, über Kinder oder Frauen herzufallen. Und dann gibt es die anderen, die Arschlöcher. Ich weiß nicht, ob die wirklich denken, den Frauen macht es Spaß, vergewaltigt zu werden, oder ob sie einfach ohne Achtung auf Verluste ihre verschissenen Triebe befriedigen wollen und dazu jede Gelegenheit ausnutzen, oder ob sie

Frauen hassen oder Sadisten sind. Und mir ist scheißegal, wo sie herkommen oder ob sie eine schlimme Kindheit hatten oder was auch immer. Ich will sie einfach umbringen. Jeden einzelnen von ihnen."

Dem hatte Luisa nichts hinzuzufügen.

Luisa wälzte sich im Bett herum. An Schlaf war nicht zu denken. Sie wollte gehen, sie konnte nicht mehr so leben, so nah bei Mike, der sie ignorierte, den sie mit ihrer bloßen Anwesenheit zu quälen schien. Das mit Farid hatte ihn schwer getroffen, sie hatte es gesehen. Und Melanie hatte recht, viele Situationen hatte sie nur mit viel Glück überstanden. Wie oft hatten Mike und die anderen sie retten müssen? In London, in den Highlands, in München, im Libanon, hier in England ... Es war einfach zu viel, sie wollte das nicht mehr.

Was Melanie ihr angeboten hatte, war verlockend, allerdings war ihr offensichtlich nicht zu trauen. Doch könnte sie sich ohne ihre Hilfe davonschleichen? Sie hatte keinen Pass, sie würde komplett untertauchen und auf der Flucht leben müssen, vielleicht als Obdachlose oder Hausbesetzerin ... Das wollte sie eigentlich auch nicht. Vielleicht sollte sie doch erst einmal auf Melanies Angebot eingehen, aber wachsam bleiben und im schlimmsten Fall doch die Flucht ergreifen ...

Sie stellte fest, dass sie durstig war. Ich gehe in die Küche und hole mir eine Flasche Wasser, beschloss sie, kletterte aus dem Bett und spähte auf den Gang hinaus. Niemand zu sehen. Gut. Sie wollte nicht, dass jemand sie sah, schließlich trug sie nur ihr Schlafshirt und die Filzpantoffeln, und dazu wollte sie mit niemandem reden, nicht mit Frances, und erst recht nicht mit Mike. Leise schlüpfte sie nach draußen zur Küche. Sie hatte auch Hunger, stellte sie fest und warf einen Blick in den Kühlschrank. Ich nehme etwas davon mit auf mein Zimmer, überlegte sie, stellte Käse, Salami und Joghurt nach draußen, schloss die Kühlschranktür, drehte sich um und fuhr zusammen. Mike stand im Türrahmen und starrte sie an. Er trug Jacke und Schuhe. Offenbar wollte er nach draußen gehen. Mitten in der Nacht.

„Hab ich dich erschreckt? Sorry", sagte er.

„Was ... Wo willst du hin?", fragte sie. Allerdings ahnte sie es bereits.

Er atmete tief durch. „Luisa ..."

„Du willst gehen, oder?"

„Ich ..."

„Sie hat gesagt, wir können bleiben, wenn wir wollen. Du kannst bleiben, Mike. Ich werde gehen."

„Auf keinen Fall. Wo willst du hin? Frances und Danny ... Sie werden auf dich aufpassen, sie würden ihr Leben opfern für dich."

„Hoffentlich nicht."

„Du hast niemanden außer ihnen. Und ich weiß, dass du wegen mir gehen willst, Luisa. Das kann ich nicht zulassen."

„Nein, Mike. Ich gehöre nicht hier hin." Wollte er es denn nicht verstehen? „Ihr seid Soldaten, das ist euer Beruf. Ich bin da nur zufällig hineingeschlittert und stümpere vor mich hin."

„Hör auf, Unsinn zu reden, Luisa. Ich bin der, der stümpert, der völlig unnötige Autounfälle verursacht, der andauernd nur falsche Entscheidungen trifft."

„Aber Danny und du, ihr seid befreundet, ihr kennt euch viele Jahre. Du gehörst zu ihnen. Ich bin nur das lästige Anhängsel, das nicht selbst auf sich aufpassen kann."

„Du verstehst dich ebenfalls ganz hervorragend mit Frances und Danny. Und du kannst sehr wohl auf dich aufpassen, du hast schon so viele Angriffe abgewehrt und überstanden ... Das sollte ausreichen. Dazu braucht Melanie euch nicht nur, um zu kämpfen."

„Melanie hat mir geraten, zu gehen."

„Ach. Hat sie das?" Seine Augen verdunkelten sich auf beunruhigende Weise. „Ich traue ihr nicht, und du

solltest ihr auch nicht trauen. Wenn du allein gehst ...
Du wirst ständig allein sein und in Furcht leben und ...
Nein. Das werde ich nicht zulassen. Du bleibst auf jeden Fall hier."

„Das werden wir ja sehen." Sie schnappte sich die Flasche Wasser und den Joghurt und ging auf ihn zu. Sie erwartete, dass er Platz machen würde, doch er blieb stehen. Erst, als sie ihn fast erreicht hatte, trat er zögernd einen halben Schritt zur Seite. Sie quetschte sich an ihm vorbei, als er seine Hand auf ihre Schulter legte.

Sie blickte ihm in die Augen und sah die Entschlossenheit darin. Er würde gehen und sie allein lassen und es tat weh, als ob er ihr das Herz herausgerissen hatte.

„Luisa", sagte er leise, als ob es ihm auch weh tat, und dann beugte er sich zu ihr herunter und küsste sie auf die Lippen. Ganz sanft. Einen Moment stand sie wie erstarrt, dann ließ sie die Wasserflasche und den Joghurt fallen und sprintete los.

„Luisa!", rief er hinter ihr her.

Sie wollte in ihr Zimmer flüchten, doch in dem Moment sah sie Danny und Frances auf den Flur treten, da stürzte sie die Treppe hinunter. Die Filzpantoffeln behinderten sie. Im Laufen streifte sie sie ab, warf sich gegen die Tür und stürzte nach draußen, in die Dunkelheit und den Regen, barfuß und im Schlafshirt. Sie schaltete auf Autopilot und rannte. Sie musste weg. Das war alles, was sie denken konnte. So weit weg wie möglich.

Mike starrte ihr völlig verblüfft hinterher. Die Wasserflasche war direkt neben seinen Fuß gefallen und der Joghurt auf seinem Schuh explodiert. Er nahm es kaum wahr. Was zum Teufel ...

„Was ist passiert?", rief Frances. „Was hast du jetzt schon wieder angestellt?"

„Ich habe sie geküsst", murmelte er.

„Offenbar verdammt schlecht", stellte Frances fest.

„Willst du nicht hinter ihr her?", fragte Danny.

Mike blickte ihn wild an. Sie kann wirklich nicht auf sich aufpassen, dachte er und da war er schon unterwegs, die Treppe hinunter.

Es regnete heftig und sie hatte einen deutlichen Vorsprung, aber er sah sie über die nasse Wiese rennen, parallel zum Weg. Er folgte ihr so schnell er konnte. Immer, wenn sie vor ihm davonlief, passierte etwas Schlimmes, und er hoffte, dass er dieses Mal falsch lag oder sie rechtzeitig einholen würde. Sie lief weiter, ohne sich umzudrehen. Er hatte sie völlig überrumpelt, und sich auch. Was zum Teufel war das gerade gewesen?

Sie stolperte und fiel hin, er lief noch etwas schneller, gleich würde er sie erreichen. Sie rappelte sich auf, machte einen Schritt nach vorn und stürzte erneut.

Sie ist verletzt!, dachte Mike entsetzt und dann war er bei ihr und kauerte sich neben sie.

Sie schlug nach ihm. „Geh weg", brüllte sie.

Mike sah im schwachen Licht dunkle Punkte und Linien, die größer wurden, auf ihren nackten Armen und Beinen, und er war sich nicht sicher, ob es sich um Blut oder Dreck handelte, also kniete er sich über sie und hielt ihre Hände fest. Als er ihre Arme näher betrachtete, wusste er, dass es auch Blut war, was er sah. Es quoll aus vielen kleinen Löchern und Kratzern in ihrem Arm. Er zog sie fest an sich. Er konnte sich denken, was passiert war.

Sie wehrte sich heftig. „Lass mich los. Lass mich gehen."

„Du bist verletzt", keuchte er. Er konnte sie unmöglich weiterlaufen lassen. „Ich bringe dich zurück."

„Nein, lass mich, ich kann das jetzt nicht."

Er dachte an Harvey und kam sich schlecht vor, aber er hielt sie weiter an sich gepresst. „Ich ... Es tut mir leid, aber ich kann dich nicht gehen lassen. Was ist passiert?"

„Lass mich los." Ein Schluchzen schüttelte sie, sie schlug weiter nach ihm.

Er ließ sie nicht los. „Ich bringe dich zurück und dann ... Dann kümmern sich Frances und Danny um dich und du siehst mich nicht wieder, wenn du es nicht willst."

„Nein." Sie rang um Fassung, sammelte sich etwas.

„Luisa ..."

„Ruf ... Ruf Frances an", stammelte sie. „Sie soll mich holen."

Er griff in seine Hosentasche und erstarrte. „Ich kann nicht, ich habe mein Handy nicht dabei." Er hatte es zurücklassen wollen, damit sie ihn nicht finden konnten.

Luisa hielt still.

„Ich lass dich jetzt los. Nicht weglaufen. Okay?"

Sie schwieg, blickte an ihm vorbei.

„Ich will dir nicht wehtun."

Sie schluchzte auf.

Er ließ sie los. Sofort entschlüpfte sie ihm und rappelte sich auf, doch schon war er ebenfalls auf den Beinen, um sie festzuhalten, falls sie wieder weglaufen wollte. Sie blieb schwankend stehen und er sah, dass sie Schmerzen hatte. Er zog seine bereits halb durchweichte Jacke aus und legte sie ihr um, dann nahm er sie in die Arme und hob sie hoch. Ihre nackten Beine waren eiskalt und nass von Regen und Blut.

„Ich kann gehen, du musst mich nur stützen", presste sie hervor.

„Auf keinen Fall." Den Teufel würde er tun. „Du bist verletzt und barfuß, ich kann dich unmöglich weiter hier herumlaufen lassen." Er setzte sich in Bewegung. Widerstrebend legte sie einen Arm um ihn.

Er unterdrückte einen Seufzer. Das hatte gerade noch gefehlt. Und es hätte noch viel mehr passieren können ... „Man kann dich keinen Moment aus den Augen lassen."

„Kann man wohl", schluchzte sie. „Das war nur ..."

„Tut mir leid." Er hielt sie noch ein bisschen fester. „Das wollte ich wirklich nicht."

Sie vergrub ihr Gesicht an seiner Brust, sicherlich, um ihn nicht ansehen zu müssen.

Es tat ihm weh, sie so verzweifelt und unglücklich zu sehen. Was hatte er da schon wieder angestellt. Egal, was er tat, er hatte einfach ein Talent dafür, es schlimmer zu machen als es sowieso schon war.

Luisa lag in Mikes Armen und konnte sich nicht beruhigen. Sie wollte nicht getragen werden, sie wollte weiterlaufen, und zwar so weit weg wie möglich, aber sie war erst in irgendetwas Spitzes getreten und dann auch noch gestürzt und es hatte verdammt weh getan und es tat noch immer verdammt weh.

Sie wusste, dass sie wirklich verletzt war, und ahnte dumpf, dass Mike recht damit hatte, wenn er darauf bestand, sie zu tragen. Es konnte nicht gesund sein, mit blutenden Füßen im Dreck herumzulaufen, sie wusste, was alles auf dem Gutshof herumlag, aber sie konnte seine Nähe nicht aushalten, sie war viel zu aufgewühlt. Heftiges Schluchzen schüttelte sie und sie konnte nicht damit aufhören, so sehr sie es auch versuchte.

Immerhin redete Mike nicht mehr. Raschen Schrittes brachte er sie zurück zum Hof, und sie vergrub ihr Gesicht an seiner Brust. Wieder einmal hatte sie bewiesen, dass sie absolut nicht auf sich aufpassen konnte, und er hatte sie so überrumpelt, dass sie völlig fassungslos war. Er hatte sie geküsst. Er hatte sie nie zuvor geküsst, nicht einmal auf die Stirn oder irgendwie sonst. Er stand auch nicht auf Wangenküsschen. Hin und wieder hatte er sie kurz umarmt, und sich immer gut um sie gekümmert, wenn sie verletzt war, aber das war alles. Warum hatte er sie jetzt geküsst? Um sie zum

Bleiben zu überreden? Warum? Sicher hatte er es einfach als Abschiedskuss gedacht, aber es hatte sie so sehr getroffen ... Und was sollte nun werden? Nun, es war logisch – sie würde hierbleiben und Mike würde gehen, auf Nimmerwiedersehen verschwinden, er hatte ja auch sein Handy nicht mitgenommen, er wollte nicht, dass ihn irgendjemand finden konnte.

Sie hörte Schritte und starrte auf Mikes Hals. Sie wollte niemanden ansehen müssen.

„Was ist passiert?" Danny. Er klang besorgt.

„Habt ihr Schlamm-Catchen gespielt?" Frances' Stimme.

„Sie ist in Stacheldraht getreten." Das war Mike. „Der liegt da hinten überall."

„Verdammter Mist", hörte sie Danny sagen.

Mike trug sie ins Haus und die Treppe hinauf in das Badezimmer, wo er sie in die Dusche setzte. „Frances", meinte Danny. „Hilf ihr, sich zu waschen. Ich hole den Verbandskasten."

Luisa blickte ihm hinterher und fing einen undefinierbaren Blick von Mike auf. Er nickte knapp und folgte Danny nach draußen.

„Er hat dich geküsst?", grinste Frances.

Luisa schlug die Hände vor das Gesicht. Warum konnte sie nicht einfach ein normales Leben haben. Wo ein Kuss ein Kuss war, vor dem man nicht davonlaufen musste.

„Schon gut, schon gut. Komm. Zieh das hier aus." Frances wrestelte das Shirt über ihren Kopf, wenig später ließ sie lauwarmes Wasser über ihre Schulter laufen. Luisa stöhnte auf. Es tat höllisch weh.

„O Mann. Das sieht schlimm aus. Und deine Füße ..."

Luisa lehnte sich gegen die Wand und schloss die Augen. Sie wollte es nicht sehen. Warum musste so ein Mist immer ihr passieren.

Sie hörte, wie Danny hereinkam, und ließ zu, dass Frances ihr aus der Dusche half und sie auszog und in einen Bademantel packte und dass Danny sie in ihr Zimmer trug. Er hielt sie etwas fester als vielleicht nötig war und drückte sie kurz an sich, bevor er sie losließ und begann, die unzähligen Kratzer und Wunden zu versorgen, die der verdammte Stacheldraht verursacht hatte. Ein hässlich gezackter Riss zog sich über ihren gesamten Unterarm und hörte nicht auf zu bluten und sie versuchte überhaupt nicht erst, ihre Füße anzusehen, mit denen sich Danny eine quälende Ewigkeit beschäftigte. „Soll ich heute bei dir schlafen, Luisa?", fragte Frances.

„Nein, es geht schon", sagte Luisa.

„Wirklich. Falls du etwas brauchst ..."

„Ich komme klar. Keine Sorge."

Endlich hatte Danny sie verarztet und Frances half ihr, ein Shirt und einen Slip anzuziehen, und deckte sie zu. „Ruf uns, wenn du etwas brauchst. Wir hören dich. Ganz sicher."

„Danke", sagte Luisa und dann war sie allein mit ihren Schmerzen und ihrer Verwirrung und ihren widersprüchlichen Gefühlen und ihren völlig außer Kontrolle geratenen Gedanken. Blicklos starrte sie in die Dunkelheit und wollte einschlafen und nie wieder aufwachen, doch sie konnte nicht aufhören zu grübeln und dabei kristallisierte sich langsam heraus, dass der Gedanke von allen am Schlimmsten war, dass Mike für immer von ihr fortgehen würde.

Mike schloss so leise wie möglich die Badezimmertür hinter sich. Er wollte weg. So weit weg wie möglich.

Danny wandte sich zu ihm um. „Tu mir einen Gefallen. Mach dich nicht einfach aus dem Staub. Rede mit ihr, und zwar möglichst bald. Aber mach ihr keine falschen Hoffnungen. Okay?"

Mike nickte knapp und Danny verschwand in seinem Zimmer. Er wollte weggehen, aber ... Danny hatte recht. Er musste mit ihr reden. Ein letztes Mal. Aber wie? Er wollte es nicht schlimmer machen, als es schon war, und wusste doch, dass es unmöglich war, es besser zu machen. Was war nur in ihn gefahren, warum nur hatte er sie geküsst?

Ziellos irrte er durch die düsteren Gänge des Gutshofs, schließlich lehnte er sich an eine der Wände und schloss die Augen. Was für ein Schlamassel. Er war dreckig und klatschnass, er musste duschen, aber in der Dusche war Luisa, völlig außer sich und blutend und es war seine Schuld, und er wollte nicht in sein Zimmer gehen, es lag zu nah an ihrem. Er wollte nicht, dass sie ihn hörte, und er wollte sich nicht vorstellen, was ihr jetzt alles durch den Kopf gehen musste.

„Hey."

Er schrak zusammen.

Melanie stand neben ihm. „Alles in Ordnung?"

„Hm."

„Was ist passiert?"

„Nichts."

„Nichts? Luisa hat sich verletzt, habe ich gehört."

„Sie ist in Stacheldraht getreten. Sie wird sich schnell erholen. Sie ist zäh."

„Nun ja, nächtliche barfüßige Joggingrunden bergen gewisse Gefahren", grinste Melanie.

Mike seufzte und fragte sich, ob sie nicht bald wieder gehen und ihn allein lassen wollte.

Sie machte keine Anstalten dazu. „Du bist nass und schmutzig, Mike. Du solltest duschen."

„Ja, das sollte ich wohl." Er atmete tief durch.

„Es hätte etwas werden können mit uns. Damals."

„Es ist aber nichts geworden und das aus gutem Grund."

„Das wirst du mir ewig nachtragen, nicht wahr?" Sie seufzte tief. „Mike. Wir sollten uns verhalten wie Erwachsene. Es ist doch sicher kein Zufall, dass du hier stehst. Mein Zimmer ist gleich da drüben, weit weg von ihrem. Du kannst bei mir duschen, wenn du willst. Und dann ...“

Er starrte sie fassungslos an. Das hatte ihm gerade noch gefehlt.

„Ist es denn wirklich so abwegig für dich?“

Seine Gedanken rasten. „Ich kann nicht.“

„Warum nicht? Du solltest es dir überlegen. Gut überlegen.“

Ihr Lächeln gefiel ihm überhaupt nicht. Er runzelte die Stirn. „Was willst du von mir? Willst du mir drohen? Ist es das? Was passiert, wenn ich mich weigere?“

Sie zuckte die Achseln und lächelte weiter.

Ein Gedanke ließ ihn zusammenzucken. „Willst du Luisa sonst etwas antun? Ist es das?“

Ihre Miene wurde schlagartig ernst, er glaubte, auch Wut in ihrem Blick zu erkennen. „Ich bin nicht Sarah“, sagte sie mit Nachdruck. „Ich habe euch geholfen, hast du das immer noch nicht kapiert? Ich würde Luisa nie etwas antun, weil ich weiß, dass du das nicht ertragen würdest. Ich könnte ihr helfen, Mike, ich könnte ihr einen Job verschaffen, etwas Nettes, Einfaches in einem kleinen, ruhigen Städtchen, wo sich niemand für Nachrichten interessiert. Ich könnte Danny und Frances sagen, wo, sie würden auf sie aufpassen und mich umbringen, wenn ihr etwas geschieht. Nein. Ich dachte nur ... Das zwischen Luisa und dir sieht ziemlich kompliziert aus. Hast du keine Lust auf etwas Einfacheres?“ Sie legte ihre Hand auf seinen Arm.

Luisa starrte seit Stunden an die Decke. Frances hatte das Licht ausgeschaltet, als sie gegangen war, aber vor dem Fenster befanden sich keine Vorhänge und die Lampe im Hof strahlte hell genug, um den

Raum so zu erleuchten, dass die Umrisse der Möbel und der Tür gut zu sehen waren.

Wunderbar, dachte sie. Ganz wunderbar, wie ich mich da wieder blamiert habe. Mit meinen kaputten Füßen kann ich jetzt unmöglich von hier verschwinden, und sicher lauschen Danny und Frances ganz genau auf alle Geräusche in diesem Zimmer. Sicher ist auch Melanie nicht sehr begeistert. Sie hat gesagt, dass ich die Profis ihre Arbeit tun lassen soll, und sie hatte recht. Da kommt eine überraschende Situation und was tue ich? Stürze mich in den Regen und in den Stacheldraht. O Gott, Mike ...

Sie zog sich die Bettdecke über die Nase vor Scham. Er musste sie ja für dumm und zurückgeblieben halten und denken, dass sie nicht allein auf sich aufpassen konnte. Sie war weggelaufen, weil er ihr einen Abschiedskuss gegeben hatte. Warum war sie weggelaufen? Sie schämte sich für ihre Reaktion. Sie hätte ihm besser eine Ohrfeige verpassen sollen. Oder ... den Kuss erwidern ... Vielleicht wäre er dann geblieben ... Oder? Egal, jetzt war es auf jeden Fall zu spät, sicher war er schon gegangen, direkt nachdem er die Tür des Badezimmers zugezogen hatte. Natürlich ohne sich zu verabschieden. Sie konnte ihn verstehen und es tat weh. Es tat unfassbar weh. Ihr kamen die Tränen und sie ließ sie laufen und gestattete es sich, leise zu schluchzen. Es muss raus, dachte sie. Es muss raus und dann musst du mit ihm abschließen und wenn er nicht mehr wiederkommt ... Umso besser. Dann kannst du hier bleiben bei Frances und Danny. Aber es fühlt sich falsch an, Melanie hat recht, du passt einfach nicht hierher.

Sie hörte Schritte im Gang, eine Tür wurde geöffnet und schloss sich, kurz danach plätscherte Wasser. Die Dusche, überlegte sie. Das konnte nur Mike sein. Oder? Er war wohl doch noch da. Vermutlich, um sich zu waschen und danach zu verschwinden. Was hatte er wohl gemacht, seit er aus dem Zimmer gegangen war? Ob er stolz auf sich war, sie so verwirrt zu haben? Das Wasser wurde abgestellt. Das konnte keine richtige Dusche gewesen sein. Vielleicht war es nur der Wasserhahn gewesen. O Mike ... Ihre Gedanken drehten sich erneut im Kreis.

Irgendwann klopfte es leise. Sicher Frances, dachte sie, drehte den Kopf Richtung Fenster, schloss die Augen und bemühte sich um tiefe Atemzüge. Sie wollte nicht reden. Hoffentlich ging sie schnell wieder. Sie hörte, wie die Tür aufging. Einen Moment war alles ruhig. Dann schloss sich die Tür wieder.

Sie atmete tief durch, drehte sich um und erstarrte. Da stand jemand.

„Luisa."

Diese Stimme hätte sie überall wiedererkannt. Mike trat auf sie zu und setzte sich ungefragt in den Sessel neben ihrem Bett.

Im schwachen Lichtschein, der von draußen hereinleuchtete, sah sie, dass sich sein Brustkorb heftig hob und senkte. Sie wollte sich erneut in Richtung Fenster drehen, doch er legte seine Hand leicht auf ihre Schulter. „Bitte, Luisa, hör mir zu."

„Nein", stieß sie hervor. Da gab es nichts mehr zu sagen. Er sollte einfach verschwinden.

„Oh doch. Bitte. Ich ... kann das so nicht ... Ich möchte es dir erklären."

„Geh weg." Sie schloss die Augen. Jetzt wollte er sich gleich für den Kuss entschuldigen. Vermutlich hatte er Schuldgefühle deswegen. Oder auch nicht.

„Luisa. Erinnerst du dich an die ersten Wochen in den Highlands?"

Sie stöhnte auf. Wie sollte sie die vergessen.

„Ich war nicht sonderlich nett zu dir."

Nein. Da hatte er recht.

„Ich ... ich habe das bewusst getan, um ... Ich wollte dir nicht zu nahe kommen. Weißt du?"

„Verstehe. Natürlich", sagte sie. „Ich war ja nur der Köder für Royce."

Schweigen.

Sie lag ganz still, die Augen weiterhin geschlossen.

Sie spürte seine Hand auf der ihren, nur einen Moment, schon hatte er sie wieder weggezogen. „Beim zweiten Mal war es anders", sagte er. „Zunächst. Nicht wahr?"

Ja. Er war nett gewesen, eine überaus willkommene Abwechslung nach Harvey ... Sie spürte einen Stich bei dem Gedanken an den wortkargen Riesen, der ... Doch dann war Mike wiedergekommen und sie hatten mit dem Krav-Maga-Training begonnen. Bis zu dem Tag, an dem ...

Er schien dasselbe zu denken. „Dann bist du auf diesen Stein gefallen und ich hatte Angst, dass du ernsthaft verletzt sein könntest. Ich habe dich in die Hütte getragen und da spürte ich wieder, dass ich dir nicht zu nahe kommen durfte."

Sie blinzelte, eine Träne rollte über ihre Wange. Natürlich. Sie verstand.

„Du weißt von Isabella, du weißt, was Royce mit ihr getan hat ... Ich wusste, ich würde es nicht noch einmal ertragen ... Ich ging auf Abstand, ich bat Frances, Danny und Harvey darum, für mich in die Highlands zu fahren. Nach dem Tod von Royce bin ich mit dir nach München gegangen, aber es fiel mir schwer, ich habe jede einzelne Sekunde gehasst und wollte so schnell wie möglich wieder verschwinden. Ich wusste, ich war nur im Weg, du hattest deinen Freund, ich war schuld daran, dass ihr so viele Probleme hattet. Dann Dubai. Du weißt, was da alles geschehen ist. Sarah sagte mir, dass es dir gut geht, ich habe ihr geglaubt, doch dann, ein paar Monate später, warst du plötzlich verschwunden. Ich war außer mir, ich hätte alles getan, um dich zu finden, das musst du mir glauben. Ich wollte nie, dass du verletzt wirst, ich wollte, dass du glücklich bist mit deinem Freund oder auch ohne, egal, ich wollte nur, dass es dir gut geht. Zum Glück haben wir dich gefunden und dann … Du warst verletzt und verzweifelt und ich wusste, es war meine Schuld, weil ich in die Highlands gezerrt und belogen und in Gefahr gebracht hatte, um Royce töten zu können. Nach dem Libanon kam dieser Zwischenfall in Albanien, nach dem du aussahst wie frisch geschlachtet, und danach die endlose Fahrt nach Frankreich zu Gabrielle, mit dir, verletzt, mit gebrochenen Rippen. Dann habe ich diesen Unfall gebaut und ich wusste, ich schade dir nur, ich wusste, ich musste weg von dir, so weit weg wie möglich, denn nur so würdest du in Sicherheit vor mir sein. Die erstbeste Gelegenheit, wegzukommen, war Aziza. Ich habe sie genutzt und … Du weißt, was passiert ist, du hast mich gerettet und bist verschwunden und … Ich bin völlig zusammengebrochen, denn natürlich war das allein meine Schuld. Wenn ich nicht gegangen wäre, wenn ich bei dir geblieben wäre … Du hast mich trotzdem gerettet, obwohl du wusstest, dass du außerhalb der Villa in Gefahr warst und dass ich völlig idiotisch eine wildfremde Frau geheiratet hatte, die keinerlei Interesse an mir hatte und mich nur als Mittel zum Zweck benutzte. Du hast mich gerettet, obwohl … obwohl ich es nicht im Geringsten verdient hatte."

„Du hast mir auch mehrmals das Leben gerettet", wandte sie ein.

„Hab ich das?" Er schwieg einen Moment. „Nein. Eigentlich nicht. Du hast Royce allein niedergeschossen, ich habe dir nur geholfen, zu fliehen. In den Highlands hast du ebenfalls Royce gestoppt, ich war nur da, um das aufzusammeln, was noch von dir übrig war. Auch in Dubai hast du dich selbst befreit und im Libanon … Da war ich es, der dich richtig in Gefahr gebracht hat in dem verdammten Hochhaus, ich weiß bis heute nicht, warum ich zugelassen habe, dass du mit mir da reingingst. Du warst so gefasst und ruhig, ich wusste, dass du unter Drogen stehen musstest, aber das war völliger Irrsinn. Wir waren verzweifelt und überrumpelt, trotzdem ... Ich habe dich unzählige Male in Gefahr gebracht ...“

„Ich verstehe“, sagte sie. Er war tatsächlich am Boden zerstört und er bat sie um Verzeihung. Sie streckte ihre Hand nach seiner aus und ließ sie dann doch wieder kraftlos auf die Bettdecke fallen. „Ich verstehe, Mike. Du willst mich beschützen und du fühlst dich dazu nicht in der Lage und ich verstehe es wirklich. Du kannst gehen, du musst es mir nicht erklären.“ Ihre Stimme brach, sie schluckte.

Mike schwieg einen Moment. „Luisa. Jetzt ... Hier ... Heute ... habe ich verstanden, dass du immer in Gefahr schwebst, weil ich zu viele falsche Entscheidungen getroffen habe. Ich hätte dich beschützen müssen und habe es nicht getan. Und ... Vielleicht würde ich dir das alles nicht erzählen, wenn nicht damals, im Libanon ... Im Wagen, auf der Fahrt zum Hafen ... Du warst verletzt, wieder verletzt, und du sagtest ...“

Was meint er denn jetzt?, fragte Luisa sich erschöpft.

„Du hast gesagt, dass du mich liebst.“

Was? Ihr Herz setzte einen Moment aus. Nein. Auf keinen Fall hatte sie das gesagt. Das war unmöglich.

„Du warst halb weggetreten und du hast mich gefragt, ob du träumst, und ich fragte dich, warum du dann wohl ausgerechnet von mir träumst, und da hast du es gesagt.“

Luisa zog sich die Decke über das Gesicht. Nein. Das konnte nicht sein. Oder? Im Wagen? Auf dem Weg zum Hafen? Da hatte sie lebhaft geträumt und ... Ja, möglicherweise ... O Gott. Da waren auch Frances, Danny und Harvey dabei gewesen. Gut, sicher hatten sie sowieso gemerkt, wie es um ihre Gefühle bestellt war, aber ... Das erklärte auch, warum sie so besorgt um sie gewesen waren, nachdem Mike Aziza heiraten wollte ... Sie hatten es also tatsächlich die ganze Zeit gewusst. Sie zog die Decke wieder nach unten, gerade so weit, dass sie Mike sehen konnte, der noch immer neben ihr saß und sie anblickte.

„Luisa. Ich weiß nicht, ob ich es sonst gemerkt hätte. Ich wollte es vielleicht nicht wissen. Deine Worte haben mich getroffen, ich hatte vorher nie darüber nachgedacht ... Ich wusste, in dem Moment, ich hatte noch mehr Verantwortung als ich geahnt hatte."

Großartig, dachte sie und wollte die Decke wieder über ihr Gesicht ziehen, doch Mike legte seine Hand auf die ihre. Er war ihr nah, aber sie konnte seinen Gesichtsausdruck nicht erkennen in der Dunkelheit.

„Jedenfalls ..." Er klang heiser. „Ich habe dich wiedergefunden, zusammen mit Danny und Frances. Und jetzt sind wir hier und ... Heute Abend habe ich endlich verstanden, dass du überall in Gefahr schwebst, egal, wo du bist, egal, ob ich bei dir bin oder nicht, und dass ich nichts dagegen tun kann. Und da habe ich mir gedacht, dass es doch besser wäre, wenn ich einfach bei dir bleibe. In deiner Nähe. Dass ich dir damit doch vielleicht mehr helfe, als wenn ich weggehe. Und vorhin in der Küche ... Es tut mir leid, dass ich dich überrumpelt habe. Aber es tut mir nicht leid, dass ich dich geküsst habe. Dass ich es versucht habe, sagen wir mal. Und ich hätte es vielleicht nicht getan, wenn du es mir im Libanon nicht gesagt hättest ... Und ich bin ein elender Feigling." Er schwieg abrupt.

Er redete viel zu viel wirres Zeug und sie konnte ihm nicht mehr richtig folgen und wünschte sich, er würde einfach gehen, ohne sie noch länger mit seinen endlosen Erklärungen zu quälen.

„Ich liebe dich, Luisa."

Sie konnte sich nicht rühren.

„Das habe ich dir die ganze Zeit zu sagen versucht. Mit der längsten und umständlichsten Liebeserklärung aller Zeiten."

„Nein." Sie drehte sich zum Fenster. Es konnte nicht wahr sein.

„Ich liebe dich." Seine Stimme klang fest.

Sie wusste, dass es nicht sein konnte. „Du denkst das nur. Du hast einfach nur Schuldgefühle."

„Luisa ..."

„Du machst dir etwas vor, Mike." Ihre Stimme zitterte. „Man verliebt sich nicht einfach so plötzlich und unerwartet."

„Du hast recht, Luisa. Aber ... Es kam nicht plötzlich und unerwartet, das wollte ich dir die ganze Zeit erklären. Ich liebe dich seit den Highlands. Ich wusste es eigentlich schon seit dem Trainingsunfall, aber ich wollte nicht, ich konnte es mir nicht eingestehen. Seit damals liebe ich dich und heute habe ich es endlich kapiert. Es ist einfach so passiert, ich hatte nicht geplant, dich zu küssen, und deine heftige Reaktion hat mich völlig überrumpelt ... Ich habe gegrübelt, seit ich dich zurückgebracht habe, warum ich dich geküsst habe, und dann habe ich endlich begriffen, wie lange ich dich schon liebe. Aber ich habe so viel Mist gebaut, ich habe dich wiederholt in Gefahr gebracht ... Ich hätte vielleicht nicht gewagt, es dir zu sagen, wenn du es mir im Libanon nicht gesagt hättest, und deswegen bin ich verdammt froh, dass du es mir gesagt hast."

Er schwieg. Endlich.

„Luisa?"

Sie starrte nach draußen, auf die Laterne. Sie hatte nichts zu sagen, ihr Herz schlug viel zu schnell und da war ein ganz furchtbares Rauschen in ihrem Kopf ...

„Luisa, darf ich ... dich umarmen?"

„Okay", stieß sie mühsam aus.

Ihr Herz schlug einen dreifachen Salto, als er sich zu ihr legte und sie in seine Arme nahm. Konnte das sein? War das wirklich war? Oder träumte sie das nur?

Sie drehte sich um und blickte zu der Stelle, wo sein Gesicht sein musste, ohne es wirklich sehen zu können, und er zog sie an sich und küsste sie auf die Stirn.

Ein Sturm erhob sich in ihr und wirbelte sie herum und nahm ihr den Atem, eine Stimme krächzte „Ich liebe dich" und es dauerte einen Moment, bis sie begriff, dass sie das gesagt hatte.

Er hielt sie noch fester, wortlos, ihr Kopf ruhte an seiner Brust und sie hörte seinen Herzschlag, vielleicht etwas schneller als normal.

„Ich liebe dich", brach es aus ihr heraus. „Ich habe dich geliebt, seit … Seit dem Baumstamm in den Highlands mit der Aussicht, an dem letzten Abend, bevor Harvey zum ersten Mal kam … Oder vielleicht auch danach, als du wiedergekommen bist. Seit damals. Und … Vielleicht war es das Stockholmsyndrom und ich hatte nur Glück, dass ich mich nicht in Harvey …" verliebt habe, wollte sie sagen, doch ihre Stimme brach.

„Stockholm hin oder her, es hat uns beide erwischt", sagte er fest. „Und es hält immerhin schon seit über einem Jahr. Das ist doch nicht schlecht." Erneut spürte sie seine Lippen auf den ihren und diesmal erwiderte sie seinen sanften, vorsichtigen Kuss genauso sanft und vorsichtig und dann hielten sie sich einfach in den Armen, noch ganz benommen von den Ereignissen der Nacht.

Luisa öffnete die Augen. Jemand war im Zimmer. Harvey. Er trat an ihr Bett und starrte sie aus kalten Augen an. Sie wollte schreien, doch er hielt ihr den Mund zu und dann schlang er seine Arme um sie. Sie konnte sich nicht rühren, sie war wie erstarrt und ihm hilflos ausgeliefert. Sie riss die Augen auf und stieß einen kleinen Schrei aus, Harvey hielt sie noch immer fest umklammert. Urplötzlich löste sich die Erstarrung, endlich konnte sie sich wieder bewegen, sie trat und schlug um sich. Jemand stöhnte neben ihr auf und sie schrie und sprang aus dem Bett, ihr Fuß gab unter ihr nach und sie stürzte der Länge nach zu Boden.

„Luisa!" Mikes Stimme. Schon saß er neben ihr und zog sie in seine Arme.

Die Tür wurde aufgerissen. „Was ist passiert?" Frances.

Verdammter Mist, dachte Luisa.

„Sie hatte einen Albtraum", seufzte Mike.

Beschämt setzt Luisa sich auf.

Frances lachte schallend. „Ihr zwei ... O Mann. Da habt ihr es endlich geschafft und dann das."

Mike half Luisa auf.

„Tut mir einen Gefallen", grinste Frances weiter. „Lernt möglichst bald, wie man gemeinsam in einem Bett schläft. In Ordnung, Luisa? Nicht, dass du dir noch den Hals brichst."

Luisa nahm das Kissen und warf es nach Frances. Sie fing es auf, warf es zurück und schlüpfte mit breitem Grinsen aus dem Zimmer.

Mike nahm sie in seine Arme. „Entschuldige, falls ..."

„Alles gut." Sie kuschelte sich eng an ihn. Er hielt sie fest. So lange hatte sie sich danach gesehnt und jetzt ... Es fühlte sich unwirklich an. Vielleicht träume ich ja noch, dachte sie bang. O Gott, bitte, lass mich nicht aufwachen und feststellen ... Nichts geschah, sie war wach und Mike war noch immer da und sie war froh, dass er schwieg, er hatte in dieser Nacht wirklich genug geredet.

„Warum ...",

Sie seufzte tief.

„Nur das noch, Luisa. Das muss ich dir noch sagen." Sie hörte, dass er grinste. „Warum, verdammt noch mal, habe ich nur so lange mit dem hier gewartet."

Ihr Kopf lag an seiner Schulter, er hielt sie in seinen Armen und strich ihr vorsichtig über den Rücken, in der Hoffnung, keine der frischen Wunden zu berühren.

Durch den Stoff des dünnen Shirts fühlte er eine merk-würdige Narbe ... Bestimmt vom Sender, fiel ihm ein. Erneut kamen ihm Schuldgefühle. Er wagte nicht, sie danach zu fragen ...

Das alles fühlte sich nicht richtig an. Sollten sie nicht glühen vor Leidenschaft? Sollte er sie nicht einfach küssen und dann ... Aber sie war verletzt und er war sich nicht sicher, wie weit er gehen sollte, und überhaupt ... „Ich habe das ewig nicht mehr gemacht." Verdammt, hatte er das laut gesagt? Er biss sich auf die Lippen. Wieso musste er die ganze Zeit so einen Unsinn reden? Es war wie ein Zwang, er konnte nicht mehr damit aufhören. Er spürte, wie Luisa sich in seinen Armen versteifte. Sie denkt an Melanie, durchfuhr es ihn. Sofort fühlte er sich wieder schuldig.

„Was ist mit ..." Sie verstummte.

Er schwieg.

„Aziza?", fragte sie leise.

Ach so. Das. Das schien ewig her zu sein. „Da war nichts mit ihr."

„Nein?" Er hörte ihre Überraschung.

„Nein", sagte er fest. „Nein. Ich wollte es langsam angehen, ihr Zeit lassen, uns kennenzulernen. Und mir auch, ehrlich gesagt. Ich wusste von Anfang an, dass es ein Fehler war. Schon, als ich mich von Danny und Frances verabschiedet habe. Als du mir dann gesagt hast, dass sie einen Freund hat, dass sie bereits verliebt ist ... Es ist mir vorher nie in den Sinn gekommen, weißt du, ich habe mir alle Mühe gegeben, deine Worte als Unsinn abzutun ... Es war eine komplette Farce, die Hochzeit. In einer arrangierten Ehe ist es durchaus üblich, dass die Eheleute warten bis zum ersten Mal und in den fünf Tagen in Mohammeds Villa habe ich mir bereits Gedanken gemacht, wie ich mich halbwegs geschickt aus der Affäre ziehen könnte. Ich glaube, sie hat von mir erwartet, dass ich die Initiative ergreife und ... Egal. Lassen wir das. Da war nichts."

„Und … mit Melanie?"

„Da war auch nichts." Er bemühte sich um denselben Tonfall, in dem er ihr von Aziza erzählt hatte. „Ich habe sie vor Ewigkeiten ein paar Mal getroffen. Gedated, sozusagen. Vielleicht hätte sich etwas daraus ergeben können. Es hat aber nicht geklappt. Und … Gott sei Dank. Sie ist gefährlich. Wir müssen uns vor ihr in Acht nehmen."

„Okay", murmelte sie und er wusste, dass sie ihm glaubte, und er küsste sie erneut und hielt sie ganz fest. Sie entspannte sich allmählich. Sein Arm machte sich bemerkbar und verlangte nach einer neuen Position, aber er wagte es nicht, sich zu bewegen, um sie nicht zu stören oder ihr gar weh zu tun. Dieser verdammte Stacheldraht … Er lauschte auf ihre gleichmäßigen Atemzüge. Ob sie eingeschlafen war?

Melanie fiel ihm wieder ein. Er konnte sich noch an jedes einzelne ihrer Worte erinnern. „Es geht mich ja nichts an, aber … Das zwischen Luisa und dir sieht ziemlich kompliziert aus. Hast du keine Lust auf etwas Einfacheres?" Er hatte sie einen Moment angestarrt, ihre Hand abgeschüttelt und war wortlos gegangen, nach draußen, in die kalte, regnerische Nacht.

Eine Weile tigerte er durch den Hof, bis er schließlich mit der Jeans an einer Stacheldrahtrolle hängenblieb, was ihn wieder an Luisa erinnerte. Daraufhin kehrte er in sein Zimmer zurück und stellte sich unter die Dusche, doch das Wasser war eiskalt, offenbar wurde der Boiler nachts ausgeschaltet, und er hatte keinen Nerv für eine Abkühlung. Rasch ging er in sein Zimmer zurück und grübelte weiter und fasste schließlich den Entschluss, zu Luisa zu gehen, um ihr alles zu erklären. Er wusste, es musste sofort sein und er konnte keine Rücksicht darauf nehmen, dass es vier Uhr morgens war und dass er nicht genau wusste, was er eigentlich sagen sollte und tun wollte …

Gott sei Dank hatte er es geschafft. Er wusste nicht, was noch alles auf sie zukam. Melanie war gefährlich und es würde gefährlich sein, für sie zu arbeiten. Überhaupt, Melanie ... Gut, dass sie nicht früher versucht hat, mir Avancen zu machen, dachte er. Das hätte ihm noch gefehlt. Was, wenn sie vor dem missglückten Kuss in der Küche ... Er hätte abgelehnt. Oder? Sicher hätte er das. Er begehrte sie nicht. Sicher war sie enttäuscht und um so gefährlicher ...

Vielleicht sollten sie doch besser von hier verschwinden? Aber Luisa galt noch immer als Terroristin ... Er atmete tief ein und ließ die Luft langsam wieder entweichen. Luisa rührte sich nicht. Gott sei Dank. Er seufzte innerlich. All die Jahre war er vor sich selbst und vor seinen Gefühlen davongelaufen. Er hatte geglaubt, Luisas Tod würde einfacher zu ertragen zu sein als die Angst, sie könnte entführt und gefoltert werden. Deswegen hatte er sich ganz auf Sarah verlassen, obwohl er wusste, dass ihr nicht zu trauen war, und das alles nur, um Luisa möglichst fern zu sein. Dabei hatte er ununterbrochen an sie gedacht, all die Zeit.

Nun, wenn ich sowieso schon ununterbrochen an sie denken muss, kann ich auch mein Bestes tun, damit sie in Sicherheit ist und es ihr gut geht, dachte er. Wir kennen uns lange genug und ich liebe sie und es wird schon werden. Ich werde nicht noch einmal davonlaufen. Ich werde sie begleiten und sie unterstützen und ihr nicht von der Seite weichen und sie keinen Moment aus den Augen lassen und ... Sie wird mich dafür hassen. Verdammt.

Er knirschte mit den Zähnen. Da lag noch ein unglaublich langer Weg vor ihnen.

Ein paar Stunden später saß Frances neben Luisa auf dem Bett und grinste breit. „Endlich. Mein Gott, es hat wirklich lange genug gedauert mit euch."

Luisa schnitt eine Grimasse.

„Was ist los? Ich habe erwartet, dass du strahlst wie ... wie ein kleiner Atomreaktor."

Luisa lächelte verzagt. „Es fühlt sich komisch an."

„Heilige Scheiße ..." Frances schüttelte den Kopf. „Du machst mich fertig."

„Weißt du ... Es war so knapp. Er wäre beinahe gegangen. Ohne sich zu verabschieden. Ein paar Minuten früher oder später ..."

„Über so einen Scheiß machst du dir Gedanken?" Frances schüttelte den Kopf.

Luisa zuckte die Achseln. Sie wollte ja nicht, aber ...

Frances verdrehte die Augen. „Ich sag dir was. Eigentlich hatte ich Danny versprochen, dass ... Aber egal. Wir haben geahnt, dass ihr gehen wollt, alle beide, und wir waren fest entschlossen, euch nicht zu lassen. Danny hat natürlich gewonnen."

„Gewonnen?", fragte Luisa schwach.

„Na ja ... Wir haben gewettet. Ich war sicher, dass du zuerst versuchen würdest, abzuhauen, aber Danny meinte, nein, Mike zuerst, und er hatte recht, wie immer. Jedenfalls haben wir gewartet und gelauscht und als Mikes Tür ging, waren wir bereit, ihm den Scheiß wieder auszureden. Wir hatten allerdings nicht damit gerechnet, dass er so schlecht küsst, sonst hätten wir euch in einen Raum gesperrt und ans Bett gefesselt oder so."

„Wirklich?", fragte Luisa.

„Mach dir keine Sorgen, okay?" Frances seufzte. „Da ist noch mehr, oder? Was beschäftigt dich noch?"

„Er kann noch immer gehen. Was, wenn er nur geblieben ist, weil er musste. Was, wenn ich ihm trotz allem egal bin ..."

„Hör auf, so einen Quatsch zu reden", fuhr Frances sie an. „Du hast ihn nicht erlebt. Kaum warst du verschwunden ..."

„Ja?"

Frances zögerte. „Das soll er dir besser selbst sagen. Du bist ihm jedenfalls nicht egal, das warst du ihm nie, sonst hätte er nicht so lange erfolglos versucht, dir aus dem Weg zu gehen. Oh nein, den wirst du nicht mehr los. Und wenn er es doch einmal versuchen sollte, dann fange ich ihn wieder für dich ein. Aus der Nummer kommt er nicht mehr raus. Auch deswegen brauchst du dir keine Gedanken zu machen. Okay?"

„In Ordnung", sagte Luisa.

„Sonst noch was?", fragte Frances.

„Melanie hat gesagt, ich bin kein Profi", sagte Luisa kleinlaut. „Das macht mir auch zu schaffen."

„Was?", rief Frances.

„Sie meinte, ich hatte nur Glück."

„Glück?" Frances lachte schallend.

„Ja, das in Marseille war nur Glück."

Frances schüttelte den Kopf. „Wenn sie das ernst meint, ist sie dumm. Vielleicht zeige ich ihr mal das Video aus Albanien, dann wird sie das nicht mehr sagen."

„Welches Video ... Oh", sagte Luisa. „Du hast gesehen, was dieser Albaner aufgenommen hat?"

Frances nickte enthusiastisch. „Mike hat es uns während der Fahrt gezeigt. Du hast geschlafen. Also wenn das nicht das Werk eines Profis war, dann weiß ich auch nicht."

„Hm", machte Luisa.

„Da gibt es allerdings etwas, was mir überhaupt nicht gefällt." Frances zog die Stirn in sorgenvolle Falten.

Das klang nicht gut. „Was denn?", fragte Luisa erschrocken.

„Ich fürchte, dieser neue Job ... Das wird die Hölle."

„Oh." Luisa sah sie beunruhigt an. Wusste Frances etwas, das sie nicht wusste? Würden sie jemanden erschießen müssen? Oder gar foltern? Sie dachte an Melanies Messer. Sie wollte das alles nicht mehr, sie wollte nur ihre Ruhe, ohne Situationen, in denen sie aus Versehen Zivilisten in Gefahr brachte ...

„Weißt du, das klingt verdammt nach Routine. Recherchen. Telefonate. Leute befragen. Akten wälzen. Papierkram. Sowas. Das wird stinklangweilig, sage ich dir!"

„Ach." Luisa unterdrückte einen glücklichen Gluckser. Papierkram! Sie konnte sich nichts Schöneres vorstellen.

Mike rührte in seiner Tasse und seufzte tief. Das war alles schwieriger, als er gedacht hatte.

„Komm schon." Danny schlug ihm freundschaftlich auf die Schulter.

Mike zuckte erschrocken zusammen.

„So schlimm ist es auch wieder nicht."

„Was denn?", fragte Mike grummelig.

„Das mit Luisa. Liebe soll hin und wieder sogar ganz schön sein."

Mike lächelte gequält. „Habe ich auch schon gehört. Weißt du, meine letzte Beziehung, die länger gedauert hat als sechs Monate ... Von Isabella mal abgesehen ... Das ist fast zwanzig Jahre her und war eigentlich meine erste Beziehung, kannst du dir das vorstellen? Und ... Ich habe Angst, sie aus den Augen zu lassen. Jetzt schon. Was ist, wenn Harvey zurückkommt? Was, wenn Melanie ... Und dazu vermisst Luisa ihre Familie, sie hat niemanden mehr außer uns, und ich bin daran schuld. Was, wenn sie das irgendwann versteht und mich nicht mehr will? Und ..."

„Hör auf zu grübeln." Danny stieß ihm in die Rippen. „Dass sie dich will, das wissen wir beide, und zwar schon länger als gestern. Sie weiß auch durchaus, was du getan hast, und sie liebt dich trotzdem. Akzeptiere es einfach. Dazu sind wir auch noch da und wir haben ein Auge auf sie, ganz besonders Frances. Und auf dich auch, übrigens."

„Hast du noch immer Angst, dass ich verschwinde?" Mike schüttelte den Kopf. „Wie könnte ich das jetzt noch? Es ist viel zu gefährlich. Erst hat sie versucht sich zu ertränken und dann in Stacheldraht gebadet. Nein, ich bleibe bei ihr, solange sie mich will."

Danny drückte seinen Arm. „Lasst euch einfach Zeit."

Bald darauf stapfte Mike die Treppe nach oben, mit einer Tasse Cappuccino, einem Löffel und drei Stück Würfelzucker. Als er in ihr Zimmer trat, saß Frances neben Luisas Bett.

Luisa lächelte schwach, Frances hingegen grinste breit. „Ich lass euch dann mal besser allein." Sie stand auf und verschwand und Mike nahm an ihrer Stelle Platz.

„Schön, dass sie glücklich ist." Nachdenklich versenkte Luisa den Würfelzucker in der Tasse und rührte um.

„Hm", machte Mike. Mehr fiel ihm nicht ein.

„Ich weiß nichts über dich." Sie sah ihm in die Augen.

„Was willst du wissen?" Er lehnte sich zurück und betrachtete sie.

„Alles."

Er musste lächeln. „Das wird ein bisschen dauern." Es gefiel ihm nicht, dass sie sein Lächeln nicht erwiderte, außerdem war sie zu weit von ihm entfernt, fand er. „Darf ich dich umarmen?"

Sie stellte die Tasse ab und rutschte ein Stück zur Seite, langsam, mit konzentriertem Gesichtsausdruck, und er quetschte sich neben sie und nahm sie behutsam in die Arme und hoffte, dass er dabei keine ihrer frischen Verletzungen erwischte ... Sie vergrub ihr Gesicht an seiner Schulter.

„Wir lassen es langsam angehen, hm?", meinte er. „Wir haben alle Zeit der Welt."

Sie hob den Kopf und sah ihm in die Augen, da beugte er sich zu ihr und küsste sie sanft auf die Lippen. Sie schloss die Augen und erwiderte seinen Kuss, er hielt sie ganz fest und sie zuckte leicht zusammen, vermutlich hatte er eine Verletzung erwischt, doch statt vor ihm zurückzuweichen, schlang sie ihre Arme um ihn und schmiegte sich eng an ihn.

Ach verdammt noch mal, warum warten, dachte er wild. Wir haben lange genug gewartet. Es wird schon werden.

Luisa lümmelte neben Mike auf dem Sofa im Wohnzimmer, ihre Knie berührten sich leicht. Scheu blickte sie ihn von der Seite an. Wenn sie an die letzte Nacht zurückdachte ... Erst hatte jede Bewegung so weh getan, dass sie seine Nähe überhaupt nicht genießen konnte, dann hatte sie eine Pille gegen die Schmerzen genommen, mit dem Resultat, dass sie bei jeder Berührung hysterisch kichern musste und schließlich war sie so müde geworden, dass sie eingeschlafen war, bevor sie richtig angefangen hatten. Aber am Morgen, da war es besser gewesen. Da war es richtig schön gewesen.

Mike sah sie an, lächelte und drückte ihre Hand.

„Leute." Melanie platzte herein. Sie sah Luisa in die Augen, ihre Lippen kräuselten sich, vielleicht zu dem winzigsten aller spöttischen Lächeln. Mike legte demonstrativ seinen Arm um sie und sie schmiegte sich an ihn.

„Ich habe Neuigkeiten", sagte Melanie. „Allerdings keine guten. Ich kann es euch nicht ersparen, aber ich muss unser Team um ein neues Mitglied erweitern."

„Unser Team?", schnaubte Frances verächtlich. „Ich glaube nicht ..."

Melanie ignorierte sie. „Es tut mir wirklich leid. Ich weiß, dass ihr ... Nun ja, bereits Probleme miteinander hattet. Aber es geht nicht anders."

Harvey, durchfuhr es Luisa. Harvey ist wieder da.

Mike zog sie fester an sich, er schien ihre Angst zu spüren, vielleicht hatte er den gleichen Gedanken? „Keine Sorge", flüsterte er ihr leise ins Ohr. „Ich passe auf dich auf. Niemand wird je wieder ..." Er verstummte.

Lena humpelte in den Raum.

Puh. Luisa fühlte sich unfassbar erleichtert.

Lena wirkte allerdings ziemlich lädiert, ihre Schulter war dick verbunden und sie blickte ziemlich grimmig drein. Luisa erinnerte sich an das andauernde nervtötende Gesinge und Gefluche, aber all das war tausendmal besser als Harvey.

Mike schien das nicht ganz so zu sehen. „Du! Wir haben dich befreit und du bist uns in den Rücken gefallen."

„So ein Pech, Süßer." Lena zuckte die Achseln. „Ich bin eben nicht teamfähig. Dein Problem, nicht meins."

„Reiß dich zusammen", befahl Melanie.

„Du hast mir nichts zu sagen", fauchte Lena. „Natürlich, du bist stolz auf dich, dass du mich aufgespürt hast, was? Dabei hast du auf ganzer Linie versagt. Ein Wunder, dass Sir George dich noch liebhat, wo du es nicht einmal geschafft hast, Sarah zu beschützen ..."

Melanie warf ihr einen ausdruckslosen Blick zu.

„Ich werde ihm bei Gelegenheit erzählen, dass du mich hättest erschießen können, es aber nicht hinbekommen hast ... Wo du doch angeblich dein Ziel nie verfehlst ..."

Melanies Mundwinkel zuckten.

Lena bemerkte es und runzelte die Stirn. „Nein", platzte es aus ihr heraus. „Sag bloß. Das war Absicht? Du wolltest, dass sie stirbt? Hast du mir deswegen gesagt, dass sie mich nicht mehr braucht? Wow. Okay. Ich nehme alles zurück. Aber ... Warum hast du das getan?"

„Es war an der Zeit", antwortete Melanie knapp.

„Okay, gut, rätselhaft wie immer ..." Lena zuckte die Achseln.

Mikes Arm krampfte sich etwas fester um ihre Schulter. Fragend blickte Luisa ihn an, doch er schien es nicht wahrzunehmen. Sein Blick war auf Melanie geheftet.

Die erwiderte seinen Blick und sah dann auch zu Danny und Frances. „Lena hat an vielen von Sarahs geheimen Aktionen teilgenommen, über die nicht einmal ich Bescheid wusste. Sie wird uns alles darüber erzählen. Außerdem kann ich sie nicht allein draußen herumspazieren lassen. Sie ist zu ..." Sie hob die Brauen und schwieg vielsagend.

Gefährlich, dachte Luisa insgeheim.

„Anstrengend", schlug Mike laut vor.

Lena grinste spöttisch.

„Auffällig." Frances hatte die Augen zusammengekniffen. „Denn ... Das ist doch ... Oder? Das bist du doch."

„Was!", blaffte Lena und reckte angriffslustig das Kinn vor.

„Du bist Selena Collins!", rief Frances.

„Wer?", fragte Luisa. Der Name kam ihr merkwürdig bekannt vor.

„Das ist No Savior, die Sängerin von *Time to Kill*."

Ein breites Grinsen erschien auf Lenas Gesicht.

Oh, dachte Luisa. „Sie ist ... der Rockstar?" Darauf wäre sie nie im Leben gekommen.

„Wohl eher ein One-Hit-Wonder", meinte Melanie.

Lena warf ihr einen giftigen Blick zu. „Meine Konzerte waren ausgebucht, Nemesis."

„Nenn mich nicht so", sagte Melanie leichthin.

„Das ist wirklich geil", rief Frances begeistert. „Singst du *Time to Kill* für uns? Ich liebe diesen Song, ich habe ihn so lange gehört, bis Danny sich nicht mehr darüber beschwert hat."

Danny murmelte etwas Unverständliches.

„Was meinst du, Nemesis?", fragte Lena scheinheilig.

Melanie seufzte tief.

Lena lachte schallend und dann steckte plötzlich ein Messer rechts hinter ihr im Türrahmen und sie machte einen Satz zur Seite.

„Ich habe dich gewarnt", sagte Melanie.

„Das war jetzt krass", meinte Frances, ihr Blick wanderte von Lena zu Melanie und wieder zurück. „Du machst den Gerüchten alle Ehre, Nemesis."

Melanie verdrehte die Augen und Luisa konnte nicht mehr und bekam einen Lachkrampf.

„Ich habe mich entschuldigt." Melanie hob die Schultern und sah von Mike zu Danny. „Ihr beide wünscht euch jetzt sicher in ein Kriegsgebiet, oder?"

„Auf den einsamsten Außenposten in Afghanistan", seufzte Danny theatralisch.

„Ihr denkt sicher, ihr habt Besseres verdient, als in diesem Irrenhaus zu babysitten, aber ..." Melanie zuckte die Achseln. „Besser ihr als ich."

„Ich dachte, wir sind ein Team?", fragte Frances scheinheilig.

„Verdammt", sagte Melanie.

Luisa blickte von einem zum anderen, es gelang ihr nur mühsam, sich zu beruhigen. Was auch immer passieren wird, stellte sie für sich fest, langweilig wird es sicher nicht.

Ende

Mehr lesen von Miriam Malik

Green Park – Tödliches Trauma

Der packende Vorgänger von "Entführt in die Highlands" der Reihe "Verschleppt und ausgeliefert".

Ex-Soldat Mike hat mit dem teuren Leben in London und seiner posttraumatischen Belastungsstörung zu kämpfen. Nebenbei versucht er, einen brutalen Kriegsverbrecher zur Strecke zu bringen.

Da schlägt ein berüchtigter Serienkiller erneut zu - und zwar im Green Park, im Herzen Londons, direkt vor dem Buckingham Palace. Über seinen guten Freund Inspector Tom von Scotland Yard wird Mike mehr und mehr in die Ermittlungen verstrickt und gerät schließlich selbst in große Gefahr ...

Überarbeitete Neuauflage von "Mord im Green Park" mit der Bonusgeschichte "Nacht über London".

Leseprobe aus Green Park

„Bitte, tun Sie Chiara nichts – sie ist doch noch so klein", flehte Mrs. King.

„20.000 Pfund oder sie stirbt", schnarrte die Stimme des Erpressers durch das Telefon.

„Ich werde alles tun, was Sie von mir verlangen. Aber tun Sie ihr nicht weh!"

„Stecken Sie die 20.000 Pfund in eine große Handtasche. Gehen Sie in den Hyde Park - zum Boy and Dolphin Fountain. Setzen Sie sich dort für mindestens fünf Minuten auf eine Bank. Dann lassen Sie die Tasche liegen und verschwinden. Und keine Polizei. Verstanden?"

Dann war die Leitung tot. Mike Martin legte behutsam den Hörer des betagten Zweitapparats, von dem aus er alles mitgehört hatte, auf die Gabel zurück. „Er hat keinen Grund, Chiara wehzutun", sagte er laut. „Haben Sie das Geld?"

„Natürlich!" In den Augen von Mrs. King standen Tränen – wie so oft in den letzten beiden Tagen.

„Hören Sie mir jetzt genau zu. Sie warten hier eine Viertelstunde. Dann nehmen Sie ein Taxi zum Hyde Park, gehen in den Rosengarten und tun genau, was der Erpresser gesagt hat. Danach warten Sie an der Hyde Park Corner auf mich. Ich werde jetzt sofort aufbrechen, um das Gelände zu prüfen. Wenn Sie mich sehen, lassen Sie sich um Gottes willen nichts anmerken. Haben Sie keine Angst – Ihrer Chiara wird nichts passieren."

Mrs. King nickte bang. Nach ein paar weiteren aufmunternden Worten verließ Mike das Haus durch den Hinterausgang, sprintete zu seinem Wagen und klemmte sich hinter das Steuer.

Vor zwei Tagen hatte sich Mrs. King völlig aufgelöst bei ihm gemeldet.

„Chiara ist entführt worden! Er will 20.000 Pfund! Können Sie mir helfen?"

Mike benötigte eine gute halbe Stunde, um Mrs. King soweit zu beruhigen, dass er verstand, worum es ging: Chiara war bei einem Spaziergang verschwunden. Wenige Stunden später verlangte ein Mann per Telefon eine horrende Summe Lösegeld. Mrs. King war außer sich. Sie befürchtete – wohl nicht zu Unrecht – dass ihre Neffen und Nichten sie bei der Rettung von Chiara, die immerhin als Alleinerbin vorgesehen war, nicht unterstützen würden. Deswegen hatte sie in ihrer Verzweiflung bei Mike angerufen. Seinen Namen kannte Mrs. King von Gertrude Stone, der Ehefrau eines Abgeordneten des Londoner Stadtrates. Der Ex-Special-Forces-Soldat hatte ihr vor einigen Monaten bei der Wiederbeschaffung eines wertvollen Diamantrings geholfen.

Nachdem Mike endlich wusste, mit was er es zu tun hatte, überlegte er kurz, ob er sich das wirklich antun wollte. Schließlich beschloss er doch, sich darauf einzulassen. Geld konnte er als Ex-Special-Forces-Soldat immer brauchen.

Also klingelte er zwei Stunden später an ihrer Tür. Mrs. King wohnte direkt am Belgrave Square, einer der teuersten Gegenden in London. Zuerst machte ihm niemand auf. Das war er gewohnt. Männer Anfang dreißig mit orientalischem Aussehen wirkten in Zeiten von islamischem Terror und hoher Kriminalitätsrate nun einmal für viele bedrohlich. Aber daran konnte er nichts ändern. Also parkte er den Finger auf dem Klingelknopf und wartete.

„Ich kaufe nichts!", ertönte endlich eine hysterische Frauenstimme von drinnen.

„Mrs. King, mein Name ist Martin!", rief er durch die geschlossene Tür. „Wir haben telefoniert."

Nach weiterem Zögern ließ Mrs. King ihn endlich hinein. Er schätzte die reiche Bankierswitwe auf etwa siebzig Jahre. Chiara war ihr ein und alles. Mike hatte es von Anfang an geahnt – Mrs. King ging es überhaupt nicht um das Geld. Sie brauchte ihn hauptsächlich als Vertrauten, dem sie ihr Herz ausschütten konnte. Und so beruhigte er die ältere Dame, soweit es ging, und trug ihr auf, die 20.000 Pfund in unmarkierten 50-Pfund-Noten zu beschaffen.

Nun, zwei Tage später, war alles bereit für die Geld-übergabe. Von Belgravia aus brauchte er lediglich fünf Minuten bis zur Hyde Park Corner. Er parkte seinen schwarzen, unauffälligen Mittelklassewagen an der South Carriage Drive und machte sich auf Richtung Rosengarten. Dabei bemühte er sich um ein langsames, unverdächtiges Spaziergängertempo.

Der Hyde Park war trotz Nieselregen gut besucht. Jogger drehten ihre Runden, Soldaten der Royal Household Division aus der Knightsbridge Kaserne bewegten ihre Pferde, mehrere Hundebesitzer führten ihre vierbeinigen Gefährten spazieren.

Bald schon hatte Mike den Rosengarten erreicht. Langsam schlenderte er hindurch. Die Bänke rund um den Boy and Dolphin Fountain waren nicht besetzt. Aber am nördlichen Eingang stand ein kleiner, untersetzter Mann, der vollkommen fehl am Platz wirkte. Sein Gesicht wurde von einem buschigen Schnauzer, einem tief in die Stirn gezogenen Hut und einer spiegelnden Sonnenbrille verdeckt. Dazu hatte er eine dunkelblaue Reisetasche mit einem breiten Riemen zum Umhängen bei sich. Mike ließ sich nichts anmerken, verließ den Rosengarten in aller Ruhe wieder und setzte sich oberhalb der Anlage auf eine Bank. Von dort hatte er alles im Blick.

Wenig später betrat Mrs. King das Rondell. Bei sich trug sie eine riesige, prall gefüllte schwarze Handtasche. Umständlich nahm sie auf einer der Bänke Platz und blickte nervös um sich.

Nach ein paar Minuten stand sie wieder auf und ging durch den westlichen Ausgang hinaus. Die Handtasche ließ sie liegen.

Kaum war sie verschwunden, sprang der untersetzte Mann auf. Er eilte auf die Parkbank zu, schnappte sich die Handtasche und stopfte sie in seine Reisetasche. Dann hastete er Richtung Serpentine Lake.

Mike stand gemächlich auf und folgte ihm in weitem Abstand. Gott sei Dank hat er nicht die U-Bahn genommen, dachte er dabei.

Der Erpresser zog währenddessen sein Handy hervor und tippte eine Nummer ein. Das Telefonat dauerte nur wenige Sekunden.

Sie waren schon fast am Serpentine Lake angelangt, als Mikes Smartphone vibrierte. Ein Anruf von Mrs. King. Bevor er einen Ton sagen konnte, plärrte Mrs. King ihm bereits mit ungeheurer Lautstärke ins Ohr: „Sie ist hier! Chiara ist wieder da! Sie ist mir entgegengekommen! Ist das nicht herrlich? Ist das nicht wunderbar? Vielen, vielen Dank! Wo sind Sie?"

„Ich brauche noch fünfzehn Minuten, dann bin ich bei Ihnen", antwortete er. „Bitte warten Sie solange an der Hyde Park Corner."

„Aber ..."

Er nahm sich keine Zeit für weitere Erklärungen, sondern beendete das Gespräch und wählte eine andere Telefonnummer. Währenddessen folgte er dem Mann am nördlichen Ufer des Serpentine Lake entlang. Fünf Minuten später unterbrach er die Verbindung. Er hatte getan, was er tun musste. Jetzt konnte eigentlich nichts mehr schief gehen.

Der Erpresser marschierte währenddessen strammen Schrittes weiter, ohne sich auch nur einmal umzudrehen.

Dilettant, dachte Mike. Es war alles viel zu einfach.

Nach weiteren zehn Minuten erreichte der Fremde den Parkplatz an der West Carriage Drive. Das konnte eng werden. Vielleicht war es an der Zeit, einzugreifen? Tatsächlich – der Mann näherte sich einem blauen Kleinwagen und entriegelte die Tür per Fernsteuerung. Er durfte nicht entkommen. Der Ex-Special-Forces-Soldat sprintete die letzten Meter.

Der Erpresser hörte ihn, schrak zusammen und fuhr herum. Als er Mike sah, ließ er die Tasche fallen und zog eine Pistole aus seinem Mantel. „Bleiben Sie stehen!", rief er mit zitternder Stimme.

Mike tat ihm den Gefallen nicht. Stattdessen warf er sich mit der Schulter voran auf den Fremden und drückte ihn gegen das Auto. Zeitgleich umklammerte er das Handgelenk des Mannes und bog es nach hinten, sodass die Pistole nicht mehr auf Mike, sondern auf ihn selbst zeigte. Dem Erpresser gelang es trotzdem, den Abzug zu betätigen. Eine kleine Flamme schoss heraus und sengte seinen Ärmel an. Mike schnaubte. Ein Feuerzeug also. Er hatte mit einer Schreckschusspistole gerechnet. Nichtsdestotrotz rammte er seinem Gegner noch das Knie in die Weichteile. Der stieß ein merkwürdig zischendes Geräusch aus, brach zusammen und presste die Hände an den Unterleib. Zufrieden mit sich selbst, machte Mike einen Schritt nach hinten.

„Stehen bleiben!", brüllte eine Frauenstimme. „Drehen Sie sich um und nehmen Sie die Hände hoch!"

Mike stoppte mitten in der Bewegung. Gehorsam drehte er sich um. Vor ihm standen eine etwa vierzigjährige Polizistin im Rang eines Police Sergeant sowie ein noch sehr junger Police Constable, beide mit gezücktem Schlagstock.

„Treten Sie von dem Mann da weg", befahl die Polizistin.

Mike gehorchte und machte ein paar Schritte zur Seite. „Mein Name ist Mike Martin", erklärte er ruhig, während er seine Hände noch immer in die Luft streckte. „Das dort ..."

„Schweigen Sie!", fuhr die Polizistin ihn an. Währenddessen stotterte der junge Police Constable eifrig etwas in sein Funkgerät.

Ein Streifenwagen brauste heran – mit drei weiteren Polizisten. Einer von ihnen half dem Mann am Boden auf die Füße.

„Mr. Martin, warum haben Sie nicht auf uns gewartet, wie besprochen?", fragte er ihn.

Mike kam sich vor wie im falschen Film. „Ich bin Mr. Martin. Das ist der Erpresser."

Die Polizistin bedachte den Ex-Special-Forces-Soldat mit einem langen, schrägen Blick. Ganz offensichtlich traute sie ihm nicht über den Weg. Vielleicht sollte ich meine Haare blond färben, dachte Mike genervt. Dann atmete er tief durch. „Fragen Sie Mrs. King, die kann es Ihnen bestätigen. Haben Sie sie bereits eingesammelt?"

Der Constable sprach weiter in sein Funkgerät. Mike durfte die Arme herunternehmen, wurde aber nach wie vor kritisch beäugt.

Der Erpresser lehnte mittlerweile an seinem Wagen und hatte auch seine Sprache wiedergefunden. „Er hat mich angegriffen!", rief er und deutete auf Mike. „Sie müssen ihn verhaften!"

„Und Sie sind?", fragte die Polizistin ruhig.

„Ich bin ... James Smith. Ex-Special-Forces-Soldat. Zu Ihren Diensten. Mrs. King hat mich engagiert. Wegen der Entführung von Chiara."

Mike warf ihm einen verächtlichen Blick zu. „Glauben Sie wirklich, dass Sie damit durchkommen?"

„Schweigen Sie!", fuhr die Polizistin Mike wieder an. „Warum haben Sie den Mann angegriffen? Wenn Sie wirklich der Ex-Special-Forces-Soldat sind, wie Sie behaupten, sollten Sie wissen, dass das eine Tätlichkeit darstellt."

„Er hat das Ding da hervorgezogen." Mike deutete auf das Pistolenfeuerzeug am Boden. „Ich habe gleich gesehen, dass es keine echte Waffe ist. Aber ich wollte nicht, dass er damit herumfuchtelt und Fußgänger erschreckt." Und unbewaffnete Streifenpolizisten, fügte er in Gedanken hinzu.

„Sie wollen erkannt haben, dass das keine echte Pistole ist?", fragte die Polizistin streng.

„Ich war lange genug in der Armee. In der britischen Armee", fügte er hastig hinzu, als die Augenbrauen der Polizistin wieder nach oben wanderten.

„Ich werde Sie trotzdem verklagen!", mischte sich Smith wieder ein. „Wegen Tätlichkeit. Das werde ich."

„So? Sie sollten sich freuen, dass ich Sie niedergeschlagen habe. Was, glauben Sie, wäre passiert, wenn die Beamten Sie mit der Pseudopistole in der Hand gesehen hätten?"

„Ich – äh ..."

Smith wurde einer Antwort enthoben, denn in dem Moment kam ein weiterer Streifenwagen herangefahren – diesmal mit Mrs. King und Chiara auf dem Rücksitz.

Einer der Polizisten öffnete die Tür zum Fond. Mrs. King blinzelte zu Mike herauf. „Aber was ist denn passiert?", rief sie erschrocken aus. „Warum weiß die Polizei Bescheid?"

„Mrs. King – ich bin Ex-Special-Forces-Soldat!", warf sich in dem Moment der angebliche Mr. Smith wieder dazwischen. „Dieses Individuum –" er deutete auf Mike – „der hat versucht, Ihnen die 20.000 Pfund zu stehlen. Er steckt hinter dem Ganzen."

„Mr. Martin wurde mir von Mrs. King empfohlen", erwiderte Mrs. King voller Würde. „Ich habe vollstes Vertrauen zu ihm. Aber wer bitte sind Sie?"

„Ich – James Smith, Ex-Special-Forces-Soldat. Ich sage Ihnen, dieser Mr. Martin steckt hinter allem. Er hat es auf Ihr Geld abgesehen. Ich wollte ihn lediglich daran hindern, es einzukassieren. Und überhaupt, ich ...“

„Wenn ich hinter der Entführung stecken würde, hätte ich wohl kaum die Polizei gerufen“, unterbrach Mike ihn ruppig.

„Sie haben die Polizei gerufen?“ Mrs. King starrte Mike entsetzt an. „Aber der Entführer hatte doch gesagt – keine Polizei. Wie konnten Sie? Wenn Sie das Leben von Chiara gefährdet haben ...“

„Ich habe die Polizei erst gerufen, als Sie Chiara wiederhatten“, versuchte Mike Mrs. King zu beruhigen. „Sie möchten doch nicht, dass noch jemand anders das Gleiche wie Sie durchmachen muss?“

„Aber Gertrud meinte, Sie seien diskret ...“ Für Mrs. King brach eine Welt zusammen.

„Nicht, wenn es um Verbrechen geht.“ Er hatte seine Prinzipien.

„Wo ist überhaupt diese Chiara?“, schaltete sich in dem Moment die Polizistin wieder ein.

Mike deutete auf Chiara, die Mrs. King noch immer an sich presste.

Die Polizeibeamten starrten erst auf Chiara, dann auf Mrs. King und dann auf Mike.

„Das ist ein Hund“, sagte die Polizistin schließlich leicht pikiert.

„Ein Hund?“, schoss Mrs King sofort dagegen. „Das ist Chiara, Duchess of Portobello, eine preisgekrönte Yorkshire Terrier Dame! Wie können Sie es wagen, sie zu beleidigen! Und das ausgerechnet heute. Die Ärmste steht bestimmt noch unter Schock."

Die Polizisten blickten sprachlos auf Chiara herunter, die die Zunge herausstreckte und dann herzhaft gähnte.

„Das soll wohl ein Witz sein?", blaffte die Polizeibeamtin schließlich.

„Eher nicht. Die Entführer haben jedenfalls versucht, 20.000 Pfund von Mrs. King zu erpressen", meinte Mike mit leicht angedeutetem Schulterzucken.

„Wir fahren zur Klärung auf die Wache", beschloss die Polizistin.

Wenig später gab Mike in der West End Central Police Station in der Savile Row, wo auch die besten Anzüge von London geschneidert wurden, seine Aussage zu Protokoll. Nach drei Stunden glaubten sie ihm endlich, dass er keiner der Drahtzieher war – Mr. Smith hatte gestanden.

Im Besucherbereich wartete Mrs. King auf ihn. „Das war so nervenaufreibend!", rief sie mit geröteten Wangen. „Chiara war so nervös, als der Police Sergeant uns befragt hat!"

Mike warf einen Blick auf die Terrierdame, die sich auf der gepolsterten Bank neben der Damenhandtasche mit dem Lösegeld zusammengerollt hatte und friedlich schlief. Von Aufregung keine Spur. Jedenfalls nicht bei Chiara.

„Diese Unholde haben bereits fünf andere Hunde entführt! Das müssen Sie sich einmal vorstellen!", fuhr Mrs. King ganz außer sich fort.

„Wirklich", murmelte Mike. Kaum zu glauben, dass diese Dilettanten schon so oft damit durchgekommen waren. Aber die Opfer waren sicherlich alle ältere Damen gewesen, die an ihren geliebten Vierbeinern mehr hingen als an ihren Enkeln, Neffen oder Nichten – und alles getan hätten, um ihre Viecher wiederzubekommen.

„Sie haben mir meinen Schatz wiedergebracht", unterbrach Mrs. King seine Gedanken. „Deswegen möchte ich Ihnen neben dem vereinbarten Lohn noch etwas schenken. Das gehört Ihnen."

Und sie deutete auf ihre Damenhandtasche.

„Nein, das kann ich nicht annehmen!", erwiderte Mike überrascht. So viel habe ich schließlich auch nicht zu Chiaras Befreiung beigetragen, ergänzte er im Stillen.

„Doch, das können Sie. Ich bestehe darauf! Ohne Sie wäre Chiara jetzt bestimmt tot."

Das wagte Mike zu bezweifeln. „Aber – das Geld bleibt doch in Polizeigewahrsam, bis der Entführer vor Gericht ist?", wandte er ein.

„Nein – ich kann es gleich mitnehmen. Das heißt – Sie können es gleich mitnehmen."

Mike wehrte sich noch ein Weilchen, doch nach gutem Zureden von Mrs. King nahm er die Damenhandtasche an sich – unter den neidischen Blicken der Polizisten.

Ende der Leseprobe

Mehr von Miriam Malik:

Webseite: miriam-malik.de
Instagram: @miriammalikautorin

Bisher erschienen:

Die Reihe „Ausgeliefert" in drei Bänden

- Entführt in die Highlands
- Entführt in den Orient
- Entführt in Marseille

Vorgeschichte: Green Park – tödliches Trauma

Kurzgeschichte: Rocking hard – der Preis des Ruhms

Roman:

Liebe, Lust & Sehnsucht